CHILDREN
OF THE
RUNE
WINTERER

6

전민희
장편
판타지

6

룬의 아이들

윈터러

봉인의 땅이 부르는 소리

CHILDREN
OF THE
RUNE
WINTERER

엘릭시르

18

장

GAUNTED LAND

겨울을 지새우는 자여,
그것은 아주 길고 긴,
끝나지 않는 겨울일지도 모른다.

서리와 눈보라를 이기고
바람과 눈물을 견뎌
마침내 찾아올 그 봄은

네 서체 위에 따뜻한 햇살이 되어 내릴지도 모른다.

그러니 마음을 푸른 칼날처럼 세워
천년의 겨울을 견디도록 대비하라.

반드시 살아남아야 한다.
반드시 살아남아야 한다.
반드시 살아남아야 한다.

16

장

WITHERED LAND

후라칸

아직도 눈이 내렸다. 공회당으로 이어지는 길은 수많은 발자국을 묻어버린 채 잘 손질된 담비 가죽처럼 반짝거렸다.

다프넨은 대륙에 살던 시절 딱 한 번 담비를 본 일이 있었다. 물론 그것은 죽은 담비였다. 정확히 말하자면 진네만 저택에 찾아온 어느 고관의 부인이 몹시 뽐내며 두르고 있던, 은회색 담비 가죽 스톨stole에 매달린 자그마한 머리였다.

그나마 머리가 있었으니 담비를 만났다고 할 수도 있겠지, 하고 그는 생각했다. 그것의 이름이 담비라는 것이나 가격이 어마어마하다는 이야기 등은 고관과 부인이 떠난 뒤 유모의 입을 통해 알았다. '실제로' 구할 수 있는 담비 가죽 중에서 가장 값진 것이 그 부인이 갖고 있던 은회색 담비라 했다. 실제로라고? 그렇게 묻자 유모는 불평 섞인 어조로 설명했다.

“먼 북쪽 땅에는 털가죽이 하얀 담비라는 것도 있다고들 해요. 그것도 다른 철에는 털이 황갈색이고 겨울에만 하얗게 되기 때문에 반드시 겨울에 사냥해야 된다는 거예요. 귀부인들은 물론이고 여왕님이나 공주님들까지도 갖고 싶어 하는 털가죽이라서 정말이지 황금보다도 비싸다지 뭐예요. 한 마리만 잡아도 사냥꾼 팔자 고치는 물건이라는데 뭐, 여기저기 떠돌아다니는 장사꾼들이 부인네들을 만나면 신기한 얘기랍시고 꺼내놓는 그런 거죠. 물론 이 유모는 실제로 보지 않은 건 믿지 않지만요. 그러니 역시 구할 수 있는 가장 좋은 담비는 은회색 담비가 아니겠어요? 하지만 그 백담비 가죽은 아무도 밟지 않은 첫눈이 깔린 새벽 들판처럼 아름답다고 그러더랍니다.”

이 말을 기억해내고서야 왜 눈밭을 보다가 담비 같은 엉뚱한 것을 떠올렸는지 깨달았다. 다프넨은 피식 웃다 말고 생각했다. 실제로 보지 않은 건 믿지 않는다던 유모는 에메라 호수의 망령, 아니 괴물을 보았던 것일까?

이젠 생사조차 알 수 없는 유모다.

“지금이야.”

어깨를 툭 치는 손길을 느끼며 다프넨은 나아가 공회당의 계단을 올랐다. 일전에 섬의 일원으로 받아들여지던 때 올라섰던 곳을 지나쳐, 공회당을 둘러싼 네모진 회랑을 따라 걸어갔다. 수많은 섬사람들이 느린 걸음으로 뒤따라왔다. 발걸음은 모퉁이를 돌아가 공회당의 동쪽 사면에 난 아치형 입구 앞에서 멈추었다.

이 입구는 다프넨이 처음 섬에 들어와 공회당에 왔던 때 보았던 문짝 없이 뚫린 입구였다. 얼마 안 가 그 입구가 평소 사용되지 않는다는 것을 알았다. 마을을 둘러싼 방벽의 입구처럼, 그냥 뚫린 것처럼 보여도 열쇠 역할을 하는 주문이나 수인 없이는 지나갈 수 없는 문이었다. 평소에는 누구나 다른 입구를 사용했기에 이 입구의 존재는 대부분 잊고 있었다.

지금 그 입구 앞에 데스포이나 사제가 서 있었다. 사제는 초승달 수정이 달린 지팡이 '듣는 자의 룬'을 한 번 휘두른 뒤 알 수 없는 언어로 주문을 외웠다.

"보나 데아, 트니토스 테오스, 텔로 엑소우시아."

입구를 향해 희미한 빛을 흩뿌리는 초승달 수정을 내밀자 투명한 막 같은 것이 닿았다가 녹아 사라졌다. 데스포이나가 물러서서 길을 열어주자 다프넨은 입구를 통과해 공회당으로 들어갔다. 안에는 사제들이 두 줄로 늘어서 있었다. 그들 중에는 나우플리온의 모습도 보였다. 다프넨이 멈춰 서자 사제들이 길쭉한 반원을 만들며 둘러섰다. 모두가 자신들의 신물神物에 손을 얹은 채 눈을 감았다.

이윽고 다프넨 앞에 반투명한 너울거림 같은 것이 서렸다. 그것은 곧 제단의 영상으로 변했다. 모래시계 모양의 받침대 위에 두꺼운 돌 원반이 놓인 모양이었다. 흐릿하던 영상은 점차 구체적인 형태를 띠었다. 제단 위로 선이 죽죽 그어지더니 덩굴손을 가진 나뭇가지로 변해 늘어졌다. 가지 끝, 맺힌 이음매마다 잎사귀가 태어났다. 곧 주위는 숲이 되었다. 서서히, 너욱 생생하게 변했다. 마지막으로 공회당 밖에 내리고 있는 것과 꼭 같은 흰 눈이 그 위로 내리기 시작했다.

눈송이들은 바닥에 닿으려는 순간 지워졌다. 이 모든 것은 멀리 있는 장소의 모습을 일시적으로 옮겨온 것뿐이었다. 지켜보는 사람들 모두가 알고 있었다. 이 제단은 선착장이 있는 해안과 마을 사이, 출입이 금지된 숲속의 유적들 가운데 하나였다.

대륙에 나갔던 섬사람들은 선착장을 떠나 숲 머리에 들어설 무렵, 전이문轉移門을 통해 숲을 건너뛰어 마을 앞으로 이동했다. 따라서 숲에 산재한 유적들은 사제들과 일부 선택받은 사람들에게만 방문이 허락되었다. 오늘처럼 영상으로 보는 것조차 아주 특별한 경우였다.

"이리로 오너라."

다프넨은 반투명한 숲의 제단으로 다가갔다. 사제들이 길을 열어주었다. 가까이 가자 제단 위에 놓인 것들이 보였다.

여러 가지 유물들 사이에 다프넨이 한눈에 알아볼 만한 물건이 있었다. 지금 손에 쥔 것과 똑같은 물건이었다.

구멍만 남은 눈과 코, 정교하게 세공된 치아의 흔적이 눈발 속에서도 은빛으로 빛났다. 한 세대 앞서 섬으로 온 은해골은 새로운 획득자 따위는 관심 밖이라는 듯 오연한 눈길로 쏘아보았다. 아니, 단지 퀭한 눈구멍일 따름이다. 저도 모르게 저 해골의 주인을 떠올렸던 걸까.

"……."

다프넨은 자신의 손에 들린 것을 높이 쳐들었다. 그러자 데스포이나 사제의 목소리가 울렸다.

"달의 섬에 두 번째로 실버스컬을 가져온 견습 순례자, 네 행동의 가치는 보물을 간직하는 숲의 제단과 함께 오래도록 남으리라. 또한 어느 날인가 사라지리라."

거창한 치하의 말이나 과장된 수식어 따위는 없었다. 담백한 어구를 듣자니 폰티나 성의 의전관이 쏟아놓던 미사여구가 떠올랐다. 새삼 다시 가보았던 아노마라드는 기대에 어긋나지 않게 무신경한 부자와 같은 모습으로 그를 맞았을 따름이었다.

"여왕이시여, 굽어보소서. 우리 대신 지니소서. 우리를 지키소서."

다프넨이 다가가자 그의 몸도 점차 제단처럼 반투명해졌

다. 제단 앞에 선 그는 두 번째 실버스컬을 첫 번째 것 옆에 내려놓았다. 이 순간 다프넨의 몸은 이곳이 아닌 먼 숲에 있었고, 진짜 눈이 그의 어깨에 엷게 쌓였다. 귓가에선 숲의 소리가 났다.

"여왕께서는 겸손한 봉헌물을 기꺼워하시어 그대에게 이름을 내리고자 하시니라. 이제부터 그대는 달여왕이 친히 눈여겨보신 자로서 '예비하는 자, 후라칸'이라 이를지니 순례자의 이름과 함께 명예로운 자리에서 두 번 일컬어지리라."

작은 속삭임이 퍼져나갔다. 다프넨에게 '후라칸'이라는 칭호가 낯설듯 섬사람들 역시 불편함을 느꼈다. 그 이름 속에는 평소 의식하지 않고 살아온 의무가 들어 있었다.

처음 섬으로 오던 때 다프넨은 에니오스로부터 순례자들의 3대 의무라는 것을 들은 일이 있었다. 오래전 이 의무들이 정해질 때는 '구속자'라고 불리는 지휘자들도 함께 선출되어 특별한 칭호가 주어졌다. 그중 세 번째 의무, '돌아올 왕국을 위해 예비함'과 맞물린 칭호가 바로 '예비하는 자, 후라칸'이었다. 옛 왕국의 작위에서 유래했다는 후라칸이라는 단어의 뜻은 '때를 기다리는 바람'이라고 했다.

비록 의무들이 사라지지는 않았으나 섬에 정착하던 초기와는 달리 구속력은 크게 약해졌다. 지금은 그 칭호들을 마지막으로 가졌던 사람이 누구인지조차 불분명했다. 그러다가 소년 시절 일리오스 사제가 첫 번째 실버스컬을 가져왔을 때, 섬사람들은 만장일치로 그에게 첫 번째 구속자의 칭호, '복원하는 자, 벨칸다르'를 선사했다. 일리오스의 행동이 고대 왕국의 영광을 조금이라도 복원한 것과 같다고 여겼기 때문이었다.

그러나 다프넨은 일리오스와 달리 견습 순례자였고, 심지어 그들과 핏줄조차 달랐다. 그런 다프넨에게 그렇게 큰 칭호를 내려도 될지, 첫 실버스컬을 가져온 일리오스와 동일한 예우를 하려 했다면 두 번째 구속자의 칭호를 건너뛰고 왜 하필 세 번째를 내렸는지, 그런 까닭은 사제들만이 알 일이었다. 더 정확히 말하면 데스포이나 사제 혼자만이 알 따름이었다.

섬사람들에게는 가문의 성이 없었다. 대륙에 나갈 때 사용하는 가명을 제외한다면 평생 한 개의 이름만을 지니는 그들에게 두 개의 이름을 갖는 것은 큰 명예에 속했다. 칭송받는 업적에 내려지는 가장 큰 선물이 바로 두 번째 이름이라 했다. 여섯 사제들 중에서도 두 이름으로 불리는 사람은 아무도 없었다.

제단에서 돌아선 다프넨은 그를 바라보는 사람들을 보았다. 무리 지어 선 그들의 모습이 마치 공회당 벽에 새겨진 군상群像 같다고 생각하면서.

의식이 끝난 날 밤, 다프넨과 나우플리온은 오랜만에 조용히 마주앉았다. 섬으로 돌아오자마자 성과를 보고하고 의식을 준비하는 일이 바쁘게 돌아가서, 사제인 나우플리온이나 의식의 당사자인 다프넨이나 여행담을 나누며 회포를 풀 기회조차 갖지 못했다.

다프넨과 이솔렛은 섬에 겨울이 시작될 무렵, 다른 아이들보다 훨씬 늦게 섬에 돌아왔다. 등의 상처가 생각보다 쉽게 낫지 않아 항해에 나서기 전에 요양이 필요했던 것이다. 섬사람들은 다프넨이 실버스컬에서 올린 성과를 미리 돌아온 아이들에게 들었고, 따라서 두 사람이 돌아오기만을 기다리던 참이었다.

그날 밤, 스승과 제자가 느낀 기쁨은 각별했다. '후라칸'이라는 칭호를 받은 일은 다프넨보다 그 이름의 가치를 잘 아는 나우플리온이 더 크게 기뻐했다. 다프넨은 나우플리온의 검으로 스승의 명예를 높였다는 것에 보람을 느꼈다. 둘은 말하지 않아도 서로의 기분을 잘 알고 있었다.

밖에는 조용히 눈이 내렸다. 섬의 겨울은 오늘처럼 갑작스레 퍼붓는 눈과 함께 시작되곤 했다.

"너, 해쓱해졌구나. 역시 대륙은 살 곳이 못 되지?"

"대륙에 나가 있자니 내가 없으면 우리 사제님이 식사는 제때 챙겨 드실까, 청소는 누가 하며 세탁은 누가 할까, 참 걱정

되더라고요. 밤낮으로 걱정하다 보니 이렇게 살이 빠졌죠."

"네가 늘 다 한 것처럼 떠벌리지 마. 네가 없을 때도 혼자서 잘해나갔다."

"그런 분이 지금 걸치신 후줄근한 옷은 다 뭐예요? 겨울이 오기 전에 침대보 같은 건 한번 빨아서 햇빛에 말려야 되는데 벌써 눈이 왔으니 다 글렀잖아요. 그리고 또……."

그건 두 사람만의 대화하는 방식일지도 몰랐다. 잠시 후 둘은 마주보며 빙그레 웃었다.

"무사히 잘 왔구나."

"무사히 잘 계셨네요."

두 사람 앞에는 겨울밤을 새우는 사람들의 애호품인 구운 개암이 한 접시 놓여 있었다. 사치스러운 간식인 말린 대구포도 있었다. 그걸 보던 다프넨이 불쑥 생각난 것처럼 일어났다. 대륙에서 돌아와 내던진 후 방치해뒀던 등짐 가방을 끌어당겼다. 가방은 굉장히 불룩했다.

나우플리온이 농담조로 말했다.

"너도 대륙에 가서 이것저것 잡다한 거 사갖고 왔냐? 대륙에서 살다가 온 녀석이 섬 촌놈들하고 똑같은 짓을 하면 쓰나."

다프넨이 배낭을 열다 말고 고개를 들어 씩 웃었다.

"대륙에서 살던 사람만이 그리워할 것을 구해 왔는데요. 뭐, 달갑지 않으시다면 그냥 저 혼자 먹겠습니다."

“그것참, 사사건건 이기려고만 하는 제자 녀석 때문에 인생이 번거롭도다. 얼른 뭔지 꺼내봐.”

다프넨이 꺼낸 것은 참나무통이었다. 나우플리온은 단박에 무엇인지 알아보았다. 테이블 위에 내려놓는데 통 안에서 쿨렁, 하고 부딪히는 소리가 울렸다. 다프넨이 멋쩍게 웃으며 말했다.

“자아, 헤베브로의 묵은 포도주보다 좋은 술이니 실컷 드시지요.”

나우플리온은 벨노어 성에서 브랜디병을 주방에 숨겨놓고 몰래 마실 정도로 술을 즐기던 사람이었으나 섬에 온 후로는 한 방울도 입에 대지 못했다. 물론 그는 섬의 규범을 앞장서서 지켜야 할 사제였으니 제사용으로 소중하게 보관되는 술을 몰래 훔쳐 마실 수야 없는 노릇이었다. 겉보기와는 달리 마음만 먹었다 하면 놀랄 만큼 자신의 의무에 철저한 나우플리온이 그런 일을 시도할 사람도 아니었다.

나우플리온은 술통을 내려다보며 잠시 말을 잊었다. 오랜만에 맡는 좋은 술냄새는 흡족했지만, 그것을 가져온 소년의 마음이 술 없이도 그를 취하게 했다. 눈 내리는 밤에 오랜만에 돌아온 제자, 좋은 술, 구운 개암, 그 이상 필요한 것이 있겠는가?

다프넨은 나무잔 두 개를 가져다 테이블에 놓더니 장난기 어린 목소리로 말했다.

"그때는 한 방울도 안 주셨지만 이제는 한 잔 정도 주시겠죠?"

벨노어 저택에서 떠나기 전날 밤, 한 모금 맛보겠다고 졸랐지만 기껏 물만 얻어 마셨던 일이 떠올랐다. 그래, 그건 정말 오래전의 일이다. 그렇게 헤어진 나우플리온과 다시 만났고, 이제는 이렇게 떨어질 수 없는 사이가 되었으니 세월이란 묘하달 밖에.

나우플리온이 손수 참나무통의 마개를 땄다. 먼저 한 잔을 부어놓고서 그가 대꾸했다.

"키만 큰 꼬마 녀석한테 이런 독한 술을 줄 순 없는 일이나……."

그렇게 말하면서 그는 두 번째 잔에 술을 따르고 있었다.

"가져온 정성을 봐서 오늘은 특별히 한 잔 주도록 하겠다."

잔을 부딪쳤다. 아까운 술, 한 방울도 흐르지 않도록 조심했다.

"실버스컬의 주인인 '위대한' 후라칸을 위해."

다프넨이 키득거리며 말을 이었다.

"그런 '위대한' 분의 스승님인 우리 사제님을 위해."

물론 다프넨은 한 모금 마시는 즉시 큰 숨을 들이쉬어야 했다. 그런 모습을 보며 나우플리온이 킬킬거리자 단숨에 마셔

버리는 객기도 부렸다. 얼굴이 금방 빨개지면서 기분이 좋아졌다. 나우플리온이 다시 술을 따라주지 않자 다프넨은 투정하듯 중얼거렸다.

"가져온 정성으로 한 잔이었으니까, 무겁게 짊어지고 온 수고로 한 잔 더, 그런 것을 고스란히 내어드리는 선량함에 또 한 잔 더, 그 술의 맛이 좋으니 기분으로 한 잔 더, 안 될까요?"

"긴 질문에 간단히 답해주마. 안 돼."

나우플리온은 술을 마시고, 다프넨은 개암을 까먹었다. 술 한 잔 마시고 나니 추위도 느껴지지 않아서 다프넨은 이것저것 지껄이기 시작했다. 제일 먼저 나온 이야기는 두 사람이 함께 알고 있는 로즈니스와 벨노어 백작을 만난 일이었다. 술을 마시면 이야기가 과장되기 마련이라, 다프넨은 평소의 무던한 이야기 실력보다 훨씬 더 극적으로 로즈니스가 찾아왔던 밤을 설명해주었다.

나우플리온은 로즈니스가 많이 달라졌더라는 대목에서 싱긋 웃으며 말했다.

"그 꼬마 아가씨도 세상맛을 좀 알게 됐나 보구나. 오랜만에 얘길 들으니 다시 보고 싶어지는걸."

"아쉬움을 두 배로 늘려드리기 위해 무척 예뻐지기도 했다는 소식을 덤으로 전해드리죠."

나우플리온도 즉시 받아쳤다.

"그래, 두 배로 아쉬워졌다. 한 번의 선택이 미래를 좌우한다고, 그때 내가 왜 칙칙한 사내 녀석을 붙들고 이것저것 가르쳤담. 반대로 했으면 지금쯤 귀여운 여자애와 술을 마시고 있었을지도 모르는데."

다프넨이 혀를 내밀어 보이며 대꾸했다.

"그게 말이 된다고 생각하세요?"

이어 벨노어 백작이 꾸민 일을 이야기하자 나우플리온은 "그자는 딸보다도 발전이 없군" 하고 중얼거렸다. 곧 폰티나 공작의 뜻 모를 호의, 실버스컬 준결승과 결승에 대한 이야기가 이어졌다. 결과는 두 사람 다 알고 있었지만 나우플리온은 술 한 잔 마신 다프넨이 평소보다 열띤 태도로 떠들어대는 모습을 바라보는 것이 즐거웠다. 그래서 다시 한번 듣더라도 개의치 않았다. 다프넨은 마치 동화책을 마무리하는 것처럼 끝을 맺었다.

"그리하여 저는 우리 스승님이 빌려주신 검이 이렇게나 훌륭하다는 것을 증명했답니다."

그걸로도 충분했다. '당신의 명예를 높이고 싶었다'고 굳이 말하지 않아도 서로 알고 있었다.

잠시 사이를 두고 폰티나 공작의 배려로 아노마라드를 빠져나오고 상인들과 여행한 이야기가 이어졌다. 그다음이 바로 암살자들과 헤베브로 마을의 이야기였다. 다프넨은 이야기를 줄이려 했지만 잘되지 않았다. 그래도 사람을 죽였다는 고백은 하지 않을 수 없었다. 나우플리온은 이마에 살짝 주름을 잡았으나 달리 말하지는 않았다. 다프넨의 결정을 믿고자 했기 때문이었다.

"빌려주신 검으로 그런 일을 저지른 것은 사죄드리겠습니다. 그런데 꼭 하나 여쭤보고 싶은 것이 있는데요."

"말해봐."

"그 검, 표면에 피가 묻으니 이상한 글자가 나타나더군요."

나우플리온은 이미 술을 반 통가량 비웠다. 다프넨은 말을 끊고 그만 마시라고 만류했다.

"그래, 나머지는 다른 날 마셔도 좋겠지. 아아, 하지만 검의 사제가 집에 술이나 숨겨두고 있다는 소문은 확실히 좋지 않아. 역시 다 마셔버려야겠어."

"편리한 핑계네요."

나우플리온은 잔에 남은 술을 비우고 나서 대답했다.

"그 검은 내 스승께서 만들어주신 거야. 얘기한 적 있던가? 아, 네가 물은 적이 있구나. 티그리스 말이다. 그걸 내게 가르쳐주신 분이야."

"기억나요. 그런데 그분은 검술만 가르치신 게 아니라 검도 만드셨군요."

"그냥 취미였어. 대장장이는 아니었고, 그때 대장간을 맡았던 분하고 친해서 가끔 화덕을 빌려 한두 자루 만들곤 하셨지. 두 분은 서로에게 필요 불가결한 존재, 다시 말해 술친구였거든."

"술이라고요? 섬에는 술이 없지 않아요?"

"이른바 밀주라는 거지. 한정된 곡식 갖고 밥 굶어가며 술을 빚을 사람이 섬에는 흔치 않은데, 그 두 분은 그런 점에서 마음이 잘 맞았거든. 내가 아까 필요 불가결한 사이였다고 했잖으냐? 그런 짓도 친구가 있으면 더 용기가 나기 마련이라서."

나우플리온은 손끝으로 술통을 한두 번 두드리더니 피식 웃었다.

"그것참, 지나치게 마음이 잘 맞은 나머지 때때로 술에 취한 채 어깨동무를 하고 돌아다니셨더란 말이야. 술이라고는 평생 한 방울도 입에 댈 일이 없는 사람들 앞에서. 그때 사람들이 눈살 찌푸리던 걸 생각하면……."

나우플리온은 지금 생각해도 골치가 아프다는 듯 관자놀이를 긁어댔다. 그가 스승에 대해 얘기하는 것은 다프넨이 나우플리온을 두고 농담 삼아 한탄조로 하는 이야기와 어쩐지 비슷했다. 다프넨은 그냥 미소 지었다. 나우플리온도 오랜만에 술을 마셔서인지 술기운이 돌아 말이 많아졌다.

"그래, 그런데 참 묘하게도…… 이런 얘기는 그렇지만 그 분의 검술은 그리 빼어난 편이 아니었거든. 그런데 오히려 야

금술에는 비상한 재주를 갖고 계셨더란 말이야. 그래서 그분이 만든 몇 자루 안 되는 검은 전부 명검이었어. 지금은 다 어디로 갔는지 모르겠지만."

나우플리온은 한쪽에 놓아둔 검을 흘끗 보았다.

"사람들한테 무심코 선물로 줘버리곤 했지. 하긴, 그분이 평생 남에게 주지 않고 혼자 지킨 건 아무것도 없었지만. 아 참, 그 글자에 대해서 물었지? 그건 말이야……."

스승의 이름은 오이노피온이라고 했다. 나우플리온은 심지어 그 이름의 뜻이 '포도주를 마시는 사람'이라고 말해줘서 다프넨을 놀라게 했다. 오이노피온은 평생 열 자루의 검을 만들었는데 그 검들에는 모두 피가 묻어야만 보이는 특별한 문자가 새겨져 있었다. 그 기술은 대장장이들을 비롯해 누구도 흉내내지 못한 오이노피온만의 비밀스러운 기술이었다. 그래서 그의 죽음과 동시에 사라져버렸다.

"그런 문자를 새겨두신 이유가 뭘까요?"

"경고지. 검에 피를 함부로 묻히지 말라는 경고."

"……."

다프넨은 섬뜩한 기분이 들어 얼굴을 찡그렸다. 그는 아직까지도 자신이 한 살인이 정당했는가, 정말로 그 방법밖에 없었던가 하는 생각을 떨치지 못했다. 닥친 순간에는 그토록 단호하게 처리했으면서도.

"어쨌든 그런 거다. 참, 그 검은 네가 한동안 쓰는 것도 좋을 것 같다. 아직은 윈터러를 쓸 때가 아니고, 내게는 우레의 룬이 있으니까. 네가 그 검으로 대륙에서 해낸 일들을 생각할 때 너에게 꽤 어울리는 검 같기도 하고 말이야."

눈과 술, 그리고 이야기와 함께 밤이 깊어갔다.

명예로운 칭호가 주어졌다 해서 다프넨의 생활에 변화가 생기는 것은 아니었다. 그러나 대륙에서 들었던 이야기가 그에게 준 변화는 컸다. 어느 날, 데스포이나 사제를 찾아간 다프넨은 신성 찬트 배우는 것을 그만두고 싶다고 말했다. 졸업 문제 때문이라면 이제 질레보 선생도 없으니 차라리 막대 호신술을 다시 배우겠다고 이야기했다.

"교장 선생님과 잘 상의한다면 불가능한 일은 아니다만……."

말끝을 흐리며 데스포이나는 다프넨의 표정을 살폈다. 그러나 나이에 비해 감정을 쉽게 숨길 줄 알게 된 다프넨의 얼굴에서는 어떤 흔적도 찾기 어려웠다.

"굳이 그렇게까지 하려는 이유가 궁금하구나. 대륙에 나갔을 때 두 사람이 잘 지내며 협력한 것으로 들었는데, 다른 문제라도 있었던 것이냐?"

"아닙니다. 다만 훌륭한 선생님에 비해 제가 너무 진전이 없고, 또 저는 최근 목소리가 변하는 중이라 노래하는 것이 힘들기도 하고요. 그런 중요한 전통은 저보다 더 자질 있는 아이가 배우는 것이 섬을 위해서도 좋을 것 같습니다."

"하지만 이솔렛이 다른 아이를 가르치려고 할까?"

이 부분에서 다프넨은 마음먹은 바가 있어 강한 어조로 대답했다.

"저는 이미 검의 사제님의 제자로서 한 가지 중요한 전통을 잇고 있습니다. 그 자질로 대륙에 다녀오기도 했고요. 아직 견습 순례자에 불과한 저에게 이번에 주어진 칭호는 무거운 것이고, 그 때문에 사람들의 시선을 받는 것도 만만한 일이 아니란 것을 알았습니다. 사람들의 의혹이 실망으로 바뀌지 않게 하려면 한 가지에 매진하여 성과를 보이는 것이 좋지 않을까 싶습니다. 막대 호신술은 새로 배운다고 해도 검술과 비슷한 자질을 요구하니까 좀더 배우기가 낫겠지요."

다프넨의 지적은 현실적으로도 옳았다. 나우플리온의 제자로서 향후 사제직이 약속된 것이나 다름없는 그가 신성 찬트의 유일한 계승자인 이솔렛의 학생이기도 하다는 것은 특혜가 지나치지 않느냐는 뒷말이 없지 않았던 것이다. 다프넨이 실버스컬을 가져와 후라칸의 칭호를 받은 뒤로 그런 이야기는 한층 자주 오르내렸다. 그리고 변성기라는 것 역시 사실이기도 했다. 변성기의 소년이 노래를 쉬겠다는 것을 이상하게 여길 까닭은 없었다.

그럼에도 불구하고 데스포이나는 오랜 연륜에서 우러나오는 직감으로 다프넨의 마음을 짐작했다. 그녀는 한숨을 내쉰 뒤 나지막이 말했다.

"일부러 피할 필요는 없단다, 다프넨. 이제 막 인생의 빛을 잡아야 할 소년이 손닿는 것들을 애써 뿌리치는 것만큼 슬픈 일은 없으니 말이다."

남은 삶에 미련은 없다는 것처럼, 웃으며 두 손을 훌훌 털어버린 또 다른 소년의 모습이 어렴풋이 겹쳐졌다. 그 소년은 데스포이나의 친자식들과는 달리 일부러 험한 항해를 택했고, 지친 몸으로 돌아온 늙은 수부처럼 자신의 오두막에 눕고 싶어 했다. 나이에 비해 너무 많은 바닷길을 달렸던 것일까.

그리고 그 소년만큼이나 고집 센 다프넨은 역시 고개를 저어 보였다.

"아뇨. 처음부터 저의 몫이 아니었습니다. 제겐 벅찼죠. 아직도 남은 것은 많고 해야 할 일도 많기에 아쉬워하지 않을 겁니다."

두 사람은 신성 찬트를 말하는 듯했지만 실제로 가리킨 것은 달랐다. 데스포이나는 나우플리온이 찾아왔던 그날처럼 슬픈 눈이 되었다. 미간에서 이마로 뻗은 주름살은 이제 고목의 그것처럼 펴지지 않고, 그녀에게 새로운 삶이 열릴 가능성은 없을 것이다.

다프넨의 이름을 지을 때 보았던 환상은 섬보다 넓고 바닷길조차 넘어가야 할 미래를 암시했다. 그랬기에 그에게 맞는 짝으로서 이솔렛을 염두에 두기 시작했다. 섬 안에는 이솔렛에게 달리 남은 행복이 없다고 느낀 지 오래되었기 때문이다. 섬 밖에서 개척해야만 할 운명이라면 순례자들의 신성한 소녀와 함께 행복해지기를, 섬에 남은 자들이 숙명의 삶을 사는 동안 마음의 자유를 찾게 되길, 그렇게 바랐는데.

"두 사람은 서로에게 행복을 줄 수 있을 거라고 생각했었다. 네 생각은 달랐느냐?"

다프넨은 이상한 눈빛으로 데스포이나를 바라보았다. 모든 비밀을 알고 있을 그녀가 어떻게 그런 말을 하느냐는 시선이었다. 그러나 데스포이나는 계속 말했다.

"그러지 말아라. 그것은 너 하나의 삶만을 깎아내는 것이 아니란다. 차라리 네 마음이 달라진 까닭을 말해주면 어떻겠니? 대륙에서 이솔렛에게 무슨 이야기라도 들었더냐?"

딱딱한 대답이 튀어나왔다.

"누구보다도 잘 아실 사제님이 아닌가요?"

"그래, 나는 누구보다도 잘 알고 있지. 하지만 네가 나처럼 정확히 알고 있는지, 그것만은 모르겠구나."

"……."

작은 집에 어둠이 내렸다. 나우플리온이 돌아올 시각이라 이제 집으로 돌아가야 했다. 데스포이나는 잠깐 일어나더니 아궁이의 불씨를 등잔에 옮겨 붙이고 심지를 돋웠다. 밝은 빛이 후룩 일어나며 요 며칠 파리해진 다프넨의 뺨을 붉게 비췄다.

"다프넨, 그 이름은 내가 지었지. 그때 나는 나우플리온 사제를 생각하고 있었다. 나우플리온의 이름을 지은 것은 내 아버지였고 그래서 그 아이가 내 동생이 된 것처럼 나 역시 네 이름을 직접 짓겠다고 마음먹었지."

데스포이나는 잠시 등잔불을 바라보았다.

"너도 알다시피 섬에는 가문의 성이 없기에 몇 대만 지나면 핏줄은 금세 흐려진단다. 그런 까닭에 서로에게 이름을 준 관계는 종종 핏줄만큼이나 강하게 이어지지. 이름을 준 아이에게는 평생토록 책임을 느끼게 되고, 그 아이의 삶을 바르게 이끌 의무 또한 갖는단다. 나는 나우플리온을 친동생으로 여기듯 너를 조카처럼 생각해왔다. 다프넨, 네 이름의 의미를 아느냐?"

지금까지 데스포이나가 그에게 여러 번 특혜를 베풀었음을 느끼긴 했지만 거기에 이토록 구체적인 이유가 있을 줄은 예상하지 못했다. 다프넨은 약간 당혹스러워하며 답했다.

"월계수……라고 들었습니다. 그러나 그게 뭘 뜻하는지는 모르겠어요."

"이름을 지으려는 자는 그 아이의 미래를 위한 환각을 보게 된단다. 너를 위한 환각에는 물론 월계수가 보였다. 그 나무는 옛 문헌에도 나오는…… 나로서는 도저히 못 알아볼 수가 없는 나무였어. 바로 우리 순례자가 떠나온 옛 왕국, 그곳의 입구를 지켰다던 불사不死의 월계수다."

'불사'라는 말을 듣는 순간 나우플리온이 해주었던 이야기가 퍼뜩 떠올랐다. 본래 처음 지어졌던 그의 이름은 아타나토스, 즉 불멸, 또는 불사라는 뜻이라 하지 않았던가?

"옛 땅에서 승리자의 나무였던 월계수는 때때로 성의 입구, 또는 왕국의 입구에 심어지곤 했다. 친교의 의미라고 받아들여졌지만 정확한 의미는 이렇다. '나는 승리자이고 너는 패배할 것이니 네가 나를 승리자답게 예우한다면 나도 관용으로 너를 대할 것이다'."

다프넨은 조금 놀라며 그 말을 들었다. 나우플리온은 성 어귀의 월계수가 방문객을 환영한다는 의미라고 말한 일이 있었다. 그러나 실제로는 내 땅에 들어온 이상 평화를 지키라는 위협에 가깝지 않은가? 평화를 깨뜨린다면 돌려줄 것은 패배뿐이라고.

"이렇듯 월계수는 영광의 나무이기 이전에 전쟁의 나무였다. 투쟁욕을 불러일으키는 자부심 높은 장수처럼 끊임없이 도전자를 불러들였지. 그래서 섬에서의 네 삶 역시 널 인정하지 않는 사람들이 싸움을 걸어오고 또 걸 수밖에 없는 운명이었던 게야. 헥토르가, 에키온이, 질레보가 그랬으며 그 밖에 너를 미워한 모든 사람들이 너의 승리를 인정할 마음이 없었던 자들이다. 더불어 헥토르의 이름은 '대적자', 에키온의 이름은 '큰 뱀의 아들'이며 마지막으로 질레보의 이름은 '질투'에서 유래했느니라."

이름의 뜻을 들을수록 몸에 오한이 일어났다. 다프넨은 미간을 찡그리며 물었다.

"그렇다면 앞으로도 마찬가지란 말씀이신가요? 제가 섬에 사는 한 싸움을 피하지 못하리라는 말씀이신가요?"

데스포이나는 고개를 오른쪽으로 약간 기울인 채 다프넨을 바라보았다.

"네 삶은 섬 안에만 있지 아니하잖느냐. 네 이름은 다프넨, 한 가지만은 아니잖느냐."

데스포이나는 '후라칸'이라는 새 칭호를 말하는 것이 아니었다. 다프넨이 직접 말한 일이 없건만 데스포이나는 다프넨의 옛 이름, '보리스'를 알고 있었으며 그것의 의미 역시 알았다.

다프넨이 답하지 못하는 사이 데스포이나가 굳어진 목소리로 말했다.

"그렇기 때문에 너와 나우플리온의 삶은 겹쳐지지 못할 선인 것이야. 한 번의 접점이 너희를 이곳까지 오게 했으나 그

선은 다시 겹치지 못할 곳으로 각각 뻗어가고 있으니. 네가 언젠가 나우플리온을 영원히 잃었을 때 네 곁에 아무도 없는, 그런 상태를 바라느냐?"

다프넨은 더 견디지 못하고 격한 감정을 뱉어냈다.

"어째서! 그렇게…… 말씀하실 수가 있습니까……. 사제님은 모든 것을 다 아시면서 제게 그 사이에 끼어들라고 어떻게…… 그런 말씀을 하시지요? 그러고 싶지 않아요, 그래선 안 돼요. 마음을 가진 건 저뿐이 아니니까……. 모든 사람이 제 적이 된다 해도, 나우플리온 사제님만은 잃고 싶지 않아요. 영원히……. 언젠가는 잃게 되겠지만 그렇더라도…… 그 분의 마음을 상하게 하는 일은 용납할 수 없습니다."

다프넨이 이 결정을 내리기까지 얼마나 고통스러웠을지 목소리에 다 드러났다. 데스포이나는 손을 내밀어 다프넨이 그 위에 손을 얹게 했다. 주름투성이 손이 자신의 손을 감싸쥐었을 때 다프넨은 뜻 모를 따뜻함을 느끼고 안타까워졌다. 왜 자신은 이 따뜻함에 마음을 맡기고 편히 쉬지 못할까.

"내 이야기를 잘 들어라. 이미 들었겠지만 무엇이 다른지 생각하면서 다시 한번 들어보아라."

데스포이나는 천천히 이야기했다. 옛일, 오누이 같았던 나우플리온과 이솔렛을 영영 갈라놓은 그날의 약혼 사건과 고집 센 두 남자의 대립, 그리고 일리오스의 죽음에 이르기까지. 그것은 이솔렛이 해준 이야기와 크게 다르지 않았으나 당시 어렸던 이솔렛으로서는 알기 어려웠을 얽힌 감정이 존재했다. 이를테면 나우플리온과 그를 가르친 늙은 스승, 오이노피온의 관계가 그랬다.

우연히 시작된 그들의 인연은 이후 스승과 제자를 넘어 할아버지와 손자, 아니 아버지와 아들 이상의 관계로 커져갔다. 달리 말하자면 누구에게도 이해받지 못했던 두 사람이 처음으로 한 사람을, 즉 서로를 이해했다. 티그리스 검술의 계승자이면서도 술과 허풍으로 세월을 보내던 오이노피온, 어디에서도 소속감을 느끼지 못하고 좌충우돌하던 고아 소년 나우플리온. 그랬기에 더욱 끊기 어려운 관계였다.

"마치 지금 네가 나우플리온을 저버릴 수 없는 것처럼, 그때 나우플리온도 그랬지."

두 사람은 서로를 깊이 의지했다. 검술을 수련하기보다는 옛날 얘기, 세상 얘기, 술 얘기를 하며 보내는 나날이 더 많았고, 옛친구처럼 마음이 잘 통했다. 그러나 데스포이나는 빛나는 재능을 타고난 나우플리온이 발전 없이 시간을 허비하는 것을 답답하고 안타깝게 여겨 차라리 두 사람을 갈라놓는 편이 낫겠다고 생각했다. 당시의 데스포이나 또한 지금처럼 인자하고 온화하기만 한 사람은 아니었다. 세월은 모든 것을 바꿔놓는 것이다.

"그러니까 어찌 보면 내 잘못이란다. 일리오스 사제가 먼저 제안하긴 했지만 둘의 약혼을 직접 추진한 사람은 나였으니까. 이후 일리오스 사제가 돌아오지 못할 사람이 되었을 때 나우플리온이 그의 뒤를 이어 검의 사제가 되어야 한다고 주장한 사람도 나였어."

데스포이나가 긴 한숨을 내쉬었다.

"그것 때문에 이솔렛은, 오래전에 약혼을 깨면서까지 아버지의 제자가 되는 것을 거절했는데 그런 주제에 아버지의 자리를 빼앗은 셈이 된 나우플리온을 용서할 수 없게, 아니, 용서해선 안 되게 되었지. 그래, 한 가지 묻자꾸나. 이솔렛이 아직도 윗마을에서의 마지막 전투 때 나우플리온이 일리오스 사제를 잘못되게 했을지도 모른다고 의심하더냐?"

다프넨은 조용히 고개를 저었다. 데스포이나는 탄식하듯 천장을 올려다보았다.

"그랬구나, 그들의 가장 큰 오해가 풀렸으니 네가 자신을 불청객으로 생각하는 것도 무리는 아니구나. 하지만 세상의 진실 가운데는 가려져 보이지 않는 것이 더욱 많은 법. 오늘 네가 원하는 것을 들어주겠다만 네 눈 밖에서도 엄연히 시간이 흘러갔음을 생각하여라."

찬트를 그만 배우기로 결정한 다프넨이 이솔렛에게 마지막 인사를 하려고 늘 만나던 장소로 올라갔을 때 이솔렛은 자리에 없었다. 이솔렛을 따르는 흰 새들 역시 한 마리도 찾을 수 없었다.

두 번 더 찾아갔지만, 왔다 갔다는 흔적조차 없는 고요한 바위들 사이에서 혼자 두 시간가량 앉아 있다가 내려왔을 뿐이었다.

세 순례자의 비밀

두터운 안개 같던 겨울이 서서히 걷혀갔다.

봄이 오면 스콜리를 졸업한 열다섯 살의 아이들을 위해 정화 의식이 치러질 예정이었다. 다프넨은 늦게 입학했기 때문에 올해 초에 졸업하지 못하지만 나이는 찼기에 역시 정화 의식의 대상자가 되었다. 정화 의식을 거치면 그도 정식 순례자가 된다. 진짜 섬사람이 될 것이고, 데스포이나 같은 사람이 넌지시 말하곤 하는 대륙으로의 복귀 또한 불가능해지는 것이다.

다프넨은 차분한 마음으로 그것을 기다렸다. 대륙이든 섬이든 번뇌 없는 곳은 없었고, 이곳에서 맞닥뜨리는 번민이 크다면 대륙에 두고 온 고통 또한 컸기에 두려움은 없었다. 그러나 순례자가 된 후의 삶은 아직 결정하지 못했다. 정말로 나우플리온의 뒤를 이어 검의 사제가 될 것인가? 마음 깊은 곳에서 그것을 부정하는 목소리가 종종 들리곤 했다. 그건 본래 이솔렛의 자리였으며, 그런 자리에 앉는 것 자체가 앞으로 한층 많은 고뇌를 가져다주리란 것을 느꼈다.

나우플리온의 일이 많아 다프넨 혼자 밤늦게까지 있는 날에는 생각이 더 많아졌다. 가끔은 그런 생각을 눌러버리려 의식적으로 다른 일에 몰두했다. 그날도 그런 까닭으로 책을 잡았을 것이다. 오래전 장서관의 제로 아저씨에게 받아 온 책이었다.

『가나폴리 이주의 역사』

책 표지를 보자 섬에 도착했던 때의 일들이 환하게 떠올랐다. 찬트를 배우게 된 직후 이솔렛과의 불편한 관계를 견디기 힘들었을 때 잡았던 책이었다. 읽다가 뒷부분이 찢겨나간 걸 보고 장서관에 가서 새것으로 바꿔오기까지 했던 기억이 났다. 그래놓고도 무심코 다 읽은 책이라 여겼는지 그후 몇 권의 책을 더 빌려 읽으면서도 이 책에는 손대지 않았다.

장서관에서 제로와 오이지스와 함께 차를 마시며 이야기꽃을 피우던 것도 오래된 일이었다. 책을 마지막으로 빌려 읽은

지 일 년은 훌쩍 지났다. 대륙에서 돌아오고 몇 달이 흘렀건만 그의 마음을 지배해버린 고뇌 때문에 전처럼 평화롭게 휴식을 즐기기가 어려웠다. 그러나 최근 책을 보지 않았던 까닭인지, 선반 한구석에 박혀 있던 이 책을 발견한 순간 끄집어내지 않고는 견딜 수가 없었다.

앞을 대강 훑다가 읽지 못했던 뒷부분을 펼쳤다. 조금 더 읽다가 다프넨은 묘한 것을 깨달았다. 전에 읽었던 앞부분과 지금 새로 보는 페이지들 사이에 최소 몇십 년은 간격이 있어 보였다. 마치 완성된 책이 긴 세월 존재하다가 후세 사람이 몇십 페이지를 덧붙인 것 같았다. 뒷부분은 긴 여행을 끝내고 정착한 가나폴리 사람이 세월이 흐른 뒤 자신들이 도착한 땅에 대해 주관을 섞어 기술한 내용이었다. 문체나 말하는 방식부터가 앞의 페이지들과는 판이하게 달랐다.

……재앙의 날을 피한 우리가 이 척박한 땅에 정착하게 된 것은 독수리의 날에 내린 신탁을 바르게 따르지 아니한 스스로의 과오에 있도다. 만년설 덮인 절벽으로 메워진 네 섬은 분명코 신탁이 가리킨 너른 대지가 아닐진대, 선대의 그라디우스 선단은 이 땅에 이르러 더 나아가기를 그치고 말았나니, 그리하여 후손인 우리에게는 단지 수천 명만을 먹일 수 있는 좁은 섬이 마지막 피난처로 남고 말았음이라. 수많은 자손이 재

앙을 피해 대륙을 떠났으되 끝내 한 척의 배만이 풍파를 피하여 이 섬의 뭍에 이르렀음도 다름 아닌 신탁의 말이 성취되려 함일러라.

천천히 읽어나가던 다프넨은 한 부분에 이르러 흠칫 놀라며 읽는 것을 멈추고 말았다.

……그리하여 선대의 과오를 잊지 아니하고자 우리는 네 섬의 이름을 각각 '영광의 기억', '신탁의 침묵', '대지의 상실', '귀환의 기원'으로 이름하였다.

왜 놀랐던가. 다시 한번 곱씹어 보고서야 까닭을 알았다. 네 이름을 끝만 잘라놓으니 바로 그들이 살고 있는 네 섬의 이름이 되지 않는가!

손끝에 가느다란 떨림이 일다가 멎었다. 이 책의 내용대로라면 순례자들의 옛 왕국은 다름 아닌 필멸의 땅의 옛 왕국, 가나폴리였다. 섬사람들은 가나폴리의 후예였던 것이다.

이 사실을 몰랐던 것이 자신뿐인가? 아니, 그럴 리가 없다. 옛 왕국……. 누구의 입에서든 한 번은 들어본 이름이지만 그것이 가나폴리라고 말한 사람은 없었다. 심지어 나우플리온조차도 옛 왕국이 어디에 있었는지 모른다고 하지 않았던가?

옛 왕국, 옛 왕국…….

갑자기 또 하나가 떠올랐다. 나우플리온은 섭정 각하나 '나무탑의 현자' 제로라면 옛 왕국의 위치를 알지도 모른다고 말한 일이 있었다. 다프넨이라는 이름을 받았던 날, 산비탈에 앉아 이야기를 나누던 도중 분명 그렇게 말했다. 다프넨은 벌떡 일어났다. 처음 그 책을 읽었던 날과 마찬가지로, 그는 책을 옆구리에 낀 채 다시 한번 장서관으로 달려갔다.

제로는 막 저녁 식사를 마치고 데운 염소젖을 담은 손때 탄 나무잔을 한 손에 든 채 다프넨을 맞았다. 나무탑의 현자라는 별칭에 어울리는 모습이었다. 다프넨이 옆구리에 낀 책을 흘끗 보자마자 제로는 웃었다.

"이제야 읽었나 보구나."

다프넨은 또다시 놀랐다. 그 책을 마저 읽은 뒤 다프넨이 이곳으로 달려올 것을 알았다는 말투였기 때문이다. 물론 그 사이에는 몇 번의 계절이 가로놓이고 말았지만.

다프넨은 가까스로 이렇게 입을 뗐다.

"알고…… 계셨던가요?"

"그 책이라면 예전에 읽었는걸. 여기의 책들 중에 내가 읽지 않은 책은 얼마 없어."

다시 한번, 이번에는 새로운 심증이 다가왔다. 제로가 다프넨에게 하필 이 책을 준 것은 계획된 일이었던가?

"왜 이 책을 제게 주신 건가요? 혹시 일부러 그러셨나요?"

제로는 갑자기 소리 내어 웃었다. 머쓱한 것을 감추려는 사람처럼 뒷머리를 긁적거렸다.

"미안하구나. 생각보다 네가 금방 꿰뚫어 봐서 말이야. 그래, 솔직히 인정하마. 섬사람들이 일부는 숨기고, 일부는 알지 못하는 사실 그대로가 그 책에 적혀 있단다. 비록 적은 가능성이긴 해도 네가 그걸 읽고 이렇게 달려오길 기대했지."

"어째서인가요? 아니, 그런 사실을 알고 계시면서 왜 섬사람들에게는 숨기고 제게는 알려주시는 거죠? 다른 사람들이 알아선 안 될 이유는 뭐고 제가 알아야 될 이유는 무엇인가요?"

제로는 이제 웃음을 거두었다. 이어진 목소리 속에 뜻밖의 날카로움이 있었다.

"알아선 안 될 이유는 간단해. 섭정 각하가 원하지 않기 때문이다."

지금까지 다프넨이 생각한 섭정은 외딴집에 숨어 나오지도 않으면서 섬의 일을 조종하려 하는 음험한 인물이었다. 특별한 능력이 없고 모습조차 드러내지 않는데도 여전히 권위가 있는 것은 전적으로 옛 왕국에서 내려온 전통 때문일 것이다. 그런데 그러한 권위를 가져다준 옛 왕국의 실체를 숨기려 한다? 그것은 옛 왕국의 모습이 현재 섬사람들이 아는 것과 뭔가 다르기 때문이 아닐까? 그리고 그것이 알려질 때 자신의 권위가 위협당할 가능성이 있어서가 아닐까?

"옛 왕국의 정체가 정말로 가나폴리라면……. 저는 대륙에서도 가나폴리의 역사를 다룬 책을 본 적이 있었습니다. 다시 말해 가나폴리에 대한 기록이 곳곳에 꽤 남아 있다는 이야긴데, 그게 알려지면 섭정 각하의 신변에 안 좋은 일이 생기나요?"

제로는 주위를 둘러본 뒤 2층으로 올라가는 사다리를 손가락질했다. 두 사람은 차례로 사다리를 타고 올라가 전처럼 수많은 책들이 위태하게 쌓인 둥근 방에 이르렀다. 그러나 창이 닫히고 방 가운데 등잔이 하나 놓여 있을 뿐이라 키 언저리를 넘는 곳은 까마득한 암흑이었다. 두 사람은 등잔을 사이에 두고 마주앉았다. 어둠 속에서 상대방의 불그레한 얼굴이 어른거렸다.

"네가 이해한 그대로야. 그런데 네가 대륙에서 읽었다던 책에는 어떤 얘기가 적혀 있었지?"

오래된 기억이었다. 벨노어 백작의 서재에서 란지에가 제일 먼저 권해주었던 책이 『마법 왕국의 역사』였다. 그때 읽었던 내용이 일부 기억났다. 그 책에 따르면 가나폴리는 어린 아이들까지도 모두 마법을 쓸 줄 알았던 위대한 마법 왕국이었으며 그곳의 지배자인 왕도 역시 마법사이고 나라의 모든 질서가 마법의 권위로 이루어지는…….

그 순간, 다프넨은 그 이야기가 지금껏 알던 섬의 옛 왕국에 대한 이야기와 크게 어긋난다는 것을 깨달았다. 가장 중요한 것이 빠져 있었다.

달여왕은, 달여왕은 어디 있는가?

"제가 읽은 책에는…… 가나폴리는 마법사들의 왕국으로서…… 그곳에서 가장 숭배된 가치는 마법이었다고 했습니다. 하지만 지금 섬에서 마법은 거의 사라지고……."

제로는 어두운 얼굴로 미소를 지었다.

"그래. 그들은 마법을 섬겼지. 달여왕은 섬기지 않았어."

"그럼 달여왕 신앙은 도대체 어디에서 나타난……."

"모르겠니? 아니, 이미 짐작하겠지?"

그렇게 말하는 제로의 모습은 평소와 다른 차가운 냉소를 품고 있었다. 이 문제야말로 그가 오랫동안 신명을 바쳐 추구해온 것임이 틀림없었다.

"역대 섭정들의 창작물입니까?"

섬의 순례자들이 듣는다면 충격과 분노에 휩싸일 만한 말이었다. 그러나 이 정도로 중대한 문제가 지금껏 아무에게도 알려지지 않았다는 사실이 도무지 믿어지지 않았다. 가나폴리와 관련된 기록이 설마 대륙에만 남아 있을까? 지금 다프넨이 읽은 책이 그렇듯 섬에도 남아 있을 것이 아닌가? 그런 것을 한 권만 보았더라도 누군가는……. 하지만 지금의 섬사람들은 누구도 책을 읽으려 하지 않기 때문에…… 아!

"사람들이 책을 읽지 않기 때문에 그런 조작도 가능했던 것이고, 그러면 혹시…… 사람들이 책을 멀리하게 된 것도 섭정들이 은밀히 조장한 결과입니까?"

오래전에 섬사람들이 마법이며 문학, 음률 등을 멀리하고 검만을 추구하게 된 것이 '명백한 퇴보'라고 말하던 제로의 모습이 떠올랐다. 오늘을 제외한다면 그의 표정이 가장 진지하고 단호했던 날이었다.

"확신하기엔 아직 일러. 다프넨, 내가 이제부터 해주는 이야기를 듣고 비밀을 지켜주리라 믿는다. 본래 옛 왕국, 그러니까 가나폴리에도 달여왕이라는 존재가 없었던 것은 아니야."

다프넨이 비밀을 지키겠다고 서약하지도 않았는데 제로는 개의치 않고 이야기를 시작했다. 다프넨은 새로운 눈이 하나 더 뜨이는 기분으로 이야기를 들었다.

가나폴리에서 달여왕은 신앙이 아니라 일종의 원시적 철학 사조였다. 그것도 왕국에 존재한 여러 철학 조류들 가운데 한 가지에 불과했다. 현재의 달여왕 신앙이 신격에 대한 것은 적고 오히려 윤리학이나 정의론正義論에 가까운 모습을 보이는 것도 그 때문이었다. 가나폴리는 마법은 물론 학문도 크게 발달한 나라여서 철학적 입장을 달리하는 지파들이 공개적으로 논쟁을 벌이기도 하고, 자신들만의 전당을 세워 제자들을 모으는 일도 흔했다고 했다.

그런 가운데 재앙의 날이 닥쳤다. 재앙을 수습하기 위해 위대한 마법사들은 대부분 그 땅에 남았으나, 후손을 보존하고 지식을 전승하기 위해 새 땅을 개척할 만여 명의 사람을 선발하게 되었다. 그들은 왕위 계승자의 지휘 아래 하늘을 나는 배를 타고 바다 건너의 땅으로 갈 예정이었다. 그들이 가고자 한 땅은 달의 섬보다 훨씬 먼 곳에 있는 미지의 대륙이었다. 한때 그 땅의 존재가 신탁을 통해 예언된 일이 있다 했다.

다프넨은 하늘을 나는 배라는 말에 『마법 왕국의 역사』에서 읽고 상상했던 것을 생각하며 몸이 떨렸다. 그런 배가 상상의 산물이 아니라, 실제로 존재했단 말인가?

"……그렇지만 그 배들 중 이 섬에 도착한 것은 단 한 척뿐이었어. 수정 제도 주변에서 정체 모를 문제가 발생하여 왕위 계승자가 탔던 가장 큰 배가 떨어져 침몰한 것이 문제의 시작이었지."

그 배에는 다른 배들의 비행을 위한 연료가 실려 있었다. 비록 그 연료가 무엇인지는 알려지지 않았지만. 따라서 그 배가 침몰하자 다른 배들도 더이상 날아갈 방법을 잃었다. 남은 배들은 진짜로 항해를 해야 했고, 그 과정에서 뿔뿔이 흩어지게 되었다.

"어째서 한 척만 남은 거죠? 그들은 모두 마법사들이었는데 어째서 안전한 항해를 하지 못했을까요?"

"그 점이 큰 의문이긴 한데, 그들은 북쪽으로 항해해 갈수록 점차 마법을 잃어간 듯해. 이 섬 주변에 어떤 힘의 장場이 있는데, 그게 가나폴리의 마법과 충돌했나 봐. 그래서 물건에 깃든 몇 가지 마법만이 겨우 명맥을 유지하게 되었지. 사제들이 가진 신물처럼."

신물……. 그러고 보니 섬에서 가장 뛰어난 마법은 거의 그 신물들에서 나왔다는 생각이 들었다.

"그런데 뜻밖에도 일부 사람들은 오히려 더 큰 힘을 획득하게 되었어. 바로 달여왕 지파의 사람들이었지."

본래 네 개의 섬은 다프넨이 읽은 책에 나온 대로 각 섬의 이름만이 있었을 뿐 전체를 이르는 이름은 없었다. 그런데 섬에 도착한 후 사람들은 이곳에 유난히 달, 즉 달여왕의 힘이 강력하다는 것을 알았다. 그랬기에 달여왕을 추종했던 자들이 온전히 이곳 해안에 다다를 수 있었던 것이기도 했다. 거친 항해에 지치고 비축 식량도 다 떨어진 그들은 먼 대륙으로 가는 것을 포기했다. 아니, 달여왕의 힘이 강력한 섬이라는 것을 알고 일부러 정착하려 마음먹었는지도 몰랐다. 그것을 결정한 자는 그 배를 이끈 지휘자였고, 그가 현재 섭정을 배출하는 집안의 시조였다.

그후 그들에게 남은 마법은 달의 기운에 의지하는 것들뿐이었다. 두어 세대가 지나는 동안 그들은 어느새 달여왕의 자식들이 되어 있었다. 그리고 섬은 달의 섬이 되었다.

달여왕의 특별한 영향력이 미치는 곳은 썰물섬까지였다. 그 해역이 현재까지도 순례자들이 지키는 영역이었다. 왜 이 섬 주변 해역에서 달의 힘이 강해지는지는 가나폴리의 후예였던 그들조차 밝혀내지 못했다. 다만 과거 가나폴리 땅에도 특정한 별의 영향을 받는 지역이 있었다는 것만이 가능한 짐작을 뒷받침해줄 따름이었다.

"다프넨 너, 공회당에 새겨진 부조들을 자세히 본 일이 있니?"

"예?"

매일 보는 공회당이었지만 부조 하나하나를 주의깊게 보지는 않았다. 달을 의인화한 여인의 모습이 많았다는 것은 기억하고 있었다. 그런데 그때 다른 것이 생각났다. 섬의 공회당은 한 군데가 아니었다. 폐허가 된 윗마을에서 본 무너진 공회당, 그곳에 새겨진 부조들은 이곳 공회당과 판이하게 달랐다. 거기에는 모두 마법사와 마법을 찬양하는 내용들뿐이었다.

"두 공회당이…… 전혀 달랐던 기억이 납니다."

"그래, 나도 네가 버려진 마을에 갔던 걸 알고 있었어. 그래, 거기엔 달여왕 같은 건 새겨져 있지 않았지? 그리고 배경도 다르지 않든? 거기 새겨진 풍경이 바로 가나폴리야. 상대적으로 몇 세대가 지난 후 세워진 이쪽의 공회당 벽에는 어느새 이 섬의 모습만이 새겨져 있지. 안 그래?"

제로의 설명이 이어졌다. 섭정의 조상인 지휘자는 사람들을 새로운 땅으로 데려갈 임무를 띠고 있긴 했지만 뛰어난 마법사는 아니었던 모양이다. 작은 직분을 내리는 데도 마법 능력을 따지는 가나폴리의 관습을 생각할 때, 이런 이례적인 인사에는 미심쩍은 부분이 있었다. 비행 대신 항해가 시작되고 점차 마법의 힘이 약해졌을 즈음 다른 능력이 더 중시되어 뒤바뀐 게 아닐까, 제로는 그렇게 말했다. 어쩌면 본래의 지휘자를 죽이고 빼앗았을지도 모르고.

그렇게 얻은 지위를 도로 빼앗기지 않기 위해서라도, 마법사가 아닌 섭정은 마법과 거리가 먼 새로운 풍습을 만들어낼 필요가 있었다. 달여왕의 지배를 받는 순례자라는 개념, 본래 일곱 마법사의 회의였던 것이 여섯 사제로 바뀐 것(공회당 바닥에 그려진 원은 지금도 일곱 개였다), 한때 산 제물까지도 바쳤다는 잔인성, 학문과 마법보다 검을 숭앙하는 분위기, 책이며 기록 따위를 멀리하고 찬트를 비롯한 마법 전통들을 사장시킨 일, 그 모두가 섭정의 정치적 필요와 맞물려 조작되고 방조되었다. 위대한 마법사들의 지배에 익숙하던 사람들에게 서툰 마법을 보여보았자 불신을 살 뿐이라는 것을 그자는 잘 알고 있었다. 교활하게도 달여왕이라는 새로운 숭배 대상을 주고 그녀의 의지를 불분명한 것으로 만든 일이야말로 그러한 계략의 핵심이었다.

가나폴리의 이름은 '옛 왕국'이 되고, 마법 왕국은 신성 왕국이 되었다. 그런 까닭에 대륙에 나가면 섬의 마법은 대부분 제대로 힘을 발휘하지 못한다 했다. 대륙에 가도 약화되지 않는 것은 몇몇 섬사람들이 가나폴리의 자손답게 타고나는 신비한 능력들, 그리고 이솔렛의 찬트처럼 가나폴리에서 온 전통들뿐이었다.

다프넨은 답답해져서 되물었다.

"이런 사실들을 언제부터 알고 계셨던 거죠? 왜 그걸 다른 사람들에게 알리지 않으세요? 아저씨의 말이 맞는다면 섬사람들 모두는 섭정들에게 대대로 속고 있는 것이잖아요? 이런 일을 사제님들도 모릅니까?"

제로는 더러운 방석을 천천히 끌어당기며 어눌한 목소리로 말했다.

"사제, 그래, 사제. 이 모든 것을 가장 먼저 깨달은 것은 내가 아니야. 사제였지. 많은 기록을 누구보다도 빨리 독파하고, 아무것도 두려워하지 않았던 검의 사제, 이제는 죽고 없는……."

다프넨은 즉시 깨달았다. 달리 누구를 생각할 수 있겠는가.

"일리오스 사제님이란 말인가요?"

"그래, 일리오스……. 그는 내 친구였지. 둘도 없는 죽마고우였지만 끝내 갈라섰고, 미처 화해하기도 전에 저세상으로 가버린 그 몹쓸 친구가 맨 처음 내게 이 이야기를 해줬어."

제로가 일리오스의 친구였다는 이야기는 나우플리온에게 들어 알고 있었다. 그런데 둘이 반목하여 갈라섰다는 이야기는 금시초문이었다. 다프넨은 제로 같은 사람이 누군가와 싸우기도 한다는 것조차 잘 믿어지지 않았다. 아니, 혹시 지금 말하는 것과 같은 문제라면 끝내 의견을 굽히지 않았을지도 모른다.

"그리고 그 때문에 죽었지."

"뭐라고요?"

당황하여 제로의 얼굴을 바라본 다프넨은 그의 얼굴에서 진실을 읽고 움찔했다. 지금껏 일리오스는 저 괴물, 죽은 자의 오벨리스크에 골모답이라고 적혀 있던 정체불명의 존재에게 살해당한 것으로만 알고 있었다.

"물론 일리오스를 죽인 것은 저주스러운 괴물이었어. 하지만 괴물을 처치하기 위해 목숨을 버리라는 강요를 받게 된 것은 섭정이 일리오스를 질투하는 동시에 겁냈기 때문이야. 그가 가나폴리의 옛 역사를 너무 많이 알아냈다는 걸 섭정도 눈치챘거든."

제로의 얼굴에 드리워진 그늘이 흔들렸다.

"그래, 일리오스는 영리했지만, 그 이상으로 오만했어. 자신이 비밀을 알아냈다는 걸 숨기려고도 하지 않았지. 또한 자신이 잘못된 지식에서 벗어난 이상, 다른 사람들이 그런 족쇄를 깨닫거나 말거나 하는 것은 그에게 별 의미가 없는 일이었어. 검의 사제에 대한 사람들의 신뢰를 기반으로 삼아 은밀히 차근차근 전파했더라면 이런 결과는 아니었을 텐데. 그는 그러기는커녕 오히려 섭정 앞에서 내킬 때마다 비아냥대는 도구로 삼고 말았던 거야."

다프넨이 당혹스러운 표정을 짓자 제로가 씁쓸하게 웃었다.

"일리오스라고 그런 식으로 하면 섭정이 자길 경계하리라는 걸 몰랐겠는가? 당시 최고의 검술과 학식을 가진 자로서 누가 자신과 다투겠느냐는 방약무인한 마음도 있었을 거야. 하지만 그보다는 어려서부터 수없이 보아온 섭정의 얕은 계략을 지독하게 싫어했기에 그런 식으로 대놓고 비웃지 않고는 못 견뎠던 거지."

제로가 고개를 흔들며 낮은 한숨을 내쉬었다.

"남보다 앞서 진실을 아는 능력이 있은들 무엇하겠어. 일을 그르치는 것을 뻔히 알면서도 보기 싫은 건 한순간도 참아주지 못하고, 파국으로 달려가는 자신조차 멈추지 못하는 성격인 것을. 그 똑똑했던 자도 결국 현자는 아니었던 게야."

일리오스 사제에 대한 오해가 한 겹씩 벗겨질 때마다 만나는 것은 생각지 못한 모습이었다. 처음에는 단순히 천재이자 섬을 위해 자신을 희생한 사람이라고 생각했다. 그러나 곧 어린 딸과 바닷가를 산책하고 솔방울을 선물하는 낭만적인 아버지로, 또한 자신의 뜻을 따르지 않는 나우플리온에게 불같이 화를 낸 고집 세고 독선적인 사람으로, 다음엔 실버스컬을 가져오고 폰티나 공작의 뇌리에까지 남은 경이로운 소년으로, 그리고 이제는……. 격렬한 감정을 가진 사람이며 결국 현자는 아니었던, 자부심 강하고 냉소적인 인물이 그였다.

천재나 대학자, 뛰어난 검사이기 전에 자기 자신을 어쩌지 못하는 한 인간인 그의 일생은 왜 이렇게 안타깝고 착잡한가. 차라리 전에 알았듯 완벽한 인간이었더라면 오히려 묵은 초상화처럼 아무 감흥도 없었을 터인데.

"왜 그분은 거절하지 않았던 건가요? 섭정 각하가 죽으라 한다고 반드시 죽어야 되는 건 아니잖아요? 괴물을 꼭 해치워야만 했다면 왜 섭정 본인은 나서지 않는 거죠? 왕이라면 백성들에게 닥친 위험을 막기 위해 스스로를 내던질 수도 있어야 된다고, 대륙의 책에서는 그렇게 말하고 있었단 말입니다."

"한 가지 점에서 다르지. 그는 왕이 아니야. 섭정일 뿐이지. 섭정은 통치하지만, 왕국을 위해 죽을 책임까지는 없는 거야. 허허, 허허허……."

헛웃음을 짓던 제로는 이윽고 차분한 얼굴로 다프넨의 질문에 답했다.

"얕은 술수를 잘 쓰는 섭정이 일리오스의 자존심을 일부러 건드렸으리란 게 능히 짐작 가지 않니? 일리오스는 계략인 줄 뻔히 알면서도 끝내 특유의 삐딱한 태도로 죽음을 자청하고 말았어. 그때 섭정을 바라보며 '좋습니다, 그럼 죽어드릴까요?'라고 말하던 녀석의 차가운 눈빛이 아직도 눈에 선하다."

제로의 눈에 아지랑이가 어리는가 싶더니 어둠 속에서 짧은 탄식이 흘렀다.

"태양, 태양이 달의 땅에서 버티지 못한 것이다. 어쩌면 그런 이름이 붙여진 순간부터 일리오스는 죽을 때까지 달여왕과 화해하지 못할 운명이었는지도 몰라. 달이 태양을 집어삼켰어. 옛 왕국 가나폴리는 황금과 태양의 땅이었거늘, 그곳에서 태어났더라면 진실로 태양 같은 존재가 되었을 사람인데, 이처럼 작은 땅은 천재도 필요하지 않다는 것인지……."

다프넨은 가만히 등잔불을 바라보았다. 모든 창이 남김없이 닫힌 그곳에서 불꽃은 미동도 없이 곧바르게 타올랐다. 문득, 손을 휘둘러 그 불을 끄는 상상을 했다. 저렇게 작은 불이니 견디지 못하겠지. 어떤 거대한, 이를테면 정말로 달여왕과 같은 존재가 있어 인간의 생명을 끄고자 한다면 아무리 훌륭한 사람이라 한들 순식간이겠지.

달여왕의 빛을 등에 업은 섭정은 자신보다 거대한 그림자가 되어 일리오스의 광채를 덮어버렸다. 달여왕의 정체는 무엇일까? 달은 분명 밤마다 둥글게 타오르고 이 섬과 주변 해역을 지배하고 있다. 우유부단한 자를 싫어하고 때로는 직설적으로, 때로는 은근한 방법으로 자신의 백성들을 다스린다는 그녀는 대륙에 흩어진 여러 종교의 신들처럼 모습을 드러내지 않는 숨은 신인가.

"뒷일은 짐작이 가겠지? 일리오스가 죽고 나자 섭정은 자료를 보존하겠다며 어린 이솔렛의 손에서 아버지의 유품들을 강제로 빼앗아갔어. 그런 다음 그것들을 샅샅이 뒤져서 자신의 통치에 불리할 만한 것에는 자물쇠를 채워 숨기고, 남은 것은 이 장서관에 대강 처박은 거야."

제로는 다프넨이 가져온 책의 표지를 천천히 쓰다듬었다.

"맨 처음 네 손에 들어간 책의 뒷부분이 찢겨 있었던 건 그 책이 본래 일리오스의 서재에 있었다는 의미일 거다. 네게 준 새 책은 내가 일리오스와 갈라서기 전에 필사해둔 거야. 그건 분명 중요한 자료였으니까."

다프넨은 등잔불에서 시선을 돌려 제로를 바라보았다.

"그렇다면 일리오스 사제님이 하시지 못한 일을 제로 아저씨께서 하시면 되잖아요? 사람들에게 천천히 진실을 전파시켜서 잘못을 하나씩 바로잡는 겁니다. 아저씨는 돌아가신 그 분처럼 '나만 잘 알고 있으면 그만'이라고 생각하는 사람은 아니시잖아요. 아니, 지금도 그렇게 하고 계신 건가요? 저한테 알려주신 것도……."

"아니, 그렇지 않아. 내가 이 이야기를 한 건 너뿐이다."

"도대체 왜죠? 어째서 접니까? 왜 저뿐입니까?"

"너에게라도 말하는 것은 내가 일리오스가 아니기 때문이고, 너에게만 말하는 것 역시 내가 일리오스가 아니어서겠지."

"무슨 뜻이죠?"

제로는 등잔으로 두 손을 가져가 오므리는 시늉을 했다. 마치 작은 불씨를 지키려는 사람처럼.

"섬에서 나고 자란 자라면 이 이야기를 듣고 세상이 두 조각 나는 충격을 느낀다 해도 이상한 일은 아닐 거야. 열 살도 안 된 이솔렛에게 무엇이든 읽게 내버려뒀던 일리오스조차도, 비밀이 담긴 몇 권의 책만은 내게 맡기고 그 애에게 주지 말라고 당부했지. 나 역시 처음에는 드러나는 거짓과 진실을 보며 며칠 동안 잠을 자지도, 먹지도 못했어. 그 정도의 충격이었다."

제로가 다시 다프넨을 빤히 보았다.

"그러나 대륙 출신인 너는 달라. 현재 섬에서 태어나 자라지 않은 순례자는 너 하나뿐이다. 너만은 진실을 접했을 때 그것을 있는 그대로 받아들일 수 있어. 심리적인 저항감으로 진실까지 가기도 전에 귀를 막아버릴 대부분의 순례자들과는 다르지. 그리고……."

다프넨은 제로의 입에서 그가 최근 가장 피하고 싶어 하는 이야기가 나오는 것을 들었다.

"너는 장차 이 섬의 사제, 검의 사제가 될 테니까."

다프넨은 느리게 고개를 저었다. 그러나 제로는 보지 못한 것처럼 말을 이었다.

"들었으니 알겠지만 섬사람들에게 이 이야기는 음모나 범죄라기보다는 궤변이나 헛소리로 들릴 거야. 지금의 상태가 너무 익숙하기에 마법 대신에 달여왕을 숭상하는 게 뭐가 어떠며 학문 대신에 검을 추구하는 것이 뭐가 잘못됐느냐고, 그렇게 말하겠지."

제로의 입가가 냉소적으로 비틀렸다.

"실은 나조차도 가끔은 혼란스러울 때가 있거든. 이게 뭐가 잘못되었단 말인가, 시작이야 어찌됐든 지금 달여왕 아래에서 잘 살아가면 그만이 아닌가, 하고 말이야. 물론 모두들 검만 휘두르려 하는 것에는 절대 찬성할 수 없지만."

제로는 희미하게 웃었다. 그러나 다프넨은 제로가 하고 싶어 하는 말을 알아들었다. 그것은 두려운 책임이었다.

"너라면…… 일리오스가 하지 못한, 아니 하지 않은 일을 해낼 수 있을 거라고…… 그렇게 생각했다. 내 말에는 귀를 기울이지 않을 사람들도 사제, 그중에서도 검의 사제의 말이라면 무심코 고개를 끄덕이는 것을 아니까. 그리고 네가 일리오스처럼 실버스컬의 우승자가 되었을 때는 더더욱……."

"……."

갖가지 생각이 빙글빙글 돌았다. 다프넨은 오래전에 이솔렛이 일리오스 사제와 섭정의 대립, 그리고 이솔렛 자신과 리리오페의 잠재적 대립에 대해 말했던 것을 기억해냈다. 이솔렛이 은둔하는 이유는 아버지 세대의 전쟁을 되풀이하고 싶지 않기 때문이었다. 본래 싸움을 두려워하지 않는 그녀가, 검의 사제가 될 수도 있었을 텐데 오히려 부딪히지 않는 것을 택했다. 제로는 지금 이솔렛이 가지 않은 길을 다프넨에게 가라고 하는 것인가?

문득, 이솔렛은 정말로 이런 문제를 전혀 모를까 하는 생각이 들었다. 알았다면 지금껏 가만히 있었을까? 하지만 일리오스 사제를 닮은 냉소적 성격을 생각하면 혹 그럴 수 있었을지도 모른다. 그래야 할 이유만 충분하다면 자신조차 서슴없이 파괴할 그녀가, 고작 리리오페와 다투고 싶지 않아서 은둔자를 자처한다고?

다프넨은 어느덧 이솔렛을 잘 알게 되었기에, 이제 그 말속에 든 모순이 분명하게 보았다. 이솔렛은 잘 알고 있었다. 그녀가 검의 사제가 되고 전면에 나서서 리리오페와 대립할 경우 섬사람들이 누구의 편에 설 것인지. 혼자가 된 천재에게 어떤 일이 벌어지는지. 섬은 작고 닫힌 사회이며, 사람들에게 버림받으면 남는 것은 아버지가 걸어야 했던 강요된 희생의 길뿐이리라.

그러니 이솔렛이 제로가 말한 진실을 안다 해도 달라지는 것은 없었다. 일리오스는 한때 위대했던 가나폴리의 후예들이 달의 섬에서 얻은 최고의 천재였다. 그에 대한 기억 때문에 사람들은 이솔렛을 사랑했지만 동시에 경계했다. 그녀의 비범함은 섬사람들에게 주어진 축복이기도 했지만 그 이상으로 큰 위협이었다.

그렇다면 자신은?

다프넨이 일리오스에 이어 두 번째 실버스컬을 섬으로 가져왔다 해도 그를 일리오스와 같다고 생각하는 사람은 없었다. 섬의 자랑이라기보다는 뛰어난 능력을 지닌 이방인, 그 정도가 섬사람들이 다프넨을 보는 시각이었다. 따라서 이솔렛처럼 핏줄 때문이 아니라, 이번엔 외부로부터 온 침입자라는 사실이 또 다른 불안감으로 이어질 터였다. 오히려 나우플리온은 오랫동안 자리를 비웠음에도 불구하고 많은 사람들이 그를 좋아하고 신뢰했다. 그것은 나우플리온이 다른 일에는 참견하지 않고 오직 검의 길만을 걷고 있어서가 아닐까.

다프넨은 제로를 바라보았다.

"무어라 말해야 좋을지 모르겠군요. 저는…… 그래요, 엄밀히 말해 아직은 이방인입니다. 제가 그러고 싶어서라기보다는 사람들이 저를 그렇게 보고, 저 역시 아직 융화되지는 못했다고 해야겠죠."

누구 앞에서도 하지 못했던, 스스로에게도 답하기 힘들었던 이야기가 이어졌다.

"그래서일까요, 아직은 섬에 대해 그만큼의 책임감을 갖지 못했다는 것이 솔직한 말일 겁니다. 아직은 아무것도 확실하지 않아요. 검의 사제……. 그것이 제게 예정된 자리일까 언젠가 혼란스럽게 생각해보았습니다. 그렇지만 아직까지 그만한 명예를 짊어질 준비가 되지 않았다는 것이 답이었습니다."

"네가 감당 못 할 부담이라고 느끼는 거니?"

제로의 말씨는 나우플리온과도 다르고 데스포이나와도 달라서 꼭 또래 친구 같은 데가 있었다. 그런 말투가 오늘만은 이상하게도 불편하게 들렸다. 결국은 생각하던 것을 입 밖에 낼 수밖에 없었다.

"아무래도 떨쳐버릴 수가 없군요. 제게 이런 얘기를 하시는 아저씨가 스스로 짊어질 수도 있을 책임의 범위를 축소하고 회피해버렸다는, 그런 생각. 불가능해서가 아니라 실은 하고 싶지 않아서라고요. 무엇이 답입니까?"

제로는 잠시 침묵을 지켰다. 힘든 질문이었기에 다프넨도 말없이 기다렸다.

"그래, 아까 말한 대로야. 난 결국 일리오스가 아니기에 여기까지였다고, 그렇게 생각해왔지만 그것이야말로 자신에게 준 비겁한 면죄부였을까? 나는 일리오스처럼 진실을 무시하지도 못하고, 그렇다고 직접 나서서 세상을 바꿀 만큼 대담하지도 못해."

제로는 고개를 들어 암흑 속에 쌓인 책들을 향해 눈길을 보냈다.

"내가 할 수 있는 일은 고작 이런 것들뿐이야. 사실 이 장서관도 나 혼자 만든 것이 아냐. 가나폴리의 장서관에 대한 기록을 발견했을 때, 난 제일 먼저 일리오스에게 달려가 보여주었지. 그 친구가 기뻐하며 해보자고 했기에 모든 일이 시작됐어."

제로의 눈빛이 창틈으로 새어 드는 빛 한줄기를 보고 있었다. 그 밝음, 그 찬란함.

"둘이서 머리를 맞대고 같이 설계를 했지. 사실 설계에는 일리오스가 훨씬 뛰어나니까 나는 책을 분류하거나 모으는 일을 주로 했어. 그러나 이곳이 반쯤 지어졌을 즈음 그 녀석과 나는 사이가 틀어졌어."

제로의 뺨이 미세하게 떨렸다.

"녀석은 자신은 이곳에 손대지 않은 걸로 하겠다고 매정하게 말하더군. 자기가 손댄 부분을 없애버리지 않는 대신에, 일체의 관련이 없는 걸로 하겠다고 말이야. 그 고집을 누가 꺾겠어……. 거절하면 오히려 자기 의견을 무시했다고 더 불같이 화를 낼 친구니까. 나 혼자서 남은 일을 하는 데는 몇 배의 시간이 걸렸지."

제로가 '난 이렇게 둔하니까'라고 말하듯 두 손을 펴서 자신을 가리키며 쓴웃음을 지었다.

"그렇게 장서관이 완성된 다음에도 열심히 노력했기 때문에 책은 처음의 열 배 정도로 불어났고. 그렇게 만들어진 이런 곳……. 나는 여기를 지키고 돌보고, 그런 다음 아마도 물려주겠지. 누군가한테…… 누구에게 물려주면 좋을까."

당연히 오이지스를 말할 것으로 생각했으나 제로는 그런 언급 없이 말을 이었다.

"일리오스가 살아 있을 때 나는 그 녀석의 갖가지 계획을 도우며 편안하고 즐거웠어. 이제 다시 그 친구와 같은 누군가가 있다면 전처럼 힘을 다해 돕고 싶다고 생각했지. 내가 원하는 진실의 전파……. 그런 건 나우플리온의 담백한 성미로는 도저히 안 될 일이니까. 그리고 아버지의 일로 마음을 닫아버린 이솔넷은 사람들의 관계를 피할 수가 없으니까. 이방인인 너를 보았을 때 일말의 희망을 걸어보았어."

다프넨은 제로의 얼굴을 똑바로 볼 수가 없었다.

"미안하구나, 미안해. 하지만 내 희망은 여전히 너를 도와 진실을 알리는 거야. 네가 거절한다고 하면 물론 그것으로 그만이겠지. 한 가지만 묻자. 다프넨 너에게 부담스러운 것은 검의 사제라는 자리니? 아니면 나와 함께 섭정들의 거짓말을 뒤엎는 거니? 전자였든 후자였든, 나는 널 이해할거야. 말해 봐라."

"……."

혼란스러운 것이 아니라 괴로웠다. 지금 다프넨을 가장 괴롭히는 문제는 그런 커다란 책임이나 진실이 아니라 다름 아닌 이솔렛, 그녀 한 사람의 존재를 지우기 위한 노력, 그리고 매일같이 그것이 옳은 판단이었다고 스스로를 납득시키는 것이었다. 거기에 그가 가진 판단력을 다 소진해버렸다. 미치도록 노력했지만 그도 남자였기에, 끝내 서글플 정도로 이 고통에서 헤어날 수가 없었다.

"말씀은 고맙습니다만 이해해주시지 못하더라도 어쩔 수 없다는 것을 잘 압니다. 왜냐면 저 역시 아저씨를 전부 이해하지 못하니까요. 오늘 들은 이야기는 대륙에서 나고 자란 저에게도 작지 않은 충격이었습니다. 그러나 말씀하신 대로 이방인으로 시작한 저이기에, 진실을 위해 이제부터 일생을 바쳐야 하는지 판단이 잘 서지 않습니다. 제게 버거운 것은…… 다른 사람들에 대한 책임입니다. 지금은 저 자신 하나도 추스르지 못하고 있기에……."

힘겹게 말을 이으며 이 고통이 진정으로, 언젠가는 사라지기를 바랐다. 그런 날이 오기는 할까?

"그리고 정말로, 저는 그런 거짓이 타파된 뒤 이번엔 저의 주장이 옛날 섭정들처럼 사람들을 잘못 이끌까 무섭기도 해요. 틀렸음을 안다고 해서, 옳은 것이 무엇인지까지 저절로 알게 되는 것은 아니니까요. 제 마음의 문제를 해결하고 제 미래를 정하기까지는, 그 어떤 주장을 위해서든 할 수 있는 일은 없을 거라고, 그렇게 말씀드립니다."

등잔불이 꺼져가고 있었다. 기름이 떨어진 모양이었다.

"알겠다."

무거운 침묵 끝에 제로가 입을 열었다.

"음……. 너에게 보여주고 싶은 것이 하나 있는데 말이야, 내일 스콜리가 끝나고 윗마을 가는 길목으로 잠시 오려무나. 이솔렛의 집 조금 지나서 눈측백나무숲이 시작되는 입구의 바위 말이다. 그래줄 수 있겠지?"

장서관을 떠나 집으로 돌아온 뒤에도 다프넨은 두근거리는 가슴을 쉽게 누를 수가 없었다. 밤늦게 나우플리온이 돌아왔을 때도 두 사람은 대화 없이 눈인사만 주고받은 후 잠자리에 들었다.

캄캄한 천장을 올려다보며 소리 없이, 입술만으로 중얼거려보았다.

섬사람들이 그에게 원하는 것, 자신이 원하는 것, 그리고 원해서는 안 되는 것.

갈림길에 서서 어떤 것도 택할 수 없는 자신.

원치 않아 달아날 것이라면, 이번에는 어디로 갈 것인가.

마법 왕국의 그림자

"아, 다프넨, 오랜만인데."

스콜리로 올라가던 도중 누군가 부르는 소리를 듣고 돌아보았다. 근처 바위에 검을 짚고 혼자 걸터앉아 있는 사람은 뜻밖에도 헥토르였다. 침묵섬에 배치되는 수비대에 자원했다는 이야기만 들었는데 언제 돌아왔는지 몰랐다.

"볼일이라도?"

"아니, 없어. 그냥 반가워서 불러본 것뿐이야. 가보라고."

헥토르는 흙빛 리벳이 박힌 가죽조끼에 단검이 꽂힌 두툼한 벨트를 차고 있었다. 낡은 가죽 장갑을 낀 손으로 손질되지 않은 머리를 대강 넘기는 그의 모습을 보는데 문득 이상한 기분이 들었다. 헥토르와 자신 사이에 있었던 사건들은 수백 년 전의 일이며 그와 자신은 아무것도 기억하지 못한 채 서로를 대하고 있다는…… 출처 모를 감정이 그것이었다.

헥토르는 섬의 소년답게 자랐고 당연한 듯 섬의 어른들을 닮아가고 있었다. 그러나 자신은 잘못 떨어진 돌바닥에 뿌리박으려 분투하는 풀씨처럼 영영 그들과 같아질 수 없으리란 생각이 머리를 사로잡았다. 실버스컬에서 그들은 대결하지 못했고, 앞으로도 영원히 대결하지 못할 것이다. 둘의 길은 이미 한 번 교차되었고 더이상 부딪히지 않을 방향으로 각각 흐르기 시작했다. 이 또한 그가 지닌 예지의 일부인가.

"그럼 이만."

고개를 돌렸다. 등뒤에서 헥토르가 미소를 지었으리란 생각이 들었다. 예지가 극도로 민감해진 이 순간, 보지 않고도 알았다. 그는 왜 미소 짓는가. 정말로 모든 것이 끝났단 말인가? 어떤 결말도 없었는데? 또는 다프넨의 눈 밖에서 사건이 일어나 중요한 뭔가를 바꿔놓았을까?

다프넨은 스콜리로 올라갔다.

얼마 전부터 자신을 대하는 아이들의 태도가 묘했다. 처음 스콜리에 입학했을 때 멸시와 따돌림의 대상이었던 다프넨은 몇 가지 사건이 일어난 뒤로 단순한 고립자가 되었고, 대륙에서 실버스컬을 가져온 후로는 두려움의 대상으로 변했다. 그 정도는 짐작했던 일이었다. 소년들은 확실히 다프넨을 피했고, 말을 걸 일이라도 생기면 몹시 조심스럽게 대했다.

특이한 것은 소녀들의 태도였다. 예전에 스콜리의 소녀들과 그는 서로를 그림자처럼 무시해왔다. 그런데 최근 그들의 태도가 눈에 띄게 부드러워졌다. 그것이 실버스컬을 획득한 소년에 대한 동경이나 호기심이라면 그럴 수도 있겠다 싶을 텐데, 그건 또 아니었다. 며칠이 지나고 나서 다프넨은 그 태도의 정체를 알아냈다. 그건 다름 아닌, 벨노어 저택의 하인들이 보여주던 태도였다.

다프넨은 이해하기가 어려웠다. 벨노어 저택에 있던 당시 그는 난데없이 백작의 양자랍시고 나타난 소년으로서 하인이나 하녀들의 입장에서는 소홀히 대할 수도 없되, 아첨하며 달라붙기에는 좀 애매한 존재였다. 그러나 여기서는 그들과 다를 바 없는 학생일 뿐이었다.

그날 점심 식사가 끝난 후, 어쩌다 보니 조금 늦게 교실에 돌아간 다프넨은 기묘한 상황과 맞닥뜨렸다. 그가 교실에 들어서자 모든 아이들이 자리에 앉지 않고 벌이라도 서는 것처럼 테이블 주위에 둘러서 있었다. 마침 제네시 선생도 조금 늦는 중이었다. 다프넨은 어리둥절한 표정으로 그들을 바라보다가 그러고 있을 필요가 없다 싶어 자리에 앉았다.

그러자 아이들이 슬금슬금 앉기 시작했는데, 모두 그의 옆

자리를 비운 채 자리를 잡는 것이 아닌가?

이 정도로 피할 필요가 있나 싶어서 조금 불쾌해졌을 즈음, 누군가가 옆자리 의자를 끌어당기는 소리가 들렸다. 리리오페였다.

"좀 늦었네?"

아무렇지도 않은 목소리였지만, 그 순간 다프넨은 교실 안의 누구도 그녀보다 먼저 입을 열 수 없었다는 사실을 깨달았다. 아이들이 저들끼리 이야기하기 시작하고, 제네시 선생이 들어오자 수업이 시작되었다. 기분이 이상해졌다. 다른 생각에 잠기자 수업 내용이 먼 곳의 풀벌레 소리처럼 귓가에서 미끄러졌다.

이윽고 제네시 선생은 옛 왕국에서 내려왔다는 「바느질하는 엘비라」라는 시를 가르치기 시작했다. 그는 아이들이 이해하지 못할 것을 우려해서 시구를 이야기로 풀어주었다.

시는 바느질하는 아가씨를 사랑한 젊은이의 이야기였다. 고향을 떠나 여러 곳을 떠돌던 젊은이는 어느 시골 마을 어귀에서 무심코 어느 집의 열린 창 안쪽을 들여다보았다가 아가씨가 바느질하는 모습에 반하고 말았다. 그는 마을을 떠나지 못한 채 날마다 같은 시각에 같은 자리로 와서 아가씨를 지켜보았다. 아가씨는 늘 그 시각에 창가에 앉아 바느질을 했지만 바라보는 젊은이는 아랑곳도 하지 않았다.

처음에는 바라보는 것만으로도 행복했지만 곧 말을 걸어보고 싶어 견딜 수가 없었다. 젊은이는 용기를 내어 그녀의 집 문을 두드렸다. 그러나 부름에 응하여 나온 것은 추한 사내였다. 그가 아가씨의 남편이라고 생각한 젊은이는 한마디 말도 못한 채 도망쳐 마을을 떠났다. 그러나 석 달 만에 도저히 아가씨를 잊지 못해 돌아온 그는 다시 그 집을 찾아갔다.

"젊은이는 여러 번 심호흡을 하고서 용기를 내어 문을 두드렸어. 만일 이번에라도 아가씨가 나와준다면 자신의 마음을 고백한 뒤 미련 없이 먼 곳으로 떠나겠다고 생각했지. 하지만 젊은이의 그런 바람도 헛되이 집에서 나온 것은 또다시 추한 사내였던 거야."

"너무하다……. 정말로 아가씨는 그 남자의 아내였어요?"

"아니, 그렇지 않았어."

"잘됐다! 그럼 누이였나요?"

제네시 선생은 한 소녀의 질문에 미소를 보인 뒤 이야기를 계속했다.

"젊은이는 남자의 손에 죽어도 좋다는 심정으로 아가씨에 대한 감정을 밝히고 그녀에게 단 한마디 대답만 들을 수 있으면 다시는 나타나지 않겠다고 다짐했어. 그런데 놀랍게도 추한 남자는 젊은이를 내쫓지 않고 서글픈 웃음만을 짓더니, 안으로 들어오라고 했지."

다프넨은 머릿속에서 장면이 구체화되는 것을 느꼈다. 건성으로 듣던 이야기가 기억과 겹쳐졌다.

"젊은이는 여전히 바느질하고 있는 아가씨 앞으로 다가갔어. 가까이에서 보니 멀리서 보던 것보다 더 아름다웠기에 젊은이는 거의 숨이 멎을 지경이었지. 그래서 그녀 앞에 무릎을 꿇고 자신의 심정을 몇 마디 말했어."

당신의 하얀 손가락이 붉은 실로
겉단과 안단을 잇는 동안
내 마음조차 그대에게 이어버린 걸 아오?

당신의 고운 손가락이 은빛 바늘을
솔기와 시접에 찌르는 동안
내 마음조차 잔인하게 찔러버린 걸 아오?

"와아……."

한 아이가 감동하여 두 손을 꼭 겹쳐 쥐었다. 섬사람이라 해서 날 때부터 시를 모르는 것은 아니었다. 그런데 옆에서 리리오페가 가소롭다는 듯 나지막이 코웃음 치는 소리가 들려왔다.

"그러나 아가씨는 아무 대답도 없었어. 고개도 들지 않고 계속해서 바느질만 했던 거야. 젊은이가 다시 몇 번이고 그녀를 불러도 소용이 없었어. 끝내 젊은이는 눈물이 글썽해져서 추한 남자를 바라보았지. 그런데 그 남자 역시 한숨을 내쉴 따름이었어. 그녀는 귀머거리인가, 또는 벙어리인가? 젊은이가 묻자 추한 남자는 고개를 젓고 아가씨를 향해 이렇게 말했어. '엘비라, 이제 그만.' 그러자 아가씨가 바느질하던 손을 딱 멈추는 것이 아니겠어?"

다프넨은 저도 모르게 입을 열었다.

"아가씨는 인형이었군요. 평생 바느질만 하도록 설계된 마법 인형……."

제네시 선생은 깜짝 놀라 다프넨을 바라보았다.

"어떻게 알았지? 책을 읽었나?"

책을 읽은 것은 사실이었다. 벨노어 백작의 성에 있을 때 읽은 책이었지만. 거기에서 읽었던 가나폴리의 인형들에 대한 이야기, 그 가운데 바느질하는 인형을 사랑한 젊은이의 이야기가 바로 이것이었다. 사람과 똑같게 생겼으나 처음 만들어질 때 마법사가 준 임무만을 부서질 때까지 되풀이한다는 마법의 인형들.

다프넨은 저도 모르게 대륙에서 읽었다고 말하려다가 아슬아슬하게 말을 삼켰다. 섬사람들에게 옛 왕국은 대륙이 아니라 어딘지 모를 땅에 존재했던 곳인데 대륙에 그 에 대한 책이 있을 리 없는 노릇이었다. 그러나 주저하는 동안 자신의 태도에 착잡한 심정을 금할 수가 없었다.

"예, 장서관에서…… 읽었어요."

잠시 후 수업은 끝이 났다. 숙이고 있던 고개를 들고 보니 다른 수업을 듣고 온 오이지스가 어느새 옆에 와 앉아 있었다.

"뭐 생각해? 스콜리 파한 다음에 나랑 장서관에 같이 안 갈래?"

다프넨은 오이지스를 보며 이 친구만은 다른 아이들처럼 자신을 어려워하지 않는다고 생각했다. 리리오페는 자리를 뜬 후였다. 그러나 그녀가 예전에 헥토르가 그랬듯 스콜리의 분위기를 한 손에 휘어잡고 있음은 확실했다. 다만 헥토르와는 좀 다른 종류의 권위였다. 헥토르가 그를 따르는 소년들을 중심으로 한 폭력적 힘의 구심점이었다면, 리리오페는 마치 작은 여왕처럼 군림했다. 헥토르가 있을 당시 그의 표정을 살피다가 오이지스 같은 아이를 때릴 때 쉽게 분위기에 편승하여 난투극을 벌이던 아이들은, 이제 리리오페의 변덕스러운 기분을 거스르지 않으려고 놀랍도록 얌전한 아이들로 변모해 있었다.

그런 그들이 심지어 리리오페와 자신을 묶어서 생각하는 게 아닌가 하는 의구심이 드는 순간, 다프넨은 얼굴이 확 달아올랐다. 그리고 아이들이든 리리오페든 한꺼번에 무시해버려야겠다고 단단히 마음먹었다. 이런 웃기는 꼭두각시놀음에서 심지어 신랑 노릇을 하라는 것인가.

복잡한 생각에 잠긴 다프넨이 선뜻 대답하지 않자 오이지스가 졸라댔다.

"으응, 오랫동안 가지 않았잖아. 아저씨도 널 보면 기뻐할 거야. 응? 같이 가자. 난 빌린 책도 돌려드려야 해."

그제야 어제 제로 아저씨와 한 약속이 생각났다. 다프넨은 고개를 끄덕이며 말했다.

"그래, 가는 건 좋은데, 난 스콜리 끝나고 잠시 가볼 데가 있으니까 한 시간쯤 있다가 만나면 어떨까? 먼저 가서 기다리고 있어도 좋고."

"먼저 가면……. 응, 그래. 먼저 가서 책 읽고 있을 테니까 금방 오면 되겠다. 거기에서라면 한두 시간쯤 기다려도 지루하지 않거든. 걱정 말고 갔다 와."

다프넨이 섬에 들어온 후로 이 년이 넘는 세월이 흘러갔다. 그사이에 작은 어른이 된 헥토르, 섭정의 딸이라는 지위를 교활하게 이용할 줄 알게 된 리리오페와 달리 오이지스는 시간이 지나도 도무지 자라지 않는 것 같은 아이였다. 그렇게 말하며 씩 웃는 오이지스를 보던 다프넨은 저도 모르게 마음이 부드러워져서 불쑥 말했다.

"오이지스, 언젠가 너는 제로 아저씨의 일을 이어받겠지?

그때가 되어서 네가 나한테 책을 골라줄 생각을 하니까 어쩐지 재미있다."

그런데 오이지스는 기뻐하는 것이 아니라 오히려 당황했다.

"아니……. 뭐 그건 그렇게 쉬운 일은 아닐 거야……. 나는 아직도 제로 아저씨에 비하면 읽은 책도 턱없이 적고……. 그냥…… 책은 좋아하지만 그것만으로는……."

"무슨 소리야. 너 말고 누가 제로 아저씨의 일을 대신할 수 있겠어. 아저씨도 너를 가장 좋아하시잖아."

한참 만에 오이지스는 조그맣게 대꾸해왔다.

"그렇게 된다면 물론 좋겠지만……."

그게 전부였다. 다프넨은 미소를 지었다. 오이지스는 자신감이 부족한 것뿐이었다. 그것뿐이라면 나이가 들며 서서히 나아질 것이다. 자신도 도울 수 있다면 도울 것이고…….

오이지스와 죽 알고 지내왔지만, 지금처럼 진지하게 돌봐주고 싶다는 기분이 든 것은 처음이었다. 아니, 오이지스뿐 아니라 다프넨이 누군가를 그런 눈으로 바라본 일은 한 번도 없었다. 자신조차도 추스르지 못해, 닥친 싸움에서 수없이 패해 쓰러지는 동안 먼저 안아주었던 사람들을 사랑할망정, 낯선 사람을 먼저 보듬어주려 한 일은 없었다. 그가 사랑한 사람들과의 관계에서 그는 항상 동생이었다.

그러나 예프넨, 또는 나우플리온이 다프넨을 보며 느꼈을 법한 감정은 그에게도 있었다. 이젠 그런 것이 찾아올 나이가 되었다. 그런 건 어디서부터 시작되는 것일까. 이솔렛을 잊기로 결심하면서부터 시작된 마음속의 담금질, 그의 곁에서 스러졌고 또 스러져갈 사람들에 대한 안타까움, 벗을 수 없는 무거운 짐, 그 모든 것에 짓눌리면서도 일어나는 또 다른 변화.

스콜리를 나와 오이지스와 헤어진 다프넨은 눈측백나무숲이 있는 산비탈까지 천천히 올라갔다. 싸한 나무 향이 풍기기 시작했다. 눈측백나무숲은 능선 시작점부터 드문드문 무리를 이루다가 북쪽으로 꺾인 골짜기를 가득 메우며 자랐다. 그 골짜기를 따라 내려가다 보면 윗마을로 올라가는 비탈길이 나타났다.

하지만 오늘은 그곳까지 갈 필요가 없었다. 골짜기의 윤곽이 다 드러나기도 전에 먼저 온 제로가 기다리고 있는 모습이 보였다.

"왔구나. 이리 오렴."

늘 장서관에서만 만났기에 오늘처럼 밖에서 보는 제로의 모습이 낯설었다. 그를 따라 골짜기 안쪽으로 들어갔다. 윗길로 이어지는 비탈로 오르지 않고 비죽비죽한 바위로 메워진 바닥까지 내려갔다.

바위 그늘 으슥한 곳에는 아직 눈 자국이 남아 있었다. 잡목을 헤치고 더 깊이 들어갔다. 갖가지 모양의 회색 돌이 쌓인 빈터를 지나자 산의 일부인 화강암 절벽이 나타났다. 그 아래에 납작한 돌들이 눕혀놓은 책처럼 차곡차곡 쌓인 곳이 있었다. 그 곁에 문설주인 양 우뚝 선 길쭉한 바위 두 개가 보이고, 더 안쪽으로 누군가가 다듬어놓은 것처럼 반질반질한 돌벽이 있고, 그 오른쪽으로 어둠침침한 샛길이 비밀스러운 입구인 양 두 번 굽으며 뻗은 것이 보인다…….

오이지스는 제로에게 돌려줄 책을 옆구리에 낀 채 장서관으로 이어지는 비탈길을 올라갔다. 어제 밤늦게까지 읽었던 책 내용을 생각하다가 제풀에 싱글거리기도 하고, 제로 아저씨가 전에 권해준 책들 중에서 이번엔 어떤 것을 빌릴까 고민해보기도 하고, 그렇게 느긋한 기분으로 걷고 있었다.

어제 읽은 책은 옛 왕국의 영웅에 관한 이야기였다. 오늘 제네시 선생이 얘기해준 「바느질하는 엘비라」와 마찬가지로 서사시 형태였는데 오이지스는 이런 종류의 책을 유난히 좋아했다. 제로에게 "시로 된 책 또 없어요?"라고 종종 물을 정도로. 그렇게 읽은 시의 일부분을 외우고 다니기도 했다. 실은 다른 사람들 몰래 직접 써보기도 했지만 마음에 들지 않아서 아무한테도 보여주지 못했다.

오이지스는 옛 왕국에 '음유시인'이라는 존재가 있었다는 걸 제로에게 들어 알고 있었다. 그 얘기를 들은 후 자신도 그렇게 되었으면 좋겠다고 꽤 자주 생각하곤 했다. 실제로 자질이 전혀 없지도 않았다.

풀잎 노닐어 푸른 그늘
물길 노을져 그린 그림

닳은 장화 끌며 다가간 샘터
흑발 처녀 앉아 뿔피리 부네.

마음에 들었던 곳인데 뒷부분이 잘 떠오르지 않자 오이지스는 걸으면서 책을 펼쳐 들었다. 책은 크고 무거웠으므로 조심스레 두 손으로 받쳐들었다. 뒤적거리다 보니 또 마음에 들었던 곳이 보였고, 저도 모르게 그곳부터 읽어나가며 책장을 넘기다가 그만 비틀비틀, 발이 꼬이고 말았다.

쿵!

엉덩방아를 찧는 순간 손에서 놓친 책이 데굴데굴, 언덕 아래로 굴러갔다. 크게 당황한 오이지스는 아픈 것도 모르고 벌떡 일어나 달려 내려갔다. 그러나 얼마 가지 못해 우뚝 멈추어 섰다.

"길에서 책 쪼가리나 읽다가 자빠지고 여전히 웃긴 놈이라니까."

"어이, 땅다람쥐. 도토리 가지러 왔니?"

오이지스의 얼굴이 새파래졌다. 에키온은 보이지 않았지만 다섯 명이나 되는 소년들이 기다렸다는 것처럼 떨어진 책을 둘러싸고 서 있었다. 헥토르가 졸업하고 나서 아이들의 괴롭힘은 많이 줄어들었고, 다프넨의 존재가 부각된 후로는 꽤 걱정 없이 지내게 된 터라 방심하고 있었다. 그런데 오늘따라 갑자기 늑대 굴로 떨어진 모양새였다.

그들은 웃지도 않고 어깨만 으쓱댔다. 몇 명이 발을 내밀어 책 모서리를 툭툭 찼다. 예전이었다면 당장 무릎이라도 꿇고 빌었겠지만 다프넨과 함께 다니면서 그도 조금은 달라졌다. 오이지스는 주춤거리면서도 똑똑히 말했다.

"내 책 돌려줘."

"가져가."

간단한 답이었다. 그들 가운데 예전에 에키온과 함께 다니던 아이들의 얼굴이 여럿 보였다. 헥토르와 함께 실버스컬 대회에도 나갔던 리코스, 다리가 길어 발길질이 사나운 피쿠스, 별 힘은 없지만 잔인한 일을 잘 생각해내는 갈레.

"알았……어."

"네 책이잖아? 책 따위 우리가 알 바 아니라고."

오이지스는 그들 쪽으로 한 걸음 다가갔다. 다섯 명의 소년들은 발끝으로 땅을 문지르거나 양손을 비비거나 하며 오이지스가 다가오기를 기다리고 있었다. 다시 걸음을 떼어놓는데 이상하게 강한 불안감이 발뒤꿈치를 붙들었다. 그러나 오이지스는 마음을 다잡았다. 나쁜 일이라고 해봐야 몇 대 얻어맞는 정도밖에는 없을 거라고, 또 이번에도 무서워 빌거나 도망친다면 다시는 자존심을 되찾지 못할 거라고, 그렇게 생각하며 걸음을 옮겨놓았다.

그들 앞에 멈춰 설 때까지만 해도 아무 문제가 없었다. 오이지스는 허리를 굽혀 책을 집었다. 땅바닥에 구른데다 소년들의 발에 채여 상한 표지를 안타깝게 생각하며 어떻게 깨끗하게 손질할까 생각하는 동안 조금 전에 느낀 불안감을 잠깐 잊고 있었다.

퍼억!

옆구리의 통증을 제대로 느낄 사이도 없었다. 다른 발이 관자놀이를 강타했고, 정신이 몽롱해지는 것과 동시에 뺨을 타고 뭔가가 주르르 흘러내렸다.

퍽! 턱! 퍼퍽!

아무 말도 없었다. 때리는 소년도, 맞는 소년도, 모두 입을 꾹 다문 채였다. 다섯 소년들의 얼굴에 조롱이나 장난기 같은 것은 없었다. 디고스는 분노를 참는 것처럼 입술을 짓씹었고, 갈레의 얼굴에서도 평소의 비꼬는 듯한 미소는 나타나 있지 않았다. 오랫동안 오이지스를 괴롭혀왔지만 이 정도로 잔인하게 때린 일은 없었다.

본능적으로 두 팔로 책을 꼭 감싸 안은 채, 쥐어뜯긴 풀잎과 흙덩이 사이로 온몸이 짓이겨지는 동안 오이지스의 머릿속에 떠오른 것은 정체불명의 빛이었다. 아픈 것보다도 그 빛이 서서히 사그라져간다는 것이 더 두려웠다. 저 빛은 뭐지? 저항하지 못하는 몸속에서 전류처럼 아프게 흐르는 이것들은 다 뭐지?

모든 것이 폭죽처럼 터지고 있어…….

갑자기 발길질이 느려졌다. 한 명이 머리 위에서 말했다.

"친구 대신 맞으니까 기분 째지지? 아주 달콤하지?"

갑자기 모든 소년이 한마디씩 외치기 시작했다.

"실버스컬 우승이 무슨 말라비틀어진 거냐! 놈은 대륙에서 온 쓰레기일 뿐이야!"

"뜨내기 외지인 따위를 믿을 수는 없어. 그런 놈한테는 아무것도 못 줘, 절대로."

"검 없이도 녀석이 우리한테 당할 것 같으냐고, 꼭 그렇게 전해줘라, 알았어?"

"돌아가서 네 몸의 상처를 자세히 보여주는 거야. 어떻게 맞았는지 남김없이 얘기하라고. 우리는 아무것도 겁나지 않으니까 열받으면 당장 덤벼보라고 그래!"

그들의 목소리에 승리감 따위는 없었다. 그동안 억눌렸던 감정을 토하듯 사납게 소리쳤을 따름이었다. 오이지스는 서서히 정신을 차렸다. 머릿속에서 깜빡거리며 꺼지려던 빛이 다시 확 밝아졌다. 단말마의 외침처럼, 그렇게 환해졌다.

"너희는…… 너희는…… 다프넨 앞에는 나서지도 못하는 겁쟁이들이고……."

오이지스가 비척거리며 더듬더듬 단어를 뱉는 동안 소년들은 어이가 없어 미간에 주름을 잡았다.

"뭐라고?"

"지금 저 자식이 뭐랬냐?"

드디어 똑바로 일어섰다. 온몸이 만신창이가 됐지만 가슴에는 여전히 책을 껴안은 채였다.

"너희가 나를 때릴 수는 있지만…… 그, 그래, 맘껏 때릴 수는 있지만…… 하지만 절대로, 나, 나를, 굴복시킬 수는 없어……."

오이지스는 언젠가 다프넨과 나누었던 이야기를 생각해냈다. 대륙에서 다프넨의 친구였던 어떤 소년이 했다던 말, 이제야 겨우 생각이 났다. 언제고 이런 때, 꼭 해주고 싶었던 말이.

"왜냐면…… 왜냐면 난 자유로운 마음을 갖고 있으니까!"

그 말과 동시에 오이지스는 몸을 수그리며 정면에 서 있던 피쿠스의 배를 향해 힘껏 박치기를 했다. 그리고 피쿠스가 넘어지는 순간 남은 힘을 모아 앞으로 달려나갔다.

소년들은 넋 나간 듯 눈을 깜빡거렸다. 오이지스가 자기들의 손에서 달아나리라고는, 그것도 심지어 저렇듯 누군가를 공격하며 뛰어나가리라고는 상상해본 일이 없었다. 한 대만 때려도 떨면서 주저앉아 방어조차 할 줄 모르던 녀석이었는데?

그러나 소년들이 마음을 다잡는 데는 얼마 걸리지 않았다.

“야, 쫓아가!”

“가서 죽여버려!”

그들은 너무 오랫동안 오이지스를 무시하고 얕보아왔기에 오이지스가 무슨 옳은 말을 한다 해도 알아들을 능력이 없었다. 다쳐서 비틀거리는 녀석 정도 붙잡는 것은 아무것도 아니라고 생각한 그들은 대뜸 쫓아가기 시작했다.

오이지스는 뛰었다. 자신이 평생 이보다 더 죽을힘을 다해 뛴 일이 있었던가 싶을 정도로, 그렇게 달렸다. 오래전에 다프넨이 헥토르와 결투하기 위해 윗마을로 갔다는 사실을 엿듣고 나서 에키온에게 쫓길 때는 단지 공포에 사로잡혀 있었을 뿐, 지금처럼 무엇이 어떻게 되어야만 한다는 확고한 의지 같은 것은 없었다. 그는 지금 자신이 얼마나 빨리 달리고 있는지 알지 못했다. 한 번도 지금처럼 자신감에 사로잡혀 달린 일이 없었던 것이다.

처음으로 능력을 발휘한 오이지스의 다리는 꽤 빨랐다. 예전의 에키온 같았으면 벌써 따돌리고도 남았을 정도로. 그러나 뒤따라오는 것은 다리도 길고 체력도 튼튼한 소년들이었다. 다만 그런 그들도 오이지스를 생각보다 빨리 잡지 못해 당황하고 있었다.

자신을 핍박하는 사람의 의지에 반하여 달아나는 것이 이토록 상쾌할 줄은 몰랐다. 자신은 저들의 장난감도 아니고, 심지어 그들을 곯려줄 수도 있는 똑같은 소년이었다. 온몸의 타박상이 주는 고통조차 잠시 느껴지지 않았다. 오이지스는 달리고 달려서 장서관이 있는 곳까지 갔다. 본래 목적지이기도 했지만 그곳에 가면 제로 아저씨가 있을 터였다. 이런 시간에 장서관을 비울 리가 없으니까. 아저씨라면 충분히 저 녀석들을 쫓아줄 것이다. 그렇게 되면 오이지스는 저들의 계획을 어그러뜨린 셈이 되는 거였다. 앞으로도, 할 수 있는 한 늘 그렇게 하기로 마음먹었다.

문을 두드릴 새도 없었다. 와락 밀치고 들어가려 하는데 문이 열리지 않았다. 다시 한번 밀었지만 덜컹거릴 뿐이었다. 잠겼나?

"아저씨! 제로 아저씨!"

시간이 별로 없었다. 소년들은 언덕바지 아래까지 쫓아와 있었다.

다급해진 오이지스는 두 손으로 문을 쾅쾅 두드렸다.

"아저씨! 저예요! 오이지스예요! 문 좀 열어주세요! 빨리요!"

대답은 들려오지 않았다.

바위틈 샛길을 따라, 부서진 돌쩌귀를 지나, 다다른 그곳은 어둡지도 습하지도 않았다. 갑자기 눈이 아플 정도로 환한 햇살이 쏟아졌다. 눈앞에 푸른 이끼와 키 큰 풀로 뒤덮인 공터가 신기루처럼 나타나 있었다.

맞은편 절벽은 묵은 나무의 줄기처럼 메마른 껍질로 뒤덮여 있었다. 토막 난 실뭉치, 민들레 홀씨, 색 바랜 레이스 같은 온갖 이끼와 커다란 버섯들이 오밀조밀 절벽을 채색했다. 하늘로 뻗어오른 절벽의 주름은 꼭대기에 이르러 텅 빈 통나무 끝처럼 균열을 일으켰다. 그 끝에 푸른 손수건처럼 걸린 하늘 꼭대기에서 남중하는 태양이 하얗게 번쩍거렸다.

공터에 백여 기나 늘어선 것은 낡은 비석들이었다. 허물어진 것도 있었고, 변색된 것도 있었다. 여러 사람을 함께 묻은 듯 많은 이름을 새긴 큰 비석도 있었다.

제멋대로 자란 잡초가 작고 흰 꽃을 피울 시각이었다. 인간이 방문하지 않는 동안에도 이곳의 세월은 멈추지 않았다. 절벽 모퉁이마다 피어오른 익숙한 꽃대는 그들에게 주어진 시간과 우리에게 주어진 시간이 같았음을 말했다. 문득 데스포이나 사제의 목소리가 떠올랐다.

네 눈 밖에서도 엄연히 시간이 흘러갔음을 생각하여라.

그의 세계 밖에서 흐른 시간이었다. 보지 못했던 섬의 모습이었다. 산이 감췄던 과거의 땅이었다. 이 시대에 남은 옛 땅의 파편이었다.

이윽고 다프넨이 나직이 물었다.

"이건 누구의…… 어떤 사람들의 무덤인가요?"

제로가 비석들 사이로 걸어가 한 곳에 멈추더니 다프넨에게 오라고 손짓했다. 다가가 비석에 새겨진 글자를 들여다보았다. 가나폴리의 문자로 새겨진 글귀는 읽지 못했지만 작대기 모양으로 그어져 표시된 숫자들은 알아볼 만했다. 제로가 대신 읽어주었다.

"대이주 32년…… 12월……."

다프넨도 알아차렸다. 여기에 묻힌 사람들은 가나폴리를 떠나 섬에 도착한 단 한 척의 배에 탔던 사람들이었다. 그들은 섬에 도착한 때부터 새로이 날짜를 세기 시작했을 것이다. 그러나 어느새 섬사람들은 스스로가 만든 새 연도를 망각했으며, 그렇다고 가나폴리로부터 쌓인 몇천 년의 세월을 기록

하지도 않은 채 지금은 대륙과 다를 바 없는 달력을 쓰고 있었다.

이어 제로는 비석에 새겨진 글을 조금 해석해주었다.

"모든 꽃이 땅속에 묻힌…… 겨울의 그림자 거울…… 먼저 떠나 옛 선조들에게 돌아가는 것이…… 미안할 따름……."

말을 멈춘 제로는 다프넨을 향해 몸을 돌렸다.

"오래전에 비석에 쓰인 글들을 전부 읽어보았지. 그들은 죽은 후에 위대한 선조들과 함께 살게 되리라고 기뻐하면서 도리어 남은 사람들을 걱정하고 있었어. 그들은 정말로 가나폴리의 혼들과 함께 행복하게 지내고 있을까?"

다프넨은 크고 작은 비석들을 내려다보며 설명하기 힘든 기분에 사로잡혔다. 엔디미온을 비롯한 유령들이 떠올랐던 것이다. 아직도 그는 그들의 정체를 알지 못했다. 혹시 이 가운데 그들의 무덤이 있는 것은 아닐까?

"비석에는 죽은 사람의 이름도 씌어 있나요?"

"알아보기 어려운 것도 있지만 대부분 씌어 있지. 여기 씐 것은…… 라브도스라는 이름이군. '지팡이'라는 뜻이지."

"예전에 다 읽어보셨다고 하셨죠? 혹시…… 엔디미온이라는 이름은 없었습니까?"

"엔디미온이라고?"

잘 기억이 나지 않는 모양이었다. 두 사람은 함께 무덤들 사이를 돌아다녔지만 글자를 알아볼 만한 비석들 중 엔디미온이라고 씐 것은 없었다. 마지막 비석까지 다 살펴본 제로가 물었다.

"그런데 왜 그 이름을 찾는 거니?"

다프넨은 고개를 저었다. 몇 마디로 설명하기에는 너무 복잡한 문제였다. 또한 상대방이 믿어줄지도 확실하지 않았다.

"그보다…… 왜 저를 이곳으로 데려오신 건가요?"

"글쎄, 여기를 보니까 무슨 기분이 드니?"

다프넨은 잠시 생각하다가 대답했다.

"누군가가 숨겨둔 옛날 일기장을 보는 기분이랄까요."

제로는 땅을 내려다보며 웃음소리를 냈다. 기분 탓인지 허탈한 웃음처럼 들렸다.

"네 말이 맞다. 내가 보여주고 싶은 것도 그거였어. 죽은 가나폴리의, 돌이 되어버린 시체랄까. 사람이 아니라 문명이 묻혔어. 이 모두가 이제는 우리 손에 없는 아름다움이나 위대함의 파편들이야."

제로는 비석 머리 하나를 쓰다듬었다. 깨진 모서리를 어루만졌다.

"이곳에 일리오스와 함께 왔었지. 어려서부터 함께였던 우리가 아직 친구였던 때. 그가 나보다 먼저 비문들을 읽었어. 우린 섬의 미래에 대해 젊은이다운 대화를 나누곤 했지. 그러나 이제 친구는 없고 남은 것은 옛 묘지뿐……. 다프넨, 네가 믿지 않을지 모르겠지만 이곳에는 가끔 유령들이 떠돈단다."

다프넨은 가슴이 덜컥 내려앉는 것을 느끼며 되물었다.

"유령이라고요?"

"믿고 싶지 않다면 그냥 내 꿈 이야기라고 생각해도 상관없어. 하지만 난……. 너도 알다시피 나는 낮 동안 보통 장서관을 지키고 있지. 그러다가 밤이 되면 가끔 이곳으로 와서 죽은 문명의 향기를 조금이라도 느껴보려고 혼자 거닐곤 했어. 미친 사람처럼 말이야."

제로의 손가락이 비석에 새겨진 글귀들을 따라갔다.

"어떤 날은 밤새워 비석을 붙들고 하고 싶던 말을 털어놓기도 하고, 부서진 돌 한 개를 들고 몇 시간이나 생각에 잠기기도 했지. 나는 왜 뒤늦게 태어나 문명이 사그라져버린 이 시든 땅에 갇혀 괴로워하는지, 이미 죽은 자들을 부러워하면서 동시에 원망하고, 그들의 혼이 마법 왕국의 위대한 영혼들과 같이 지내고 있는지 궁금해하고, 정말로 그렇다면 목숨을 끊는 한이 있어도 그리로 가고 싶다고 생각하면서 열에 들떠 새벽을 맞기도 하고……."

이 세상에 겉모습이 전부인 사람은 없었다. 만사에 초탈한 듯, 온화하게만 보였던 제로 역시 잡을 수 없는 희망에 마음을 빼앗겨 방황하는 사람이었고, 모든 것을 바쳐도 좋다고 생각하는 거친 열망을 품고 있었다. 다른 사람은 다르겠는가. 완벽한 천재인 줄로만 알았던 일리오스는 스스로의 자존심이 세운 칼날로 끝내 자신을 찔러버린 어긋난 성품의 소유자였다. 모든 사람을 따뜻하게 감싸주기만 할 것 같던 데스포이나 역시 자신이 아끼는 동생의 미래를 위해 다른 사람의 희생을 모른 체하는 이기심을 지녔던 적이 있었다.

그리고 다프넨은 아직 몰랐지만, 무엇에도 얽매이지 않는 괴짜이고 싶어 하던 나우플리온 역시 실은 한 조각의 과거도 끊어내지 못하는 사람인 것이다.

"그렇게 수십 번의 밤을 보내고도 이곳에 오는 것을 멈추지 못했어. 그러던 어느 여름 밤, 나는 비문들을 읽다가 저곳, 저기 가장 큰 무덤 앞에서 잠이 들었지……."

큰 무덤 앞에는 귀퉁이가 부서진 길쭉한 오각형 비석이 세워져 있었다. 그곳에 새겨진 수백 개의 잔글씨들을 하나하나 램프로 비추어가며 읽고 있었을 제로의 모습이 낮의 햇빛 아래 환영처럼 스쳐갔다.

"설핏 잠에서 깼을 때, 나는 눈을 뜨지 않고도 내 주위에 인기척이 있음을 알았어. 수십 명은 되었지. 지금은 책만 읽어 이렇게 느린 몸이 됐지만 젊었을 때는 나른 아이들과 마찬가지로 막대 호신술도 배웠거든. 그때처럼 내 몸의 감각이 저도 모르게 반응했던 걸까."

다프넨은 긴장해서 미간에 힘을 주었다. 제로는 무엇을 보았을까?

"나는 잠든 척하며 눈을 조금 뜨고 주위를 훑어봤어. 과연, 거기엔 치렁치렁한 옷을 걸친 사람들이 유령처럼…… 아니, 실제로 유령이 돌아다니고 있었던 거야. 그리고 더 놀라운 건, 아직도 도저히 믿기 힘들지만…… 바로 저곳에 저 비석들이며 부서진 돌들이 모조리 사라지고, 청색 돌로 지은 깨끗하고 높은 성이 서 있었던 거지."

한 사람의 입에서 밤의 환상이 흘러나오는 지금도 주위는 여전히 흰 햇살 아래 환했다. 다프넨은 제로가 설명하려 하는 상황을 잘 알고 있었다. 그가 처음 유령 아이들과 마주쳤을 때도 마을의 모습이 바뀌며 사자死者들의 이름이 새겨진 오벨리스크가 나타나지 않았던가? 또 처음 섬에 도착했을 때도 섬의 풍경이 갑자기 다른 것으로 바뀌는 광경을 보지 않았던가?

"나는 꼼짝도 하지 못했어. 투명한 인간들은 푸른 돌로 지은 성을 드나들면서 저들끼리 이야기를 나누거나 웃기도 했는데, 그 자태와 몸가짐이 너무나 엄숙하고 거룩해 보여서 나 같은 인간이 훔쳐본다는 사실만도 크나큰 불경 같았어. 그들을 보았다는 것 하나만으로도 죽어 마땅한 죄를 저지른 것은 아닐까, 그런 생각에 사로잡힌 채 그저 잠든 체할 수밖에 없었던 거야."

"그러면 그들은…… 어떻게 사라졌죠?"

"글쎄, 이렇게 말하면 웃겠지만 난 정말로 다시 잠이 들고 말았어. 긴장하고 있었는데도 동시에 기묘한 편안함에 사로잡혀서. 잠의 세계에서라도 그들과 동화되고 싶은 마음 때문이었을까."

제로가 씁쓸하게 웃었다.

"다시 깨어나보니 늦은 아침이었고 주위에는 평소처럼 부서진 비석들뿐이었지. 그후로 다시는 보지 못했어. 고귀한 영혼들……. 그들은 이 비석의 주인들이었을까? 아니면 마법 왕국에서 이곳까지 옮겨온 조상들이었을까?"

다프넨은 고개를 몇 번 젓다가, 다시 망설이다가, 결국 입을 열고 말았다.

"아저씨, 아저씨가 본 것은 꿈이나 환각이 아니었어요. 진짜였죠. 다른 사람들은 아무도 믿지 않더라도 저는 아니에요."

제로는 어리둥절한 표정을 짓더니 웃었다. 네가 믿다니, 그거야말로 믿어지지 않는데, 라고 말하는 것처럼.

"유령들은 몇백 년 동안 우리를 지켜보고 있었어요. 그들끼리 살아가지만 우리에게 일어난 중대한 일들을 기록하기도 하죠. 그들의 세상엔 섬에서 죽은 사람의 이름들이 다 적혀 있어요. 그 오벨리스크……."

"무슨 말을 하는 거야, 다프넨?"

제로는 당황한 기색이었다. 한꺼번에 많은 말을 쏟아내는 바람에 오히려 농담이나 거짓말처럼 보이고 말았다. 다프넨은 잠시 숨을 삼키고 나서 목소리에 힘을 주었다.

"아저씨가 본 유령들을 저도 봤어요. 제가 본 유령들은 아이들이었지만요. 전 그 애들과 어울려 놀기도 했어요. 저번에 제가 절벽에서 떨어져 오랫동안 깨어나지 않았던 일, 기억나시죠? 그때 제 혼은 그들과 함께 지내고 있었어요."

"그게…… 정말이야?"

제로의 목소리가 약간 떨렸다. 실은 다프넨도 긴장했다. 유령에 대한 이야기를 남에게 구체적으로 한 것은 지금이 처음이었다.

"그렇다면 너는 그들에게 무슨 이야기를 들었지? 그들의 정체가 무엇인지 넌 알고 있니?"

고개를 저을 수밖에 없었다.

"모르겠어요. 그런 말은 해주지 않았어요. 그때 저는 자신을 잊고 그들과의 놀이에 열중했으니까요. 육체와 분리되는 바람에 현실감각이 사라졌고……. 다시 말해 저 역시 혼뿐인 상태였던 거죠."

사실 엔디미온을 비롯한 유령 아이들을 만난 것이 그때가 처음은 아니었다. 그러나 그가 윈터러 때문에 최초로 유령을 만나고 마을에서 사라졌던 일은 나우플리온을 비롯한 몇 사람만이 아는 비밀로 되어 있었다.

갑자기 제로가 다프넨의 어깨를 꽉 잡았다.

“다 말해줘. 그들에 대해서. 정체는 모르더라도 아무 이야기든 듣고 싶구나. 죽은 사람들을 기록한다는 것은 무슨 얘기지? 그들은 섬의 옛 일을 전부 알고 있니?”

처음에 제로는 자신이 본 것이 꿈이 아니었다고 말했지만 실은 마음속으로 조금쯤 의심했던 모양이다. 그러다가 다프넨이 확인해주니 반갑다 못해 감격스러워했다.

그렇지만 다프넨이 해줄 이야기는 많지 않았다. 그는 기억을 더듬어 엔디미온이 “자신은 수백 년 전에 죽었다”고 말한 것, 죽은 자의 이름이 새겨진 오벨리스크, 윗마을의 공회당을 닮은 낡은 포석과 기둥, 알의 동굴에서 잠들었던 일 등을 말해주었다. 그리고 마지막으로 유령 아이들이 ‘어른 유령’이라고 부르는 존재가 있으며 자신이 그쪽 세계에 발을 들여놓았다는 사실이 그들에게 알려져선 안 된다고 했다는 이야기를 했다.

제로는 고개를 숙인 채 생각에 잠겨 있다가 말했다.

“데스포이나 사제님께서 너의 특별한 검이 이세계나 이공간을 뚫고 다니는 힘을 가졌다고 말씀하신 기억이 난다. 널 잃어버렸을 때 공회당에서 열린 회의에서 그렇게 말씀하셨지. 그렇다면 네가 간 곳은 아마 이 세계 위에 덧씌워진 이공간이었던 모양이야."

다프넨의 생각도 같았다. 그가 고개를 끄덕이자 제로가 말을 이었다.

"그래. 그럼 유령들은 쭉 그곳에 살고 있고, 나도 잠깐이나마 그들의 세계에 갔던 것이겠지. 네 말대로라면 그건 내가 그들의 세계를 간절히 염원하다가 그들 가운데 누군가와 기억이 맞물렸기 때문일지도 모르겠다."

둘은 큰 무덤 앞에 나란히 주저앉았다. 제로는 잠시 생각한 끝에 말했다.

"죽은 지 수백 년이라면 이 섬에서 죽은 자들이어야 하겠지만, 실은 조금 미심쩍구나. 그렇게 많은 어린 유령들이 있고, 또 상당한 힘까지 갖고 있었다는데 그들이 정말로 섬사람들일까? 내 생각에는 아닐 것 같다. 이 땅에 온 자들은 자신들의 마법을 잃었으니까."

제로가 미간을 찡그렸다. 눈에 의혹이 어렸다.

"어쩌면 일부러 정확한 세월을 말해주지 않았는지도 모르지. 하지만 이 생각이 맞는다면 그들은 왜 가나폴리를 떠나 이곳까지 왔을까? 그 땅의 오염은 죽은 자들조차 견디지 못할 정도였단 말인가?"

바람이 불어 누르스름한 풀잎 조각들을 날려보냈다. 둘은 각자 생각에 잠겨 말이 없었다.

"다프넨."

여전히 다른 곳에 시선을 둔 채로 제로가 말을 이었다.

"왜 너에게 그런 일이 일어났을까?"

"모르겠어요……."

"그게 단순히 네가 지닌 검의 힘이었을까? 난 네 이야기를 듣는 동안 네가 내게 말하지 않은 것들이 많이 있다는 걸 이미 짐작했어."

"……."

"너에게 가나폴리의 그림자들이 신호를 보내고 있어. 섬의 수많은 자손들을 버려두고 하필 이방인 출신인 너에게. 그들은 네게 자꾸만 말을 걸려고 해. 왜일까. 그건 어쩌면 너만이 어긋나버린 섬의 역사와 무관한 존재이기 때문은 아닐까. 고귀한 그들은 그런 가짜 역사를 견디지 못할 테니까."

제로는 하늘을 올려다보았다. 절벽 머리로 둘러싸인 파란 하늘에 이제 해는 없었다.

"달여왕과 검, 나는 그 두 가지를 모두 증오해."

제로가 말하는 검은 추상적인 대상으로서의 검이었다. 다프넨이 지닌 윈터러를 가리킨 것은 아니었다.

"철이 들면서부터 죽 가나폴리의 역사를 동경해온 나지만 이 땅에서 나고 자랐다는 것만은 어쩌지 못할 굴레지. 하지만 넌 달라. 그들이 보기에 넌 달여왕의 자식이 아닌 거야. 가나폴리의 마법은 태양에 가까운 힘이었어. 달여왕의 땅에 오자 그것은 약해졌어. 가나폴리의 기억을 가진 유령들이라면 그런 상황을 달갑게 여길 리가 없지. 그래서 달여왕의 영향을 받으며 자란 우리 대신 오히려 너와 이야기하기를 원하는지도 몰라. 달여왕의 독점욕은 태양의 기운을 갖고 태어난 가장 위대한 천재조차도 끝내 죽여버렸지……."

제로의 목소리가 그 어느 때보다도 격하게 떨렸다.

"난 용서할 수 없었어. 비록 일순간의 오해로 등을 돌렸지만 여전히 내 친구를 미치도록 아꼈기에…… 그를 밀어낸 섭정도, 그리고 그걸 방관할 수밖에 없었던 나 자신도, 용서할 수가 없었어."

제로는 일어섰다. 여전히 말이 없는 다프넨을 내려다보았다.

"돌아가자, 다프넨. 내게 그런 이야기를 해줘서 고마워. 네가 원하지 않는다 해도, 끝내 거부한다 해도, 난 너에 대한 기대를 완전히 버리지는 못할 거야. 조상에게조차 허락되지 못한 우리, 위대한 전통에서 갈라져 말라죽은 가지가 되고 만 이 섬에…… 난 한 번 더 저 마법의 왕국, 가나폴리를 수천 년간 지켰던 '태양의 문명'이 건설되기를 원해."

단지 존재하는 것만으로도 사람은 누군가에게 기대를 주기도 하고 실망을 주기도 하며, 그렇게 지워진 짐을 함부로 떨쳐버리지도 못하는, 그것은 어디에서나 일어나는 일.

대륙에서 도망칠 때 다프넨은 어떤 새로운 관계도 원하지 않았다. 단지 마음의 평화를 찾아 섬으로 왔지만 그렇게 함으로써 나우플리온에게, 이솔렛에게, 데스포이나에게, 헥토르와 에키온에게, 오이지스에게, 그리고 제로에게 무언가를 주고 말았다. 제로의 마음을 이해하기에 더욱 괴로웠다. 제로가 다프넨에게서 일리오스의 모습을 애써 찾으려 하는 것은, 그 역시 상처받았기에 어쩌지 못하는 행동인 것이다.

기쁨과 고통과 희망과 분노와, 그 모든 것으로 점철된 섬의 기억을 그는 떨칠 수 있을까.

세 번째 눈에 보이는 것

오이지스는 입을 막으며 견디려 했지만 결국 거친 숨과 함께 점심때 먹은 것을 토해내고 말았다. 몽롱한 정신 속에서도 그는 생각했다. 장서관의 바닥을 이렇게 더럽히다니. 제로 아저씨에게도 죄송했지만 그보다 자신을 더 용서할 수 없었다.

제로 아저씨가 자리를 비운 장서관의 문은 잠겨 있었지만 워낙 제로와 친하게 지낸 오이지스는 여벌의 열쇠가 어디에 감춰져 있는지 알고 있었다. 물론 보통 때라면 다른 사람들 앞에서 열쇠가 숨겨진 곳을 보이는 일 따위는 하지 않았을 것이다. 그러나 사정이 너무 급했던 오이지스는 장서관 주위를 몇 번 빙빙 돈 끝에 결국 쫓아오는 소년들이 보는 앞에서 장서관 입구의 깨어진 주춧돌 틈새에 든 열쇠를 끄집어냈다. 그리고 그들의 손에 잡히기 직전에 문을 따고 안으로 미끄러져 들어가는 데 성공했다.

평소 가벼운 뜀박질조차 하지 않던 오이지스가 세상 빛을 본 이래 최대의 속력으로 달렸으니 멈추고 나서 탈진한 것은 당연한 일이었다. 무릎이 풀려 주저앉을 듯 휘청거리는 것을 간신히 다잡았지만 목 안쪽에서 계속 헛구역질이 밀려나왔다. 이제 더 나올 것도 없는데 찐득거리는 침과 위액이 끊임없이 입안에 고였다.

안전해졌다고 믿고 싶었다. 그러나 그렇지 않다는 것을 스스로가 가장 잘 알고 있었다.

"나와! 나오지 못해?"

"설마 그 안에 숨는 걸로 우리 손아귀를 벗어났다고 믿는 건 아니겠지?"

"당장 나오지 않으면 문짝을 부숴버릴 거다!"

그 순간 오이지스는 비명에 가까운 외침을 울렸다.

"아……. 안 돼!"

장서관은 오이지스에게 가장 소중한 장소였다. 그런 곳의 문짝 하나라도 흠집 나는 것을 용납할 그가 아니었다. 그러나 막을 힘이 있는가?

"안 돼? 그럼 당장 그놈의 장서관인지 쓰레기통인지에서 뛰어나오라고!"

"다람쥐 새끼처럼 쫓기니까 쥐구멍 속으로 쏙 들어가는 비겁한 자식아!"

"셋 셀 동안 나오지 않으면 끝장인 줄 알아!"

피쿠스가 위협하려는 것처럼 문짝을 탕탕 걷어찼다. 그들이 아는 오이지스는 이 정도 하면 제풀에 최악의 상황만 생각해내다가 결국 굴복해버리는 아이였다. 더구나 그들은 화가 나 있었다. 오이지스에게 박치기를 당한 피쿠스는 특히 그랬다. 그는 오이지스가 굴복하든 용서를 빌든 관계없이 분이 풀릴 때까지 녀석을 밟을 작정이었다.

그들이 잠시 발길질을 멈췄을 때, 문 안쪽에서 나지막한 목소리가 흘러나왔다.

"여긴…… 쓰레기통도 아니고 쥐구멍도 아냐."

"뭐……라고?"

흥분해서 떠오르는 대로 외친 말을 다 기억하는 그들이 아니었기에 처음에는 오이지스가 무슨 말을 하는지 이해하지 못했다.

"너희가 나를 욕하는 것은 상관없어. 하지만 여기는 우리 섬의 모든 기억이 들어 있는 곳이야. 너희 부모님이나 그 위의 부모님들에 대한 것들도 전부 다. 너희는 그런 곳을 함부로 욕할 수 있어?"

처음엔 떨렸던 오이지스의 목소리가 서서히 침착해졌다.

흥분한 소년들이 도리어 어리둥절해질 정도로.

"차라리 나를 때려. 그런 말은 입에 담지 말고."

오이지스는 위쪽 방으로 올라가는 사다리를 올려다보고 있었다. 그곳에서 사람들의 손길을 기다리며 잠든 수백 수천의 책들……. 그러나 찾아오는 것은 자신처럼 모자라고 어리석은 꼬마밖에 없다. 저런 아이들에게 대항할 힘조차 없는 나약한 겁쟁이가 저 책을 다 읽은들 무슨 소용이 있을까.

기침이 다시 쏟아졌다. 그러나 그는 이미 결심했다. 저 아이들에게 죽도록 맞는 한이 있더라도 여기 숨어서 저런 모욕을 듣지는 않겠다고. 저 애들에게 무시당하는 보잘것없는 자신 때문에, 장서관의 고귀함까지 깎아내릴 수는 없다고. 이 순간 오이지스는 책을 마치 달여왕처럼 신성한 존재로 상상했다. 저도 모르게 그런 생각에 사로잡혔다. 자신은 한 명의 숭배자이자 사제였다. 그러니 의무를 다해야 했다.

"나갈 테니까 기다려."

달칵거리며 문이 움직이더니 이윽고 활짝 열렸다. 오이지스는 머뭇거리지도 않고 걸어나와 문을 닫은 뒤 열쇠로 다시 잠갔다. 그리고 조금 벌어진 문틈으로 열쇠를 넣으려 했다. 마음이 바뀐다 해도 도로 들어가지는 않겠다는 결심의 표현이었다.

그러나 그 순간 영악한 갈레가 저항 없는 오이지스를 때리는 것보다 더 재미있는 일을 생각해내고 말았다. 그는 오이지스의 팔을 잡아 비틀더니 다른 소년들을 돌아보며 외쳤다.

"야, 안 들어갈래?"

일은 순식간에 벌어졌다. 오이지스가 떨어뜨린 열쇠를 낚아챈 소년들은 곧 문을 열어젖히며 장서관 안으로 들어갔다. 그들의 기세에 테이블에 놓여있던 촛대가 넘어지며 불 꺼진 초가 바닥에 굴렀다. 소년들에게 밀쳐진 오이지스가 의자에 부딪혀 쓰러지는 사이 다른 소년들은 신경질적으로 사방의 잡동사니들을 걷어찼다.

"왜 이렇게 어두워?"

"너저분하네."

"이 창문은 어떻게 여는 거야?"

그들은 한 번도 장서관에 와본 일이 없었다. 따라서 이곳의 구조도 전혀 몰랐다. 장서관에는 예전에 다프넨도 보고 감탄했던 장치가 있어서 창문을 단번에 여닫을 수 있었다. 그건 일리오스 사제가 이 장서관을 설계했다는 증거이기도 했다. 다프넨이 지난겨울에 이솔렛의 집에서 보았던 문을 여닫는 장치도 똑같은 원리였으니까.

"장서관이라더니 책은 어딨냐?"

"여기 한 권 있군."

한 소년이 테이블 위에 펼쳐져 있던 책의 귀퉁이를 쥐고 들어올리더니 생쥐 꼬리를 잡고 흔드는 것처럼 빙빙 돌렸다. 오래된 책이라 약해진 제본이 북 찢어졌다.

"그만둬!"

그건 제로가 나가기 전에 읽고 있던 책이었다. 오이지스는 필사적으로 막으려 했지만 금방 다른 소년들에게 가로막혔다. 피쿠스가 씹어뱉는 어조로 한마디 던졌다.

"이리 와, 넌 내 몫이야."

그다음은 정확히 기억할 수 없는 상황의 연속이었다. 오이지스가 피쿠스에게 얻어맞는 동안 다른 소년들은 본래 어수선했던 장서관을 반쯤 뒤집어놓다시피 했다. 그들은 나중에 제로가 돌아와 이 꼴을 보게 될 것도 별로 걱정하지 않았다. 빠져나가는 방법은 간단했다. 모든 것을 오이지스의 잘못으로 덮어씌우면 되는 것이다. 제로라면 오이지스가 이런 행동을 하지 않으리란 걸 누구보다도 잘 알 테지만, 소년들이 윽박지른다면 오이지스는 얼마든지 거짓 증언을 할 것이다. 그것이면 충분했다. 지금껏 쉽사리 굴복하여 소년들이 시키는 대로 입을 놀려온 대가는 이런 식으로 돌아오기 마련이었다.

그게 뭣하다면, 오이지스가 장서관 안에 숨어서 그들을 놀려대었기에 화가 난 나머지 들어가 싸움을 벌이다가 이렇게 됐다고 말하면 된다. 더구나 이번엔 든든한 뒷배도 있었다. 오늘 그들에게 오이지스를 괴롭혀 다프넨을 자극하라고 시킨 사람은 다름 아닌 에키온이었다. 아버지인 펠로로스 수도사에게 허락에 가까운 묵인을 받았다는 것도 잘 알고 있었다. 그들 부자는 다프넨을 함정에 빠뜨릴 작정이 틀림없었다. 소년들은 시킨 일을 착실히 하는 것으로 쌓인 분도 풀고 재미있는 구경도 하게 되니 일석이조가 아닐 수 없었다.

"야, 여기 사다리다. 책은 저 위에 있나 본데……."

그 말을 들은 갈레가 이죽이죽 웃었다.

"땅다람쥐 자식이 천국 올라가는 계단이로구나."

그 말을 들은 리코스가 오이지스를 흘끔 보았다. 오이지스는 피쿠스의 발밑에서 반쯤 정신을 잃고 쓰러져 있었다. 그 모양을 보니 책이란 것을 몇 권쯤 집어내어 얼굴 위에 뿌려주고 싶은 욕구가 불쑥 났다.

"올라가보자."

잊힌 묘지를 빠져나와 스무 걸음 남짓 걸었을까, 갑자기 제로가 움찔하더니 발을 멈추고 하늘을 올려다보았다.

"역시 지나치게 환한 날씨지?"

"네?"

해가 기울어지고 있어 환하다기보다는 서늘해진 날씨였다. 다프넨은 무심코 같이 하늘을 올려다보고는 제로가 다시 움직이자 곧 뒤따랐다.

아무 뜻 없는 말 같았는데. 그 한마디가 불안감의 불씨인 양 가슴속에 박혀 이글거리는 걸 느끼고 다프넨은 의아해졌다. 걸음도 차츰 빨라졌다. 다프넨이 자꾸만 제로를 앞질렀다가 멈추곤 할 즈음 제로는 또 한 번 걸음을 멈췄다. 그리고 두 손으로 뺨을 감쌌다.

"이상한 기분이군."

그때 다프넨도 생각이 났다. 중대한 일이 닥치기 전에 가끔씩 찾아오던 예지처럼, 다른 사람에게도 그런 감각이 없으란 법은 없지 않은가.

"혹시 나쁜 일이라도 벌어질 것 같은…… 그런 기분이 드시나요?"

제로는 아리송한 표정을 지으며 다프넨을 보았다.

"너도 뭔가 이상하니?"

"그게, 전…… 그냥 예전에 무슨 일이 닥치기 전에 미리 알 것 같은 기분이 들곤 했거든요. 아저씨도 그런 걸 느끼시는 게 아닌가 싶어서요."

제로는 다프넨을 한참 동안 바라보았다. 꼼짝 않는 그의 모습이 햇빛을 등지고 선 붉은 석상 같았다. 이윽고 그는 짧은 한숨을 내쉬더니 굳어진 목소리로 말했다.

"최근 몇 년 동안, 아니 그때 그 사건 이후로 이런 기분은 처음이야. 네가 말한 그런 것을 섬에서는 '세 번째 눈으로 보았다'고 하거든? 그런 능력이 강한 사람을 '세 번째 눈을 가졌다'고도 하고. 현재 섬에서 그렇게 불릴 만한 사람은 페트라 사제가 유일하다만, 그분도 모든 미래를 느끼는 것은 아니야."

그런 능력을 가리키는 이름이 있는 줄은 처음 알았다. 제로가 말을 이었다.

"그리고 보통 사람이라고 아무것도 못 느끼지는 않아. 자신과 강하게 관련된 불운이 앞에 있을 때는, 누구든 아주 흐릿한 눈이라도 뜨이는 법이지. 나는 그런 것에 무딘 편이라 딱 한 번, 일리오스가 죽던 때 말고는 한 번도 느끼지 못했는데……. 지금 와서 이게 다 무엇인지."

제로는 다시 걸음을 옮기기 시작했다. 이번에는 다프넨보다도 빨랐다. 앞서가는 그에게서 낮은 중얼거림이 흘러나왔다.

"세 번째 눈에 보이는 것은 불운뿐이라 했거늘……."

북쪽 비탈을 거의 내려왔을 즈음 두 사람은 어느새 달리고 있었다. 익숙한 풍경이 휙휙 스쳐갔다. 저만치 어떤 사람이 마주 달려오다가 우뚝 멈추어 서는 것이 보였다. 그런 사람은 곧 두 사람, 세 사람으로 불어났다. 그중 하나가 가까이 오더니 숨이 턱에 찬 목소리로 외쳤다.

"어디 있다가 이제야 오시오! 어서 장서관으로 가시오!"

제로가 마주 고함을 내지르는 바람에 다프넨은 깜짝 놀랐다.

"무슨 일이오! 대체 무슨 일이 벌어진 거요?"

그 사람은 대꾸할 시간조차 아깝다는 것처럼 고개를 휘휘 내저으며 마을로 뛰어 내려갔다. 말은 필요 없었다. 제로와 다프넨은 한달음에 북쪽 비탈을 벗어나 동쪽으로 이어진 사면을 내달려 올랐다. 장서관이 가까워지자 두 사람은 누가 먼저랄 것도 없이 냄새를 맡았다. 타는 냄새였다.

평소 날렵하다고는 할 수 없는 제로가 믿기 힘들 만큼 빨리 달리는 것도 보았다. 검은 연기가 녹색 물이 드는 가지들 사이로 돌이킬 수 없는 죄악처럼 뻗어나가는 것도 보았다. 연기는 흩어지기는커녕 점점 더 짙어졌다. 십여 명의 사람들이 보였다. 그들이 둘러싸고 올려다보는, 검은 연기를 뿜는 장서관을 보았다.

"아아……!"

이상한 탄성이었다. 감탄인지 탄식인지 몰랐다. 아래쪽 벽은 이미 새카맸고, 사방에서 불꽃이 혀를 널름거렸다. 어쩔 수 없어 나무로 지었지만, 한 사람의 힘으로 오랫동안 반들반들하게 가꾸어져온 책의 탑이 무력하게 허물어져갔다. 저 안에서는 대륙에서도 구하지 못할 희귀본들이 차례로 재로 변해가고 있으리라. 불길이 뚫어버린 벽에서 떨어져 나뒹구는 것은 검게 변한 가죽 표지들뿐이었다. 그 안에 있어야 할 소중한 페이지들은 재가 되었다.

저 안에서 얼마나 많은 책들이 아직도 고통스럽게 타고 있을 것인가. 제로에게는 그 책들이 비명을 지르는 아이들처럼 보이리라.

다프넨은 그 점을 깨닫자마자 제로의 팔을 붙들었다. 이층집조차 거의 없는 섬에서 사람들이 가진 소화 수단이라고는 양동이의 물이나 모래뿐이었다. 아직 사제들은 한 명도 도착하지 않았다. 물 몇 통 정도로 잡힐 불이 아니었기에 사람들은 사제 중에 누군가 오기만을 기다리며 안타깝게 지켜볼 따름이었다. 이런 와중에 제로가 책을 꺼내겠다고 뛰어들기라도 한다면 그의 생명을 보장할 사람은 아무도 없었다.

"……."

다프넨이 움켜잡은 제로의 팔이 덜덜 떨렸다. 다프넨은 얼굴을 가까이 들이대며 고개를 크게 저었다. 이 상황에서 이솔렛의 찬트라도 있다면! 사제들은 어째서 아무도 오지 않는단 말인가!

제로는 다프넨의 손을 뿌리치려다가 마음을 고쳐먹은 듯 팔을 잡힌 채로 장서관을 향해 걸어갔다. 모여 있던 사람들이 몇 걸음씩 비켜났다. 다프넨은 열 몇 걸음쯤 남았을 때부터 가능한 한 예의 바르게 제로를 저지하려고 안간힘을 썼다. 그러나 제로는 몇 걸음 더 가다가 스스로 멈췄다. 그도 자신을 누르려 무진 애를 쓰고 있었다. 불꽃은 계속해서 아깝고 귀한 책들을 삼키고 또 삼켰다. 제로가 사람들에게 전하고 싶어 했던 섬의 비밀들도 함께 스러져갔다.

다프넨은 어떻게든 제로를 막을 수만 있으면 된다고 생각하며 무슨 말이든 하려고 했다.

"제로 아저씨, 사제님들이 오시면 불은 금방 꺼질 거예요. 그러니 제발 위험한……."

그러나 그때, 제로가 들어서는 안 될 말이 한 사람의 입에서 나오고 말았다.

"저 안에 어린애가 있는 모양이더구려! 확실히 있어! 저기로 책 읽으러 가는 아이는 한 명뿐이지 않던가?"

다프넨은 갑자기 머릿속이 텅 비는 느낌이 들었다. 오이지스! 그 애와 약속했던 것을 왜 잊고 있었지?

다프넨은 자신이 제로를 말리고 있었다는 사실조차 잊은 채 장서관으로 달려가려 했다. 그러나 이번에는 제로가 다프넨의 팔을 움켜쥐었다. 도저히 외면할 수 없는 목소리로 그가 물었다.

"다프넨, 그게 사실이냐?"

"……."

다프넨은 차마 입을 열 수 없었으나 이미 눈빛으로 모든 것을 실토해버린 후였다.

"오이지스가 저 안에 있어?"

"……."

"그렇구나."

제로는 갑자기 다프넨의 팔을 놓았다. 그리고 성큼성큼 장서관 쪽으로 걸어가며 큰 소리로 말했다. 누구도 거역할 수 없는 명령과도 같았다.

"아무도 나를 따라오지 못하게 하시오. 모두들 듣고 있소? 아무도 나를 따라오지 못하게 하시오!"

겨우 예닐곱 걸음, 제로는 다프넨의 시야에서 완전히 사라져버렸다. 보이는 것은 검은 연기를 뿜는 잿더미뿐이었다. 정신을 차린 사람들이 뒤따라가려는 다프넨의 팔다리를 단단히 움켜잡았다. 그런 채로 다프넨은 고작 장서관을 향해 소리치는 것 외엔 아무것도 할 수 없었다.

"돌아오세요! 제로 아저씨! 제발 돌아오세요!"

동시에 머릿속에서는 다른 말이 울렸다. 오이지스가 혼자 있도록 버려두고 잊어버린 내 잘못이야! 그와 약속을 했지만 반나절 동안 완전히 망각해버렸지!

갑자기 왈칵 눈물이 솟았다. 얼굴에 붙은 검댕 때문에 검게 변한 눈물이 흘러내리는 가운데 다프넨은 몸부림치며 맥없이 소리질렀다. 돌아오라고, 그만 돌아와달라고, 그 대신 자신이 가게 해달라고.

데스포이나 사제와 모르페우스 사제, 그리고 테스모폴로스 사제가 도착했을 때, 장서관 주위로 몰려든 사람들은 다섯 배로 불어나 있었다. 데스포이나는 심각한 상황을 전해 듣고 이미 강력한 주문을 준비해 달려왔다. 다른 사제 두 명이 그녀에게 힘을 보태주는 가운데 십여 분에 걸쳐 주문이 외워지고, 거대한 물줄기가 장서관에 내리 부어지자 화재는 이윽고 끝났다.

남은 몰골은 참혹했다. 사제들도 절반 넘게 잿더미로 변해버린 장서관을 바라보며 쉽게 말을 잇지 못했다. 남은 부분도 언제 무너질지 모르는 불안한 모양으로 간신히 서 있었다. 그런 상황이니 제로와 오이지스의 생사를 확인하겠다고 쉽사리 나서는 사람이 없었다.

데스포이나는 다프넨에게 다가왔다. 바람이 불어오는 쪽을 바라보며 서 있었던 터라 다프넨의 얼굴은 검은 먼지로 범벅이 되어 말이 아니었다. 이제 눈물은 흘리지 않았지만 눈물이 흘렀던 자국만은 생생히 남아 있었다. 데스포이나가 입을 열기 전에 다프넨이 먼저 말했다.

"제가 들어가도록 허락해주세요."

데스포이나는 말없이 고개를 저었다. 그러나 사람들의 손에서 놓여난 다프넨은 다시 한번 분명히 말했다.

"잘못은 용서받을망정, 달여왕께서도 없던 것으로 하지는 못한다고 하지 않았던가요. 제가 들어가겠어요. 꼭 그래야 되겠습니다."

다프넨은 데스포이나를 지나쳐 걸었다. 데스포이나와 눈짓을 주고받은 모르페우스가 다가오더니 손에 쥐고 있던 감지의 지팡이를 넘겨주었다. 다프넨은 고개를 숙여 보인 다음 장서관의 검게 그을린 입구로 걸음을 옮겼다.

쇠틀이 끼워진 두꺼운 문짝은 시커멓게 변한 채 벽 틈에 끼여 있었다. 다프넨은 검을 뽑아 들었다. 윈터러가 아닌 나우플리온이 빌려준 검이었지만 몇 번 휘두를 것도 없이 문은 금세 바스러졌다. 문이 넘어지면서 검은 먼지가 온몸에 들씌워졌다.

안으로 들어갔다. 아랫방의 천장은 거의 무너져 위층이 훤히 보였다. 맞은편 벽에는 얇은 판자만 댄 부분을 손으로 뜯어낸 구멍이 눈에 띄었다. 고개를 젖히자 책이 쌓여 있던 벽이 드문드문 타버린 흔적을 간신히 버티며 솟아 있었다. 첨탑 천장은 완전히 뚫려 흐린 하늘 한 조각이 보였다.

안은 어두웠으나 감지의 지팡이는 자신이 찾아야 할 것을 아는 듯 환한 빛을 냈다. 본래 지팡이와 마음을 맞추는 데는 조금 시간이 필요했지만 지금만은 순식간이었다. 지팡이의 빛이 점차 강해지는 곳으로 걸음을 옮기자 타서 흔적만 남은 책더미가 나타났다. 그러나 두 사람은 거기에 없었다.

지팡이를 허공으로 높이 들어올렸다. 다시 빛이 강해졌다. 옆을 돌아보니 사다리 일부가 검게 그을린 채 여전히 윗방과 아랫방을 잇고 있었다. 하지만 안전한 상태인지는 누구도 장담 못 했다.

그러나 다프넨은 올라가야 했다. 다가가서 사다리를 만져보니 생각보다 훨씬 위험해 보였다. 한 단 올라서니 약간 삐걱거렸고, 두 단 세 단을 올라서자 우수수 먼지가 부서져 내렸다. 그러나 그는 사다리를 딛고 올라갔다.

타버린 담요와 방석이 내는 매캐한 내가 코를 찔렀다. 절반도 남지 않은 윗방 바닥 한쪽에 겨우 사다리 끝이 걸려 있었다. 기적적으로 윗방에 다다른 다프넨은 한쪽에 담요 더미가 수북하게 쌓인 것을 발견하고 다가갔다. 맨 위의 방석을 집어 들었지만 귀퉁이가 으스러지며 떨어져버렸다. 계속 담요와 방석을 헤쳐낸 그는 마침내 두 사람을 찾아냈다.

처음에는 한 사람인 줄로 알았다. 그러나 틀림없는 두 사람이었다. 시커먼 담요를 뒤집어쓴 제로는 오이지스를 품에 꼭 껴안고 있었다. 다프넨이 제로의 어깨에 손을 대자 놀랍게도 몸이 유직였다.

"누군가…… 왔군."

사방의 벽이 많이 무너져 뚫린 덕에 질식사는 면한 모양이었다. 그러나 제로의 품에 안긴 오이지스를 보니 화상이나 먼지만이 아니라 온몸이 엉망진창이었다. 얼굴도 얻어맞은 상처투성이였다. 다프넨은 당혹스러웠다. 불속에 고립된 사람에게 어떻게 저런 상처가 날까? 더구나 피를 저토록 흘릴 수가 있을까?

"살아 계셨군요. 다행이에요."

"아아, 다프넨."

두 사람은 잠시 말이 없었다. 다프넨은 오이지스가 살아 있는가 묻고 싶었으나 차마 입이 떨어지지 않았다. 그때 제로가 말했다.

"우리 둘 다 몸을 가누기가 힘든데 어떻게 내려가야 할지 모르겠는걸."

다프넨은 뒤를 돌아보았다. 자신이 타고 올라온 불안정한 사다리는 두 사람에게 소용이 없었다. 오이지스는 살아 있다 해도 자기 발로 걷지 못할 것이다. 등에 업거나 해서 두 사람의 몸무게로 내리눌렀다가는 사다리가 무너져버릴 것이 뻔했다. 다친 사람들에게 아래로 뛰어내리라고 할 수도 없었다. 건강한 사람이 뛰어내리기에도 꽤 높은 위치였다.

"제가 내려가서 이쪽 벽을 뚫으라고 얘기하겠어요."

"그건 안 돼. 지금 우리가 앉은 데가 장서관 전체의 내력벽에 기대어 있거든. 그래서 이렇게 남아 있는 건데 저쪽을 뚫으면 남은 벽들이 한꺼번에 무너질지도 몰라. 이곳의 구조가 좀…… 이상하긴 하지. 하긴 이상한 자가 설계했으니 오죽하겠어."

제로는 나직이 웃음을 터뜨렸다. 목소리에서는 탈진한 기색을 찾아볼 수 없었지만 웃음소리 때문에 다프넨은 오히려 긴장했다. 혹시라도…… 무언가 잘못되어서…….

"그러니까 돌아가서 데스포이나 사제님한테 마법을 좀 써달라고 말씀드려. 사방에 방해거리가 많아서 힘들긴 하겠지만, 그분이라면 공중 부양으로 우리를 저 아래로 내려주실 수 있을 거야."

다프넨도 이솔렛에게 들어서 공중 부양 도중 뜻하지 않은 장애물에 부딪히면 갑자기 바닥으로 떨어질 우려가 있다는 것을 알고 있었다. 제로라고 모를 리 없었다. 방금 진화 작업에 막대한 힘을 썼던 데스포이나가 또다시 정밀한 마법을 쓰는 것은 간단치 않았다. 거기까지 생각했을 때 다프넨은 이솔렛을 떠올렸다. 그녀의 찬트는 절벽 아래로 떨어지던 자신을 다시 날아오르게 할 정도의 힘을 지니고 있었다. 그녀에게 부탁해서…….

그러나 다시 마음속으로 고개를 젓고 말았다. 아슬아슬하게 버티고 있지만 언제 무너질지 모르는 위험천만한 이곳에 이솔렛을 들어오게 할 순 없었다. 자신의 책임과 두 사람의 생명까지 포함해 생각해봐도 도리 없이 그녀에 대한 마음을 이기지는 못했기에, 도저히 그 말을 입 밖에 꺼낼 수가 없었다. 죄인이면서 이기적이기까지 한 자신이었다.

그때 다프넨은 자신 역시 찬트를 배웠다는 것을 생각해냈다.

비록 부족하긴 하겠지만 시도해볼 수는 있지 않을까? 진실한 기원이라면…… 깊이 바라는 마음이야말로 찬트의 가장 큰 힘이라고 이솔렛이 늘 말하지 않았던가?

"저…… 잠시만 기다려주세요."

한 가닥뿐인 희망조차 잡고 싶을 때였다. 찬트는 제대로 쓰기만 한다면 마법조차 뛰어넘는 강한 힘이었다. 그리고 자신의 잘못을 속죄하기 위해서라도 두 사람을 위해 최선을 다하고 싶었다.

다프넨은 마음을 가다듬었다. 이솔렛이 가르쳐주었던 말들을 하나하나 새롭게 떠올렸다. 한동안 깨끗이 잊어버리려 애썼던 것들을 수백 번의 부름으로 되새겼다.

'천만 번 기원할 힘을 담아서라도 이 순간 이루어내기를. 이솔렛, 당신이 내 마음을 안다면…… 이 순간 나를 위해 기도해주기를.'

준비되었는지는 확실하지 않았다. 그러나 시작하는 것 말고 다른 길은 없었다.

내 이름 부른 분

매의 혼 푸른 눈

나 가고자 닿고자
먼 바닷길 내달아

이르렀건만 다다랐건만
그림자 간 곳 없어

내 눈이 닿는 곳
그 너머 푸른 곳

긴 사래 끄는 파도
새 나래 쳐 거닐리라

돌이켜 돌아올 제
물그림자 굽이 서려

그이련다 마중하매
다 흘려 잊은 듯

푸른 눈 아득히 머니

어찌 아니 울음하리오

내 눈이 닿는 곳
그 너머 푸른 곳

긴 사래 끄는 파도
새 나래 쳐 거닐리라

필요한 찬트를 고르는 것은 의지가 아닌 마음이었다. 다프넨의 마음은 이솔렛에게 기대고 있었고, 그리하여 그의 입에서 나온 것 역시 그녀가 오래전에 불렀던 그리운 찬트였다. 그가 이 찬트를 처음 들은 곳은 그들이 나눈 기억 속에서 가장 아름다운 장소 중 하나인 북쪽 바닷가였다.

그리고 다프넨의 찬트는 일생 처음으로 효과를 발휘했다. 두 사람의 몸은 공중으로 느리게 떠올랐고, 헤엄치듯 공기를 타고 원하던 바닥에 내려앉았다.

"……."

제로는 그 모든 일이 일어나는 동안 말을 잊은 듯 다프넨 쪽을 바라보고 있었다. 다프넨은 찬트의 후렴을 끝내면서 제로가 말한 바 있는 '세 번째 눈'으로 자신의 미래를 언뜻 보았다. 이제 그에게 이렇듯 찬트의 힘을 발휘할 기회는 쉽게 오지 않으리라는 것을 깨닫고, 허전하고 슬프면서도 담담한 기분으로 그것을 받아들였다.

타버린 것들

오이지스는 중태였다.

모르페우스 사제의 집으로 옮겨진 후 며칠이 지났는데도 혼수상태였다. 예전에 이솔렛이나 다프넨이 며칠 깨어나지 못했던 것과는 달랐다. 오이지스는 금방이라도 끊어질 듯 약한 숨을 띄엄띄엄 쉬었다. 모르페우스 사제도 소생을 장담하지 못했다.

가장 이상한 부분은 원인이었다. 분명 불길에 쫓긴 흔적도 보이고 질식하여 쓰러진 것도 사실로 보였지만, 그것만으로는 온몸에 가득한 상처가 설명되지 않았다. 흡사 장서관 안에서 유령들과 싸우기라도 한 듯, 곳곳에 피멍과 찢긴 자국투성이였다. 특히 얼굴은 누가 보아도 일방적으로 얻어맞았다고 할 정도로 심했다. 조그마한 소년의 코뼈가 내려앉고, 입술이 짓이겨지고, 눈꺼풀이 찢어지고, 광대뼈가 골절되어 부어오른 몰골은 눈뜨고 보기 힘들었다. 모르페우스가 이런 짓을 유령이 아니고 사람이 했다면 그런 놈은 섬의 재판에 회부시켜 사형에 처해버려야 된다고 내뱉었을 정도였다.

제로의 상태는 다행히 심각하지 않았지만 다프넨은 묘한 불안감을 떨칠 수 없었다. 다프넨이 무너져가는 장서관에 들어가 두 사람을 발견했던 때부터 제로는 이상할 정도로 침착했지만 어딘가 사람이 달라졌다. 평생에 걸쳐 아끼고 돌봐온 장서관이 끝장난 데서 온 충격일 거라고 생각하려 애썼지만 그 이상의 무언가가 있다는 추측을 온전히 누르기가 힘들었다.

아직도 수습되지 않은 장서관은 점점 푸르러지는 봄빛 숲 속에서 검고 황량한 몰골로 서 있었다. 3분의 1 남짓 남은 내력벽에 아슬아슬하게 기대어 선 모양새였다. 안에는 아직 일부 책이 남아 있는 듯했지만 언제 무너질지 몰라 수습하러 갈 사람이 없었다. 어떤 사람이 이제 소용도 없게 됐는데 그냥 무너뜨려버리자고 했지만 사제들이 거절했고, 다프넨은 하마터면 그런 말을 하는 사람의 얼굴을 쳐버릴 뻔했다. 섬사람들은 대부분 평생토록 장서관 문턱에 발 한번 들여본 일이 없으니 그들이 아쉬움을 느끼지 않는 것도 어찌 보면 당연하다고, 가까스로 자신을 달랬다.

사흘이 지난 오후였다. 다프넨은 화재가 일어났던 언덕을 올랐다. 제로와 함께 비밀스러운 묘지에 갔다가 돌아오던 걸음이 떠올라 한층 침울해졌다. 이윽고 장서관이 보이는 위치에 이르러 보니 먼저 와 있는 사람이 있었다.

"너도 왔구나."

나우플리온이었다. 그는 언덕바지 밑에 혼자 앉아 폐허를 올려다보고 있었다. 다프넨은 말없이 그 곁에 주저앉았다.

"매일 여기 오지?"

다프넨은 고개만 끄덕였다. 나우플리온은 다프넨의 머리에 날아와 붙은 검댕을 떼어주었다. 두 사람이 이렇듯 밖에 나와 같이 앉은 것도 참 오랜만이었다. 특별히 다정스러운 목소리를 낼 줄 모르는 나우플리온이 풀줄기를 조금 씹다가 뱉으며 조용히 물었다.

"네 책임이 있다고 느끼는 것 같던데. 내게 못 할 이야기냐?"

고개를 저었다. 근처 풀밭에 점점이 흩어진 회갈색 재들을 바라보았다. 그중 하나는 타다 남은 책 조각이었다.

"오이지스가 장서관에 혼자 있었던 것은 저와 거기서 만나기로 약속했기 때문이에요. 하지만 전 그걸 잊어버렸죠."

"왜 잊어버렸지?"

"제로 아저씨하고…… 섬 안의 묘지에 갔었어요."

묘지에 대해서는 그냥 간단하게 말했다. 나우플리온은 그 묘지의 존재를 몰랐던 모양이었다. 유령에 대한 이야기는 하지 않았다. 지금은 그런 까다로운 문제를 놓고 나우플리온을 설득하고 싶지 않았다. 고해하듯 자신의 일을 털어놓고 싶을 따름이었다.

"그래서 돌아와보니 장서관에 불이 났더란 말이지? 오이지스는 안에 갇혀 있고?"

"문이 잠겨 있었는지는 잘 모르겠어요……."

장서관 안으로 들어가던 제로의 뒷모습을 생각하며 그렇게 대답하다가 저도 모르게 울컥해서 입을 세게 다물었다. 나우플리온은 무언가 생각하는 기색이었다.

"그래……. 그것참 이상한데. 만일 잠겨 있지 않았다면 어째서 그랬을까? 제로 씨는 장서관을 비울 땐 항상 문을 잠그시는데. 오이지스는 어떻게 안으로 들어간 거지?"

"오이지스는 열쇠를 숨겨두는 곳을 알고 있었으니까요. 예전에 알고 있다고 말한 적이 있어요."

"그렇다면 더욱 이상한데. 자기 손으로 문을 열고 들어갔다가 실수로 화재를 일으켰다면, 왜 밖으로 뛰어나오지 않은 거지? 누가 못 나오게 막는 것도 아니고, 또 처음부터 저렇게 큰 화재는 아니었을 텐데?"

"만일 자기가 불을 냈다면 혼자 도망칠 애는 아니에요. 그 애는 장서관을 자기 몸처럼 사랑했으니까요."

그렇게 말하면서 오이지스의 온몸에 난 의문의 상처들이 떠올랐다. 그때 나우플리온도 같은 점을 지적했다.

"난 오히려 오이지스가 나올 힘이 없었던 거라고 말하고 싶은데? 그 애는 불이 나기 전에 이미 심하게 다쳐 있었어. 누가 봐도 그건 불에 덴 상처는 아니야."

다프넨도 생각에 잠겼다가 말했다.

"누군가 그 애를 때렸다면 그건…… 스콜리에 다니는 아이들일 거예요. 하지만 요새 그렇게까지 심하게 때릴 이유도 모르겠고……. 어쨌든 그렇다면 오이지스는 다친 다음에 혼자서 장서관에 들어가 잠들기라도 했던 걸까요?"

"그럼 화재는 누가 내고?"

다프넨의 말문이 막혀 있는 동안 나우플리온은 풀숲 한쪽에 놓아두었던 물건을 집어 다프넨에게 건네주었다. 받아들고 보니 그것은 시커멓게 그을린 자물통이 붙은 뻰침쇠였다. 장서관에서 주워 온 것이 분명했다.

다프넨은 곧 미간을 찡그리며 의아한 표정이 되었다. 나우플리온이 말했다.

"너도 알겠지?"

"자물쇠가 잠겨 있네요? 오이지스가 이걸 다시 잠갔을까요?"

"글쎄, 그건 별로 그럴듯한 추측이 아닌 것 같은데. 자물쇠는 문 밖에 달려 있잖아. 안에서 잠그는 건 빗장이고."

다프넨은 고개를 푹 숙였다가 꽉 막힌 목소리를 힘주어 내뱉었다.

"그렇다면…… 그 앨 두고 누군가가 밖에서 문을 잠갔단 말인가요?"

나우플리온은 담담하게, 그러나 차가운 목소리로 답했다.

"그자는 화재를 알리러 마을에 오지도 않았지."

다프넨은 벌떡 일어섰다. 참을 수 없는 분노로 뺨이 달아올랐다. 나우플리온은 그를 잡는 대신 이렇게 말했다.

"서두르지 마라. 이건 얼떨결에 저지른 실수가 아니야. 누군가가 계획적으로 그 애를 때렸고, 화재도 계획에 있었는지는 모르겠지만 어쨌든 죄를 은폐하고 도망쳐서 다시 누군가의 비호를 받고 있어. 더구나 그건 한 명 이상이다. 확실한 증거를 잡을 때까지 함부로 움직이지 마."

다프넨은 나우플리온을 내려다보았다.

"어떻게 그렇게 확신하시죠?"

"그 애의 상처를 봤으니까."

나우플리온은 문득 사조직으로 웃었다.

"어려서 나 역시 아이들에게 따돌림을 당한 일이 있었지. 나는 오이지스처럼 얻어맞기보다는 도리어 녀석들을 두드려

패고 다녔지만 말이다. 그래서 그 나이 소년들끼리의 구타에 대해서는 누구보다도 잘 알고 있어."

나우플리온이 한 손으로 자기 뺨을 쓸었다. 뭔가를 생각해냈는지 미간에 힘이 들어갔다.

"오이지스의 얼굴…… 그건 잔인한 상처였지. 아이들끼리 홧김에 치고받고 하다가 생길 만한 상처가 아니야. 또래라면 한 명의 힘으로 붙들어놓고 그만큼 때리기도 어렵고. 만일 한 명이라면 그건 어른일 거고, 아이들이라면 확실히 여러 명이다."

다프넨은 고개를 끄덕였다. 윤곽이 점차 잡혔다.

"장서관에 간 것은 녀석들의 생각이었을까, 아니면 오이지스가 달아나다가 쫓겨 들어간 것일까? 네 말대로라면 맨 처음 문을 딴 사람은 확실히 오이지스였겠지. 하지만 그 애는 어떤 식으로든 열쇠를 빼앗겨서 안에 갇혔고, 그대로 화재 속에 방치된 거야. 불을 일부러 질렀을까? 그게 가장 궁금한 점이야. 만일 불이 난 것이 오이지스의 실수가 아니라 누군가 다른 녀석의 짓이라면……."

나우플리온은 몸을 일으키며 나지막이 말했다.

"그 녀석은 틀림없이 사형감이다."

그 말은 모르페우스가 했던 때보다 훨씬 강렬한 섬뜩함을 지니고 있었다. 바로 나우플리온 자신이 사형을 집행하는 사제인 것이다.

오이지스가 깨어나주기만 한다면 증언을 해줄 테고, 복잡한 추리도 필요 없을 터였다. 그러나 오이지스는 점점 더 상태가 나빠져갔다.

그로부터 다시 사흘 뒤, 다프넨은 오이지스를 보러 갔다가 모르페우스로부터 놀라운 이야기를 들었다. 장서관이 타버린 후로 사람들이 버린 낡은 집에서 임시로 생활하고 있는 제로가 그간 한 번도 오이지스를 보러 오지 않았다는 것이었다.

"그게 정말인가요?"

"여기 오지 않았을 뿐 아니라, 다른 사람이 찾아오는 것도 거절하고 있어. 밖에 나오기나 하는지 모르겠군."

다프넨도 제로를 찾아갔다가 방문을 사절한다는 푯말을 보고 돌아 나온 일이 여러 번이었다. 그러나 오이지스는 제로가 몸을 돌보지 않고 불속에 들어가 구해올 정도로 아끼는 아이가 아닌가. 그런 아이가 하루하루 죽어가고 있는데 보러 올 생각도 하지 않는다는 것이 도저히 믿어지지 않았다. 이쯤 되자 다프넨은 제로가 방문을 거절하더라도 반드시 만나보아야겠다고 마음먹고 그날 오후, 제로가 살고 있는 집으로 갔다.

집은 몇 년간 돌보지 않던 폐가인지라 섬사람들이 대강 수리해주었는데도 안쓰러울 정도로 초라했다. 문 앞에는 여전히 예의 푯말이 달려 있었지만 다프넨은 상관 않고 문을 두드렸다. 그의 손에는 장서관의 폐허 속으로 목숨걸고 들어가 건져 온 몇 권의 책이 들려 있었다.

답이 없자 다시 두드렸다.

"아저씨, 다프넨이에요! 꼭 좀 뵈어야겠으니 문 좀 열어주세요!"

한참 만에 낯익은, 그러나 동시에 낯선 목소리가 들려왔다.

"열려 있다."

문을 연 다프넨은 들어가려다가 주춤했다. 바닥에 온갖 물건이며 쓰레기들이 흩어져 있어 어딜 밟아야 좋을지 모를 지경이었다. 정면을 보니 칸막이 하나도 없이 놓인 낡은 침대에 제로가 앉아 있었다. 제로는 다프넨이 있는 쪽으로 고개를 돌리더니 미소도 없이 말했다.

"지저분하지. 그냥 들어와라."

문을 닫고 바닥의 물건들을 피해 침대 앞까지 갔지만 걸터앉을 받침대도 하나 없었다. 겨우 상자 하나를 끌어당겨 앉은 다프넨은 제로의 얼굴이 몹시 꺼칠한 것을 느끼고 물었다.

"어디 몸이 안 좋으신 것 아닌가요?"

제로는 머리며 수염 따위는 물론이고 옷매무새도 정돈되어 있지 않았다. 예전에 장서관은 잡동사니들이 많아서 어수선하게 보이긴 해도 모든 물건이 집주인을 위해 편리하게 배열

되어 있는 안락한 장소였다. 그러나 이곳은 아니었다. 폭풍이 한차례 지나가고 난 것처럼 많지도 않은 물건들이 모조리 뒤섞여 있었다.

"괜찮아."

제로의 말투는 예전과 비슷했지만 어딘가 모르게 무미건조하게 들렸다. 다프넨은 부쩍 불안감이 커지는 것을 느끼며 제로의 얼굴을 뜯어보았다. 제로는 그런 다프넨의 눈길을 피하려는 것처럼 보였다. 시선이 자꾸 다른 방향으로 움직이며 흔들렸다.

"이렇게 왔는데 아무것도 줄 게 없어서 미안하구나. 그래, 무슨 일로 온 거니?"

다프넨은 어이가 없었다. 다프넨의 손에는 폐허 속에서 건져온 서너 권의 책이 들려 있었다. 그런데 제로는 그걸 보지도 못한 것처럼 말하고 있지 않은가?

"아저씨, 이것……."

다프넨은 제로의 무릎 위에 책들을 놓았다. 제로는 그걸 잡더니 그제야 알았다는 것처럼 말했다.

"아……. 어디서 가져온 거지?"

"장서관 안에는 생각보다 책이 많이 남아 있더라고요. 잘 살펴보면 4분의 1 정도는 건질 수 있을 것 같아요."

"아아, 그래……."

제로는 한참 가만히 있다가 말했다.

"이제 와서 뭐……. 고맙긴 하다만 굳이 그럴 필요는 없었는데."

도무지 예상했던 반응이 아니었다. 더이상 붙일 말이 없어서 다프넨은 오이지스 이야기를 꺼냈다.

"오이지스가 계속 상태가 안 좋은 모양이에요. 모르페우스 사제님께서도 비관적이시고……."

왜 문병하러 오지 않았느냐고 따져 물을 입장은 아니라서 약간 돌려서 말했는데, 대답을 들으며 다프넨은 더욱 당황했다.

"죽고 사는 문제가 어디 사람의 몫이겠어. 다 그 애의 운에 달렸지. 가서 본다고 죽을 애가 살아나는 것도 아니겠지."

제로는 이렇게 냉소적인 사람이 아니었다. 죽은 일리오스 사제라면 혹시 저렇게 말했을지도 모르지만 제로는 아니었다. 말문이 막혀버린 다프넨이 머쓱하게 시선을 돌리다 보니 이상한 것이 눈에 들어왔다. 약병처럼 보이는 작은 병 네댓 개가 테이블이며 창틀 위에 놓여 있는데 하나같이 뚜껑이 열린 채 방치되어 있지 않은가?

확실히 뭔가 심각하다는 것을 느낀 다프넨은 집안을 차근차근 살펴보았다. 그렇게 보니 이상한 것이 한두 가지가 아니었다. 음식 먹은 그릇이 아무데나 놓인 채 오랫동안 내버려둔 것 같다거나, 옷을 뒤집힌 채로 걸어놓았다거나, 나름대로 차곡차곡 쌓은 듯 보이는 것이 실은 삐뚤빼뚤한데다 이리 뒤집히고 저리 뒤집힌 상태라거나…….

모든 풍경이 가리키는 사실은 하나였다. 다프넨은 제로를 바라보다가 가만히 손끝을 뻗어 제로의 뒷덜미를 가볍게 찔렀다. 예상대로 제로는 흠칫하며 뒤를 돌아보았다. 뻗어오던 다프넨의 팔은 전혀 보지 못한 것처럼.

"어, 네가 그랬니."

다프넨은 참지 못하고 입을 열었다.

"제 얼굴 보이세요? 아저씨, 제가 지금 무슨 표정 하고 있는지 보이세요?"

"……."

다프넨은 고개를 떨어뜨렸다. 최악이었다. 생각할 수 있는 가장 나쁜 상황이었다. 그렇게 책을 좋아하고 평생 책과 함께 해온 제로가 이제 앞을 볼 수 없는 것이다!

"어째서…… 왜 그렇게……."

무슨 말을 이어가야 할지도 모르면서 다프넨은 입을 열었다가 다물기를 되풀이했다. 안타까움으로 미칠 지경이었다. 제로는 재미없는 책이라도 읽듯 덤덤하게 대답했다.

"본래부터 눈이 별로 좋지 않았어. 어두운 곳에서 책을 많이 봤기 때문이겠지. 일리오스는 내가 움직이기 싫어하는 걸 알고 손잡이 하나로 한꺼번에 창을 열 수 있는 장치까지 만들어줬는데, 난 바깥에서 시끄러운 소리가 들어오는 것도 별로 안 좋아해서……."

"그런…… 그런 것이 아니잖아요……. 저번의 그 일 때문이죠? 그 불……."

"영향이 있겠지. 뭐…… 그래도 왼쪽 눈은 아직 조금 보여."

제로는 화재 속에서 자신이 실명하게 된 상황을 설명할 생각이 없어 보였다. 다그쳐 물을 수도 없고, 다프넨은 애가 타서 어쩔 줄을 몰랐다. 제로가 하는 한마디 한마디가 그의 가슴을 아프게 찔렀다.

"시력이 없어지면서 읽을 책도 같이 없어져버렸으니 여러모로 아귀가 잘 맞는 사건이랄밖에."

"아저씨!"

다프넨은 허공에 어설프게 떠 있는 제로의 오른손을 부둥켜 잡았다. 자신이 아무것도 해주지 못한다는 것을 잘 알고 있었다. 세상의 모든 불행은 돌이키기 위해 존재하는 것이 아니었다. 그러나 엉망이 된 집, 뚜껑을 찾지 못한 약병, 잊혀버린 그릇, 정리하려 애써도 이미 불가능한 것들에 둘러싸인 제로의 모습이…… 이루 말할 수 없이 다프넨을 슬프게 했다. 왜, 왜 세상엔 이런 일 따위가 벌어지는 것인지, 도대체 왜!

다프넨의 손이 떨리는 것을 느낀 듯, 제로가 왼손을 뻗어 그의 두 손을 밀어냈다. 애써 담담해지려 애썼지만, 처음으로 감정이 드러난 목소리로 제로가 말했다.

“아무에게도 말하지 마라. 누구에게도 피해를 주고 싶지 않아.”

“그게 무슨 말씀이세요! 아저씨를 이런 상태로 계속 사시도록 둘 수는 없어요!”

“아니, 그냥 내버려둬.”

제로는 갑자기 자리에서 일어났다. 손을 들어 두 눈을 가렸다가 한참 후에 뗐다. 지금 그의 눈에 보이는 세상이 어떠할지 두 눈이 잘 보이는 다프넨으로서는 짐작도 가지 않았다. 제로가 나직이 말했다.

“아직은 조금 보이는 것이 있어. 점점 나빠지고 있긴 하지만. 곧 때가 오겠지. 그때까지만이라도 혼자서 해나갈 수 있게 해줘. 모르페우스 사제님이 와도 안 보이는 눈을 보이게 할 수는 없어. 전부터 눈이 자꾸 침침해지는 걸 알고 있었기 때문에 시력에 대한 건 예전에 다 알아봤어.”

제로는 손을 다시 늘어뜨렸다. 그런 채로 어딘지 모를 곳을 바라봤다. 아니, 바라보지 않았다.

“결국 나는 사람들의 짐이 될 거야. 잘 알고 있어. 그렇게 되기 전에 마음의 준비는 해둬야 할 것 아니니. 오이지스를 찾아가지 못하는 것은 미안하게 생각하고 있어. 하지만 그런 식으로 발각당하고 싶지 않아. 사람들이 놀라서 호들갑

떠는 것도 그다지 보고 싶지 않으니까. 좀더 준비를 한 다음에……."

사람은 누구든 자신의 장애를 받아들이는 데 어느 정도 시간이 걸리기 마련이다. 끝내 그것을 받아들이지 못하고 분노를 잘못된 방향으로 표출해버린 섭정과 같은 사람도 있었지만.

"알겠습니다……."

책에 더이상 미련을 갖지 않으려고 애쓰고 있을 터인데 굳이 책을 가져온 자신이 어리석게 생각되었다. 왜 이런 상황을 한 번도 예상하지 못했단 말인가.

"용서하세요."

두 사람은 말없이 오랫동안 마주앉아 있었다. 초점이 맞았다 안 맞았다 하는 제로의 눈을 보고 있노라니 세상의 돌이킬 수 없는 모든 것들이 원망스럽기 이를 데 없었다. 시간이 흐르고 흐르다 고리처럼 다시 원점으로 돌아와준다면 얼마나 좋을까. 그렇다면 얼마든지 이렇게 앉아 기다릴 터인데.

다프넨은 일어섰다. 무어라 작별 인사를 해야 좋을지 몰랐다. 그저 고개를 꾸벅 숙이다가 보이지 않을 것을 깨닫고 입을 열어 그만 가겠다고 말했다. 안녕히 계시라는 말은 차마 입에서 떨어지지 않았다.

제로는 고개만 끄덕였다. 문을 나서려는데 제로의 나지막한 목소리가 귓가에 들려왔다.

"내 꿈에 불이 질러졌어……. 모조리."

문을 닫은 다프넨은 잠시 그 문에 기대섰다.

자신이 나우플리온의 제자만 아니었어도 제로의 곁에서 평생 그를 돕고 싶다고 말했을 거란 생각이 들었다. 그건 어쩌면 순간적인 기분일 것이고, 이후 후회할지도 모르는 결정이었을 것이다. 분명 책임을 느끼고 있었지만, 그런 식의 희생은 누구도 쉽게 짊어지기 어려웠다. 그런 희생을 당연한 듯 말하는 사람이 있다면 그가 위선자였다.

화재가 나기 전에 묘지에서, 또 그 전날 장서관에서 열띤 어조로 섬의 과거와 미래를 말하던 제로를 떠올렸다. 제로는 스스로의 한계를 잘 알고 있었고, 그런 한계 너머에 있다고 생각한 다프넨에게 오랫동안 숨겨온 희망을 말했다. 그걸 다 듣고도 아무런 약속도 주지 못했던 자신이었다. 그리고 지금이라 해도, 확답할 자신은 없었다.

오이지스의 이름이 '아픔'이라는 뜻이라 했을 때 다프넨은 그가 평소 당하던 일을 떠올리며 이름의 의미가 안타까울 정도로 잘 맞는다고 생각한 일이 있었다. 그러나 그 이름에 담긴 의미는 훨씬 더 참혹했다. 짧은 일생 내내 남에게 짓눌리고 쫓기며 비굴하게 살다가, 품어왔던 꿈조차 펴보지 못하고 저렇게 되어야 한단 말인가?

달아나고 싶을 정도로 우울한 오후였다. 섬에서 살게 된 후 수많은 일을 겪었지만 대륙을 한번 등진 이상 돌아서지 않고 자리를 지키겠다는 마음이 그를 지탱해왔다. 그러나 지금만은 대륙에서 그랬듯 이 땅의 현실로부터 달아나고 싶은 마음이 그를 사로잡아 짓눌렀다.

달아나면, 새로운 곳에는 행복이나 희망이 있나? 자신이 누구보다도 잘 안다. 그런 것은 없다는 것을. 희망은 내버리고 새로 쥔 것이 아니라, 끝내 버리지 않은 것으로부터 온다는 것을 너무나 잘 알고 있다.

그러나 지금은 너무 피곤하다.

소용없는 짓이란 걸 알면서도 죽은 자처럼 쓰러져 쉬고 싶을 정도로.

17

장

HAUNTED LAND

진실을 찾아서

“각하, 아가씨가 오셨네요.”

섭정의 집에 오면 문 밖에 내놓은 평상에 앉아 채소를 다듬거나 생선을 손질하는 젊은 부인을 종종 볼 수 있었다. 섭정을 찾아오는 사람들은 그녀에게 가볍게 예를 표했다. 그러면 그녀는 손을 닦고 집으로 들어가 가장 안쪽에 위치한 방까지 가서 방문자가 왔음을 알리기 마련이었다. 때때로 부인이 자리를 비우고 없으면 사람들은 그 평상에 앉아 그녀가 돌아올 때까지 기다리거나, 아니면 다음에 찾아오는 수밖에 없었다. 몇 가지 드문 예외를 제외하면 부인을 거치지 않고 섭정을 직접 찾는 것은 금지되어 있었다.

오늘 찾아온 사람은 몇 안 되는 예외에 속하는 한 명이었다. 유일하게 그녀에게 예를 표하지 않는 사람이기도 했다. 오히려 부인이 없는 시간에 찾아와 다짜고짜 섭정의 방으로 달려 들어가는 쪽을 더 좋아했다. 있다 해도 무시하고 지나치는 일까지 있었다. 어찌됐든 명목상 자신의 어머니인데도 말이다.

"들어오너라."

턱을 까딱까딱 하며 기다리던 리리오페는 방안에 있는 섭정의 대답이 떨어지자마자 문을 밀고 들어가 냉큼 닫았다. 양어머니의 얼굴을 보기 싫다는 무언의 표현이었다.

"그렇게 싫으면 아침나절에 오려무나."

섭정도 리리오페가 부인을 싫어하는 걸 알고 있었다. 알면서도 묵인하는 것은 자신 역시 그녀를 대수롭지 않게 생각하기 때문이었다. 그녀를 존중하는 것은 섬사람들로 족하며, 자신들 부녀는 그럴 필요가 없다는 이상야릇한 생각이 그들의 머리를 지배하고 있었다.

"아침엔 스콜리에 가야 되잖아요. 아아, 지겨워. 언제나 끝날까."

"한 해밖에 남지 않은 걸 뭘 그리 불평하느냐."

"올봄엔 정화 의식도 치를 텐데, 내친김에 확 졸업해버릴 수 있으면 얼마나 좋을까……."

아무리 섭정의 딸인 리리오페라 해도 섬의 오랜 규칙을 자기 멋대로 깰 수는 없었다. 리리오페는 헥토르와 마찬가지로 1월 태생인지라 올해 초에 열다섯 살이 되었다. 따라서 헥토르가 그랬듯이 정화 의식을 먼저 하고 그다음 해에 졸업할 예정이었다.

리리오페가 그토록 졸업을 바라는 것은 귀찮은 일을 덜고 싶기 때문만은 아니었다. 정화 의식과 스콜리 졸업, 그 두 가지 조건이 갖춰지는 순간 그녀는 명실공히 섭정의 뒤를 이을 후계자로서 사람들 앞에서 권위를 갖게 된다. 이제 평범한 소녀답게 행동하는 일은 지겨워졌고, 사제들과 같은 특권 계층이 되리라는 희망만이 요즘 그녀를 온통 지배하고 있었다.

"그건 그렇고요, 아빠, 이번에 저기, 장서관에 불났던 일 말이에요. 그게 정말 그냥 실수로 일어난 화재였을까요?"

섭정은 반쯤 감고 있던 눈을 뜨더니 리리오페의 얼굴을 살펴봤다.

"실수가 아닌들 뭐 별일이겠느냐. 그런 걸 파헤쳐서 네게 득 될 것이 없느니라."

"장서관이 탄 것 자체는 어떻게 생각하세요? 거기에 있던 책들은 아무 쓸모가 없었을까요?"

섭정은 가만히 있다가 나직이 말했다.

"그곳이라면 내 언제고 한번 손을 보아주려 했거늘. 이런 일을 두고 손대지 않아도 일이 풀려간다고 하지."

리리오페는 장서관에 무엇이 있는지, 섭정과 일리오스 사제 사이에 어떤 일이 있었는지 몰랐으므로 섭정이 그렇게까지 생각하는 까닭은 몰랐다. 그러나 본래부터 장서관에 관심이 없었기에 그런 것쯤이야 아무래도 좋았다.

"뭐 그럴지도 모르지만요. 하지만 좀 궁금한 것이 그 땅꼬마 녀석을 누가 때렸던 것 같은데 때릴 사람이라면 뻔하거든요? 아빠도 아실 테지만요. 그 애들이 혹시라도 화재랑 관련이 있다면 그걸 알아두는 것이 아빠한테 도움이 되지 않겠어요?"

리리오페나 섭정 역시 나우플리온과 다프넨이 가진 것과 비슷한 심증으로 에키온 일당을 지목하고 있었다. 다만 다프넨이 모두가 무죄라는 생각에서부터 차근차근 혐의를 밟아나갔다면, 리리오페는 증거야 어찌됐든 평소 생각하던 대로 대뜸 혐의자를 찍은 셈이었다.

"에키온은 네 사촌인데 굳이 그들과의 관계에 골을 팔 필요는 없을 것이야. 리리, 너는 아직도 헥토르가 못마땅한 것이냐?"

리리오페는 입술을 조그맣게 비죽이다가 입을 다물었다. 섭정의 말이 옳았다. 그녀는 어떻게든 헥토르와 인연을 맺지 않아도 될 핑계를 찾던 중이었다. 리리오페가 자신의 불만을 감히 입 밖에 내지 못하고 있는데 뜻밖으로 섭정이 말했다.

"헥토르와 너는 둘 다 청동 표범 지파에 속하니 전통적 풍습에 맞는 혼인이랄 수는 없겠지. 정히 그가 싫다면, 달리 원하는 이가 있느냐?"

"아빠!"

리리오페는 예쁜 눈썹을 찡그렸을 뿐, 이어 말하지는 않았다. 섭정의 입가에 미소가 떠올랐다가 가라앉았다. 놀랍게도 그 입에서 리리오페가 바라마지않던 말이 흘러나왔다.

"네가 택하고자 하는 것이 혹 검의 사제가 될 소년이라면, 그것도 좋을 것이야."

리리오페의 얼굴이 순간 달아올랐다가 금세 가라앉았다. 섭정의 말이 예전의 반대를 철회하는 것처럼 보이긴 하지만, 달리 보면 다프넨이 검의 사제가 된다는 전제 속에서만 허락하고 있는 셈이었다.

아직은 모를 일이었다. 그러나 리리오페는 조금 후 눈을 살짝 치뜨며 대꾸했다.

"잘못된 말씀은 아니에요. 어쨌든 전 패배자는 원치 않으니까요. 제게 어울리는 상대는 승리자가 아니면 안 돼요."

그것이 결투의 패배자든, 실버스컬의 패배자든, 검의 사제가 되지 못한 패배자든, 그녀가 원치 않는다는 점에서는 같았다.

손쓸 수 없는 나날이 흘러갔다.

모르페우스 사제가 오이지스는 포기하는 것이 좋겠다고, 회복은 불가능하다고 말한 후로 이틀이 흘렀다. 그동안 다프넨은 한 가지 가능성을 몇 번인가 떠올렸다. 그러나 역시 무리라고 되뇌며 생각을 접곤 했다.

스콜리가 파하면 모르페우스 사제의 집에 들렀다가 집으로 돌아오는 것이 요즘 그의 일과였다. 그날도 그런 식으로 모르페우스의 집을 거쳐 집으로 돌아와보니 아직 낮인데 나우플리온이 먼저 와 있었다. 보아하니 나우플리온은 다프넨이 돌아오길 기다렸던 모양이었다.

"이리 와서 앉아봐. 소식이 있어."

첫 번째 의혹이 제기된 후로 나우플리온은 자신의 권위를 이용해서 약간의 조사를 했다. 먼저 화재가 났던 날, 다프넨 또래 아이들의 행적을 알아보았다. 그날 마을 사람들이 장서관으로 달려가기 전에, 얼굴이 창백해진 소년 하나가 좀 이상한 태도로 마을 어귀에 서 있었던 것을 기억하는 사람이 있었다. 그리고 스콜리의 교장과 이야기해보니 전날까지는 멀쩡하다가 화재 다음날 갑자기 몸이 아프다며 스콜리에 나오지 않은 아이들이 몇 명 있었다. 그들 중 둘은 그다음 날에도 나오지 않았다고 했다. 다만 그들 가운데 에키온은 끼어 있지 않았다.

"하지만 너와 나의 심증으로 범인을 지목한다 해도 결정적인 증거가 없는 한 아무 소용이 없어. 기적이 일어나서 오이지스가 깨어나 상황을 말해주거나 그들이 자백하는 것만이 유일한 해결책이지. 답답한 상황이야."

나우플리온은 깍지 낀 손을 머리 뒤로 올리며 한숨을 내쉬었다. 다프넨은 나우플리온이 직접 나서서 이런 조사까지 하는 이유가 다프넨 자신의 죄책감 때문이 아닐까 싶어 마음이 무거워졌다.

"다른 방법이 있다면 녀석들을 은밀히 겁주는 것 정도랄까. 예를 들어 네가 타버린 장서관에 들어갔을 때 실은 오이지스가 약간 의식이 있어서 뭔가 말을 남겼다던가, 그런 식으로."

"저, 나우플리온. 전에 벨노어 저택에 있을 때 말이에요……. 란지에 동생이었던 란즈미 기억나시죠?"

나우플리온은 다프넨이 하려는 말을 바로 알아들었다.

"'소통'이라는 것이지. 오이지스에게 그걸 쓰면 안 되냐고 묻는 거냐? 물론 써볼 수는 있겠지만, 별로 추천하고 싶지는 않다. 그건 어느 정도 기력이 있는 상대일 경우에만 안전해. 란즈미와 달리 오이지스는 몸의 상태가 극도로 악화되어 있기 때문에, 다른 사람의 영혼과 직접 맞부딪혔다가는 그 충격으로 약하게 붙어 있는 숨이 끊어질지도 모른다."

다프넨이 불쑥 말했다.

"만일 초월적인 존재가 있어서 그때의 상황을 모두 보고 있었다면 좋을 텐데요."

"달여왕을 말하는 거냐? 하지만 달여왕께서는 모든 것을 보았다 해도 이런 경우 흔히 아무 말씀도 하시지 않지."

달여왕을 말하는 것이 아니었다. 다프넨은 우물쭈물하다가 다시 말했다.

"달여왕 말고…… 예를 들면 죽은 사람의 영혼 같은 것이 남아서 떠돌고 있었다거나……."

"지금 무슨 소릴 하는 거야?"

나우플리온이 의아한 눈동자를 굴리더니 다프넨의 얼굴을 똑바로 보았다.

"너, 그날 장서관에서 오이지스 말고 누군가 다른 사람이 죽었을지도 모른다고 생각하는 거냐?"

"네에? 그럴 리가요……."

"그렇다면 다행이고. 잠깐, 너 만일에 정말로 그런 혼 같은 게 떠돌고 있다고 한들 그들과 쉽게 대화할 수 있다고 생각하는 건 아니겠지?"

"그건……."

다프넨은 말문이 막혔다. 이런 이야기를 나우플리온이 믿어줄지 쉽게 확신할 수가 없었다. 제로 아저씨가 곁에 있었더라면 좀더 이야기가 쉬웠을 터인데.

그런데 놀랍게도 나우플리온은 이렇게 말했다.

"그러니까 너, 그런 일을 겪어본 거구나? 적어도 그랬다고 믿고 있는 거지? 내 말이 맞냐?"

"그런 일이 가능하다고 생각하는 거예요?"

"야, 인마. 네가 방금 그렇다고 먼저 말했잖아. 네가 그렇게 말하니까 혹시나 싶어 묻고 있는 거 아냐."

"그게……."

나우플리온은 피식 웃었다.

"너, 지금까지 내가 네 얘기를 무작정 거짓말이라고 몰아붙인 적도 없는데, 내가 네 말을 믿을 리가 없다고 생각한 거냐? 거참 도무지 신뢰라곤 말라버린 녀석이군."

"……."

왜 이렇게 자신은 부정적인 결과만 생각하는지 몰랐다. 무안해져 얼굴까지 붉힌 다프넨은 천천히 이야기를 꺼냈다.

"실은 오래전부터의 이야긴데요……."

처음 섬에 도착해서 보았던 환각만은 나우플리온도 알고 있었다. 그때 보이지 않는 아이들의 발소리가 들렸는데, 지금 생각해보면 엔디미온을 비롯한 유령 아이들이 바로 그 소리의 주인공이 아니었나 싶었다. 그후로 모르페우스 사제와 윈터러를 실험하던 도중 실종되었을 때 만났던 유령들, 그리고 절벽에서 떨어졌던 때의 일을 이야기했다. 마지막으로 윗마을에서 벌어진 괴물과의 전투에서 자신에게 빙의된 엔디미온의 힘에 대해 설명했을 때 나우플리온의 눈동자가 이채를 띠었다.

"그렇다면 그 애는 정말로 대단한 힘을 가진 유령이로군, 안 그래? 소년 모습을 하고 있긴 하지만 실제로는 어떤 존재일지 쉽사리 짐작할 수 없겠는데. 그런 유령이 한 명도 아니고, 더구나 그들보다 나이 많은 어른 유령들도 있다 그 말이지……."

갑자기 다프넨은 꿀밤을 한 대 얻어맞았다.

"이 녀석아, 왜 그런 중대한 얘기를 지금까지 숨긴 거야? 이거 영 못 믿을 녀석이로세."

"이런 얘길 믿어줄 거라곤 생각도 안 한걸요."

"다시 한번 말해주마. 이 '신뢰라곤 완전히 말라버린 녀석'아."

"한 번 더 말해주니 충격이 무지 크군요……."

나우플리온은 생각에 잠겨 한참 동안 손끝으로 테이블을 두드렸다. 다프넨은 잠시 후 화재가 나던 날 제로와 함께 갔던 묘지 이야기를 꺼냈다. 제로 역시 그런 유령들을 본 일이 있다는 이야기에 나우플리온의 눈이 커졌다.

"내가 아는 한 제로 씨는 마법적인 힘과 감응하는 능력이 보통 사람들보다 한참 떨어지는 편인데 어떻게 그럴 수가 있었을까? 정말이지 옛 문명에 대한 향수가 대단하셨던 모양이야. 아, 그렇다면 혹시 그 묘지에 가면 유령들을 다시 만날 수 있는 게 아닐까? 너, 그들을 만나서 이번 일에 대해 물어보고 싶다고 생각하는 거지?"

그게 솔직한 마음이었다. 다프넨은 고개를 끄덕였다.

"그래, 성사될 수만 있다면 말이야, 나쁘진 않겠지. 하지만 그들을 믿어도 좋을까? 지금까지는 네게 친절했다만 그것만 갖고는 모르지. 무엇보다도 그들은 우리 세계 밖의 존재들이고 그런 자들의 친절은 아무도 확신하지 못하는 거니까."

"……."

신뢰의 문제만은 다프넨 자신이 반복해서 많은 사람들에게 당한 터라 마땅히 반박할 말이 없었다. 그러나 엔디미온을 믿고 싶은 마음이 더 큰 것만은 사실이었다. 나우플리온은 다프넨의 눈빛을 보고 속마음을 눈치챘으나 여전히 고개를 저었다.

"설사 그들이 너를 위해 모든 것을 말해준다고 치자. 그렇지만 그건 여전히 증거가 안 돼. 유령들의 말을 증거로 채택할 수는 없으니 말이다. 역시 오이지스가 깨어나는 것 말고는 다른 방법이 없어."

"만일…… 그들에게 오이지스를 깨어나게 할 힘이 있다면

요?"

"으응?"

나우플리온은 생각하는 표정이 되었다. 이것만은 그로서도 반박하기 힘든 가정이었다.

"역시 가능성은 적겠지……. 하지만 적더라도 시도는 해보고 싶다는 이야기냐? 깨어나게만 해준다면야 그보다 좋은 일은 없겠지만……. 그래, 유령이란 존재는 사람에게 빙의되기도 하니 아예 불가능한 일이라고 보긴 어려울 거야. 하지만……."

말을 끌며 나우플리온은 오래 망설였다. 그러면서 다프넨과 눈이 마주쳤다.

"그것참……. 좋다. 보내주겠지만 너 혼자서는 안 돼."

"같이 가시겠다고요?"

"내게는 다른 누구의 사정보다도 너의 안전이 중요하니까."

나우플리온이 같이 있는 가운데 엔디미온이 모습을 드러내줄지는 미지수였다. 예전에 이솔렛과 함께 있었을 때도 엔디미온은 다프넨의 몸에 숨어 있었을 뿐 그녀 앞에 모습을 드러내지는 않았다.

나우플리온은 다프넨의 얼굴을 보더니 벨노어 성에서 검술을 가르치던 때처럼 엄격한 표정을 했다.

"그들이 어떤 존재인지 불확실한 지금, 내가 도움이 된다고 확신할 수야 없겠지. 하지만 너를 혼자 보내는 것만은 내가 용납 못 해. 이래 봬도 네 보호자니까 내 의무를 다할 거다."

나우플리온의 말을 따르는 수밖에 없었다. 가장 큰 이유는 그의 마음을 이해하고 그의 결정을 존중하기 때문이었다. 실패하더라도 다음 일은 그때 다시 생각하면 되는 것이다.

두 사람은 그날 저녁 제로가 알려준 숲속 묘지를 찾아가 밤이 오기만을 기다렸다. 다프넨은 자신의 의지로 윈터러를 꺼내어 갖고 왔다. 물론 큰 천에 둘둘 말아놓은 상태였지만.

처음 묘지에 발을 들여놓은 나우플리온은 주위를 한 바퀴 휘둘러보더니 인상적인 반응을 보였다.

"이런, 섬에 도착했던 사람이 생각보다 많았잖아? 그동안 불린 인구가 요것뿐이라니 우리는 결정적인 임무에 상당히 게을렀다고 봐야겠는데."

해가 서서히 떨어지고 있었다. 나우플리온은 주위가 어두워지기 전에 비석들을 몇 개 살펴보려 했다. 그러나 비석에 적힌 옛 글자에 까막눈이라는 점에서는 나우플리온이나 다프넨이나 다를 것이 없었다. 나우플리온은 크흠, 하고 기침을 하며 이런 건 자신의 소명이 아니라고 변명했다. 다프넨은 나우플리온을 흘끔 보며 이죽거렸다.

"사제라고 해서 다 같은 능력을 가지는 건 아니군요."

"그럼, 당연하지. 사제들마다 고유 영역이 있는 거야. 예를 들면…… 모르페우스 사제님처럼 심각하게 방을 어지를 수 있는 사제도 없을걸."

"그런 사람은 보통 사람 중에도 없는데요."

대충 넘어가려고 비석의 모양을 감상하는 체하는 나우플리온을 향해 피식 웃고 나서 다프넨은 가장 큰 비석 곁으로 가서 비스듬히 기대앉았다. 조금 있자니 해가 완전히 졌고, 나우플리온도 곁에 와 앉았다. 램프나 관솔불 같은 것은 일부러 가져오지 않았다. 그렇다 보니 좀 으스스한 야영이 되었다.

"예전에 엔디미온이 자기와 다시 만날 수 있는 방법을 얘기한 적이 있어요."

윗마을에서 괴물과 혈전을 벌이기 전, 밤중에 갑자기 찾아왔던 엔디미온이 했던 얘기였다. 다프넨이 남기고 간 기억의 알들을 매개로 둘의 의식이 맞닿을 때 자신이 찾아올 수 있는 통로가 생겨난다고. 하지만 그러려면 기억의 알을 깨뜨릴 정도로 강렬한 사건이 벌어지지 않으면 안 된다. 절벽에서 떨어지다가 윈터러의 힘으로 얼음 고치에 갇혔을 때 다프넨의 혼이 다시 엔디미온과 조우했던 것도 윈터러의 역사가 다프넨의 의식 어딘가에 강한 자극을 줬기 때문일 것이다. 그러나 지금 나우플리온의 곁에서 안전하다고 느끼는 자신에게 그런 의식의 격변이 일어날 것 같지는 않았다. 도대체 어떻게 하면 좋을까.

나우플리온은 다프넨의 설명을 듣고 나서 우울한 생각에 빠진 것처럼 말이 없었다. 다프넨은 캄캄한 하늘을 올려다보고, 어둠에 눈이 익어 윤곽이 드러난 비석 꼭대기들을 바라보았다. 문득 제로가 한 이야기가 생각났다.

"잠에서 깼을 때 제로 아저씨는 푸른 돌로 지어진 큰 성을 보았다고 했어요. 아저씨가 본 유령들은 그 성을 드나들기도 하고 또 저들끼리 이야기를 나누기도 했다고 하셨죠……."

신성한 성전聖殿인 양, 또는 사라져버린 마법의 전당인 양 위엄 있는 건물의 즐비한 기둥과 기둥 윗머리에 새겨진 덩굴 조각 같은 것들을 떠올려보았다. 대리석 주춧돌은 다섯 단으로 올려지고 긴 회랑이 남쪽과 북쪽 사면을 감싸고 있는, 세모진 박공의 아름다운 단층 건물 안에는 예언자들의 성스러운 물이 담긴 돌그릇이 모셔져 있고…….

거기까지 떠올렸을 때 다프넨은 상상을 멈췄다. 뭔가가 이상했다. 제로는 그가 본 성의 자세한 모양을 다프넨에게 설명한 일이 없었다. 어째서 이렇게 구체적인 풍경이 떠오르는 걸까? 더구나 성이라는 말에서 연상될 법한 풍경도 아니지 않은가?

"저, 기분이 이상해요."

방금 있었던 일을 말하자 나우플리온은 이맛살을 찌푸리며 생각에 잠겼다가 입을 열었다.

"넌 처음 섬에 왔을 때부터 마을 입구에서 환각을 봤잖냐. 네가 그후에 보았다던 오벨리스크나 유령 아이들과 뛰어 놀았다는 숲 같은 것들, 난 그게 다 이공간의 풍경이었을 거라고 생각하거든. 그리고 지금 네가 무심결에 떠올린 건물도 마찬가지가 아닐까 싶다. 너는 처음부터 이 섬의 이공간을 보는 힘이 있었어. 저도 모르게 드나들기까지 했고."

나우플리온은 천 꾸러미를 흘끗 보더니 말을 이었다.

"그건 틀림없이 윈터러의 영향일 거다. 너는 지금 그 검의 눈을 대신하고 있는지도 몰라."

"그렇더라도 지금은 상관없어요. 저와 이 검이 공생하고 있는지 누가 알겠어요? 검은 저를 이용하고, 저는 검을 이용해서 각자 갖고 싶은 걸 갖겠죠."

위험스러운 발언이었으나 나우플리온은 다프넨의 얼굴을 잠시 보기만 했을 뿐 아무 대꾸도 하지 않았다. 다프넨은 눈을 감았다. 윈터러가 특별한 것을 보는 눈을 빌려준다면, 오늘만은 사양하지 않으려 했다. 갖지 못할 힘조차도 간절히 원할 상황에서, 손에 닿는 힘을 왜 마다하겠는가.

너의 힘은, 곧 나의 힘이다.

어둠이 반투명한 베일을 쓴 듯 묽게 번들거렸다. 하늘 아래 땅 위, 높은 절벽은 드레스 자락처럼, 흙바닥에 죽은 이름을 갖고 늘어선 묘석들, 검은 덩굴과 밤의 이끼, 무너졌다가 다시 세운 포석의 도시 위를 나는 은청색 나비를 보았다고 생각했다…….

푸른 밤과 달의 은으로 벽을 바른 높다란 성전이 천 년 전에도 있었고, 지금도 있다. 그것은 그림자로 지어졌다. 밤을 걷는 반투명한 자들은 산 인간의 그림자이다. 그들의 옷자락은 안개로 이루어졌다. 은빛 머리채를 늘어뜨린 사람이 천천히 걷다가 고개 돌려 그를 보았다. 그리고 입술만 움직여 무어라 말했다.

들리지 않았다. 들으려 애써보았지만 사방이 고요한데도 전혀 들리지 않았다. 다프넨은 포기하지 않고 귀를 기울이면서 자신도 무어라 말하려 했다. 그러나 소리가 나오지 않았다.

다프넨은 상대의 입술을 집중해서 바라보았다. 이윽고 소리가 들리지 않는데도 말을 이해할 것 같아졌다. 그자는 같은 말을 되풀이 하고 있었다.

'……손을 놓아. 그 사람의 손을 놓아.'

무슨 손을 잡고 있다는 걸까? 다프넨은 의아해하다가 자신의 손을 내려다보고 깨달았다. 나우플리온의 손이었다. 눈 감기 전에 그의 손을 붙잡고 있었던 것이다.

안개 옷을 입은 은색 사람은 계속해서 말했다. 손을 놔. 그의 손을 놔.

다프넨은 잠깐 손을 놓아보려고 했다. 하지만 나우플리온 쪽에서 놓아주지 않았다. 몸부림치다가 갑자기 어깨가 뒤흔들리는 느낌이 들었다. 무슨 소리가 귀에 닿으려 수없이 부딪쳐왔으나 보이지 않는 휘장에 막혀 들어오지 못했다. 그러다가 갑자기 한 단어가 뚫고 들어왔다. 그러는 동시에 눈이 번쩍 뜨였다.

"보리스!"

그의 어깨를 움켜쥐고 흔든 것은 물론 나우플리온이었다. 이름을 부른 것도 그였다.

"아…… 왜 그래요?"

"그 이름을 불러야만 정신이 드는 거냐? 잠들었던 거야? 아니면……."

나우플리온은 눈을 감고 있던 다프넨이 갑자기 그의 손을 뿌리치려 하자 불안한 마음에 황급히 다프넨을 깨운 모양이었다. 다프넨은 흐려진 눈으로 주위를 두리번거렸지만 새벽안개처럼 빛나는 몸을 갖고 있던 사람은 이미 사라진 후였다.

"나, 봤어요."

"그들을?"

다프넨은 자신이 보았던 것을 눈앞에 떠올려본 뒤 말을 이었다.

"어떤 사람이 저를 불렀어요. 그런데 목소리는 들리지 않았어요. 그 사람은 내게 당신의 손을 놓으라고 했죠. 나는 손을 놓으면 그의 목소리가 들릴까 싶어서…….”

“그래서 손을 놓으려고 했단 말이야? 이것참, 너란 녀석은 도대체…….”

나우플리온은 화가 난 표정이었다. 그는 놓았던 다프넨의 손을 다시 아플 정도로 꽉 움켜쥐더니 말했다.

“내 손을 놓고 갈 생각은 아예 하지도 마라. 예전처럼 며칠씩 깨어나지 않거나, 심지어 영영 깨어나지 못하도록 내버려둘 생각은 전혀 없으니까.”

“…….”

어떻게 하면 좋을지 판단이 서지 않았다. 다프넨은 하늘을 올려다보았다. 머리 위의 하늘은 조금 전과 같았고, 불확실한 것은 모두 사라져버렸다.

“죽은 사람은 얼마 동안 자신을 잊고 욕망뿐인 상태가 된대요. 그들이 다시 욕망 없이 산 사람을 바라보게 되려면 상당한 시간이 필요한가 봐요. 물론 제가 만난 그들은 그렇게 될 만큼 오래 살아왔고요.”

“그것 역시 유령들이 해준 얘기겠지? 그들이 네게 욕망을 갖고 있는지 아닌지 확인할 방법은 없잖아?”

“믿고 싶다는 말만으로는 항상 충분하지 않으니까……. 아마도 그렇겠지요.”

밤바람이 찼다. 아직 초봄의 밤이었다. 나우플리온은 가져온 담요를 다프넨의 어깨에 둘러주고 쭉 기지개를 켰다. 그러더니 농담처럼 한마디 던졌다.

"이제 네 녀석이 없으면 난 어떻게 살까 모르겠네."

다프넨은 아무 대답도 못 하고 잡고 있던 나우플리온의 손을 조금 더 꼭 쥐었을 따름이었다. 평소처럼 농담 섞인 대꾸도 나오지 않은 것은 그날따라 그 말이 가슴 깊은 곳을 찔러서였다.

이솔렛과 함께하게 된다 해도 그게 나우플리온의 마음을 상하게 한다면 결국 자신은 견디지 못할 것이다. 이럴 수밖에 없었던 거다. 모두 처음 알았던 날 그대로, 누구의 마음도 상하지 않도록 그냥 그대로.

이미 자신은 변했고 '예전처럼'이라는 것이 더이상 행복이 되지 못하는데도 다프넨은 되풀이해서 그렇게 생각했다. 돌아갈 수 있다고 생각하려 했다. 자신만 견뎌내면 되는 것이다. 이솔렛도, 나우플리온도, 지금 그대로가 좋을 테니까.

"나우플리온, 그러면 이번엔 이렇게 해요. 제가 손을 끌어당기거든 그냥 따라오는 거예요. 서로 손은 놓지 말고, 제가 어딜 가든 같이 가주시는 거죠. 목소리는 못 듣겠지만 뭔가 보이기는 하지 않을까요? 이렇게 가만히 있는 걸로는 아무것도 안 돼요."

다시 한번 눈을 감고, 등에 매단 윈터러의 감촉을 느끼며 비석에 기댔다. 왼손은 나우플리온의 오른손에 꽉 잡혀 있었다. 그런 상태로 그는 인도자가 나타나기를 기다렸다.

오래 기다릴 필요도 없었다. 그 사람은 바로 눈앞에서 기다리고 있었다. 다시 손짓하며 뭐라고 말했다.

다프넨은 손을 놓지 않고 일어섰다. 그리고 그에게 다가갔다. 가까이 가니 그는 조금 멀어지면서 다시 뭐라고 말했다. 그런 식으로 둘은 천천히 이공간의 땅에 세워진 청석의 성전 앞까지 갔다.

가끔 정신이 아득해져 나우플리온의 손을 놓칠 뻔했지만, 나우플리온 쪽에서 그의 손을 놓지 않았기에 둘은 계속 함께였다. 나우플리온의 눈에는 아무것도 보이지 않으리라. 그러나 다프넨은 흡사 절벽처럼 높이 솟은 육각기둥들을 보고 있었다. 달빛 가루를 바른 것처럼 반짝거리는 푸른 돌의 집이었다.

좌우로 십여 걸음이나 뻗어 있는 계단을 올랐다. 발에 닿는 감촉이 단단하면서도 미끄러웠다. 다섯 단의 주춧돌을 모두 올라 홀에 이르니 수많은 그림자 인간들이 이리저리 돌아다니는 모습이 보였다. 질서는 없었지만 그들의 걸음은 느리고 몸짓은 부드러웠기에 서로 부딪히거나 뒤엉키는 일은 없었다.

다프넨은 한참 동안 그들을 바라보았지만 아무도 그를 돌아보지 않았기에 어떻게 해야 할지 몰랐다. 소리가 들리지 않으니 말을 걸 수도 없었다. 그를 인도한 자 역시 다른 자들 사이로 들어가 버려서 다시 찾을 길이 없었다. 느린 윤무輪舞를 구경하러 온 철모르는 아이가 된 기분이었다.

그때, 미끄러지며 떠돌던 혼들 사이에서 갑자기 한 명이 빠져나와 곧바로 그의 앞으로 다가왔다. 얼굴을 보고 다프넨은 크게 놀랐다. 다름 아닌 엔디미온이었다. 기대는 했지만 이런 식으로 만날 줄은 몰랐다.

"……."

그러나 여전히 아무 말도 통하지 않았다. 엔디미온은 놀란 얼굴이었다. 계속해서 빠른 말로 뭐라 지껄였지만 한마디도 알아들을 수가 없었다. 다프넨 역시 질문을 퍼부었지만 어느 것 하나 가닿는 것 같지 않았다. 엔디미온은 금방 이유를 눈치챘다. 그는 다프넨의 손을 가리키더니 또렷한 입술 모양으로 '그 손을 놓아'라고 말했다.

다프넨은 고개를 저었다. 엔디미온을 믿거나 안 믿는 것을 떠나 나우플리온의 뜻을 어길 수 없었기 때문이다. 엔디미온은 더욱 의아해하는 것 같았다. 그러더니 잠시 후 마음을 고쳐먹고 입술 모양과 손짓으로 그에게 말했다. 몇 번 되풀이하고서야 겨우 알아들었다.

—들어오지 마. 저들 대부분은 과거의 그림자일 뿐, 나처럼 실제로 인간의 혼이었던 유령은 몇 명뿐이야. 지금은 저들의 생각에 잠겨 너를 보지 못하지만, 만일 발견한다면 결코 간단히 보내주지 않을 거야. 널 여기로 데려온 건 '유혹하는 그림자'였지? 그는 실체가 없는 자야. 그를 따라온 건 안전하지 못했어. 어서 밖으로 나가. 네 손을 잡은 사람 때문에 너는 어느 쪽 공간도 아닌 경계에 걸려 있구나.

다프넨도 엔디미온과 비슷한 방법으로 의사를 전달하려 했지만 한쪽 손이 묶인 꼴이라 쉽지 않았다. 그러나 엔디미온은 대강 알아들은 것 같았다. 고개를 끄덕이고는 서둘러 나가라며 입구 쪽을 가리켰다. 다프넨은 고개를 저으며 입술만으로 말했다.

'난 너를 만나러 온 거야. 네게 묻고 싶은 것이 있어.'

엔디미온은 잠시 생각하더니 앞장서서 나가며 따라오라고 손짓했다. 다프넨은 방향을 바꾸어 그의 뒤를 따라갔다. 주춧돌을 완전히 내려오니 긴 포석길이 아주 먼 곳까지 깔려 있었다. 끝은 안개에 가려져 보이지 않았다. 둘은 포석길에 들어섰다.

걷다가 문득 보니 엔디미온의 옷차림이 예전에 보던 것과 많이 달랐다. 치렁치렁한 옷자락 곳곳에 흰 보석 가루 같은 것이 희미하게 뿌려졌고, 소매에는 은빛 매가 수놓아진 것이 눈에 띄었다. 머리카락 사이로 단순하게 생긴 금빛 관도 보였다.

잠시 후 엔디미온은 포석길을 벗어났다. 언제부터였을지, 길 왼쪽으로 비탈진 골짜기가 따라오고 있었다. 엔디미온은 골짜기로 접어들어 이리저리 걷더니 바위 아래 그늘진 동굴로 들어갔다. 동굴 속에는 벽돌로 허리 높이 정도 되는 벽을 둥그렇게 쌓은, 흡사 물 마른 우물 같기도 하고 욕탕 같기도 한 장소가 있었다. 머리 위가 뚫려 검푸른 하늘이 엿보였다. 어둠을 비집고 나온 녹색 덩굴손들이 늘어져 어깨까지 닿았다.

엔디미온은 벽 가장자리에 가볍게 올라앉아 발을 내리고는 다프넨을 돌아보았다. 그의 입술이 '할말이 있으면 해'라고 말했다.

다프넨 역시 입술만 움직여 말했다. '그보다 먼저, 내 손을 잡고 있는 사람이 함께 이야기를 들을 방법은 없을까?'

엔디미온은 고개를 저었다. '불가능해.'

다프넨은 다시 물었다. '어째서지?'

엔디미온의 입술이 대답했다. '그 사람은 네가 아니니까. 네 검의 힘은 너만을 허락할 뿐이야. 차라리 그 손을 놔. 나와 이야기한 다음 그에게로 돌아가면 되잖아.'

이번엔 다프넨이 고개를 저었다. '안 돼. 나는 그와 약속했어. 미안해.'

다프넨은 엔디미온처럼 욕탕 비슷한 곳의 가장자리로 가 걸터앉은 다음 말했다. '내가 알고 싶은 건, 얼마 전에 우리 세계에서 일어난 큰 화재에 대한 거야. 너도 그걸 보았니?'

엔디미온은 '못 보았을 리 있겠어. 그건 큰 사고였어'라고 대꾸했다.

다프넨은 다시 '그 사고로 한 아이가 죽어가고 있어. 그때 본 것이 있다면 뭐든 얘기해줄 수 없을까?'라고 말했다.

엔디미온은 다프넨의 눈을 빤히 보더니 이렇게 말했다. '미안하지만, 이대로 대화하기가 너무 어렵구나. 잠깐만 양해해줘. 내가 네 의식과 직접 접촉하는 편이 낫겠다.'

엔디미온은 앉았던 곳에서 훌쩍 뛰어내렸다. 다프넨 앞에 서더니 두 손을 뻗어 뺨을 감싸쥐었다. 동시에 눈꺼풀을 내리며 이마를 맞댔다.

순간적으로 눈앞에 아무것도 안 보였다. 썰물이 쓸어간 모래밭처럼 휑해진 의식 속에 한 사람의 목소리가 줄기차게 그를 부르더니 드디어 도달했다. 다른 소리는 전혀 들리지 않고, 둘의 목소리만이 크게 울리며 되풀이되었다.

「말해. 평소 말하던 것처럼 하면 너와 나의 목소리가 머릿속을 거쳐서 서로에게 닿을 거야. 화재에 대해서 묻고 싶댔지?」

응. 그 화재가 일어나기 전에 그 아이에게 무슨 일이 있었는지 알고 싶어. 그리고 불을 낸 것이 누구인지도 궁금해.

「확실한 것은 몰라. 하지만 그 아이는 불을 지르지 않았어. 불이 났을 때 그 아이는 이미 의식이 없었으니까.」

갑자기 머릿속에서 화재 현장이 눈으로 보듯 생생하게 떠올랐다. 이어 엔디미온이 방금 말해준 상황이 빠르게 펼쳐졌다. 엔디미온이 자신의 기억을 다프넨의 머릿속에 부어넣어 주고 있었다.

그러나 엔디미온은 장서관 안에 들어가서 살펴보지는 않았던 듯했다. 불타는 장서관에서 몇 명의 아이들이 뛰쳐나와 십여 걸음쯤 뛰더니 뒤를 돌아보는 모습이 보였다. 한 명은 확실히 나우플리온의 예상대로 문에 자물쇠를 채우고 뒤따라왔다. 소년들은 서로 무어라 이야기를 나누었고, 마을이 아닌 다른 쪽으로 사라져갔다.

「내가 본 것은 이게 전부야. 말해주지 않아도 넌 그들이 누구인지 알아보겠지.」

물론이야. 그래……. 한 가지만 더 물어볼게. 그 아이는 의식도 되찾지 못한 채 죽어가고 있어. 그리고 그 일 때문에 한 사람이 시력을 잃었어. 그들을 도울 방법은 없을까? 혹시 너는…… 그들을 도와줄 방법이 있어?

「글쎄…….」

쉴 새 없이 흘러 들어오던 엔디미온의 의식이 잠시 멎었다. 그가 흐름을 끊고 생각에 잠긴 것이 틀림없었다. 조금 후 새롭게 목소리가 흘러들었다.

「시력을 잃은 사람은 어찌할 방법이 없지만 의식을 잃은 아이는 도울 수도 있을 것 같아. 그 애가 깨어나지 못하는 것은 영혼의 문제니까. 그렇지만 내가 그런 일을 한다면 우리 어른들이 내가 한 일을 금세 알아차리실 거야. 그건 작은 힘이 아니니까 말이지……. 네가 정 그 아이를 되살리길 원한다면 한 가지 방법이 있어.」

그게 뭐지? 뭐라도 좋으니까 말해줘.

「너, 어떤 일이 벌어질지 장담할 수 없는데도 우리 어른들을 만나러 갈 자신이 있어?」

뭐라고?

다프넨은 순간 당황했으나 조금 후 마음을 다잡았다.

무슨 일이 벌어질지 장담 못 한다는 건, 아무 일이 없을 수도 있다는 뜻이겠지. 난 미래가 불확실하다고 안전한 걸 찾아

도망칠 입장이 아니야. 네가 말한 그분들에게 그 아이를 살려 달라고 직접 부탁하겠어.

「넌 왜 네가 직접 그분들에게 가야 하는지 알고 있니?」

아니, 모르겠어. 특별한 이유라도 있어?

「그래.」

그 순간, 엔디미온은 손을 놓고 이마를 뗐다. 목소리는 사라지고 그의 얼굴이 보였다. 그가 입술을 움직여 대답했다. '그들은 오래전부터 너를 지켜보아왔어. 그들은 이제 네 존재가 위협인지 아닌지 알고 싶어 해. 가서 너 자신을 증명하고, 그들로부터 네가 원하는 선물을 받아내길 기원하겠다.'

엔디미온은 몸을 돌려 입구 쪽으로 가더니 마지막으로 다프넨을 돌아보며 짧게 말했다. '곧 다시 보게 될 거야.'

엔디미온은 밖으로 사라졌다. 그리고 다프넨은 눈을 떴다.

주위가 갑자기 캄캄해지는 바람에 아무것도 안 보였다. 동시에 불쾌한 냄새가 코를 찔렀다. 다프넨은 더듬거리다가 문득 나우플리온을 불렀다.

"여기가 어디죠?"

갑자기 두 팔이 그의 몸을 와락 끌어안았다. 동시에 다프넨은 자신이 본래의 세계로 돌아왔음을 느꼈다.

나우플리온의 손에 이끌려 걸어나오고 보니 방금까지 엔디미온과 앉아 있던 곳은 거대한 나무뿌리 속이었다. 온몸과 머리에 나뭇진과 썩은 잎이 묻었고 발은 무엇을 밟았는지 발목까지 흠뻑 젖어 있었다.

첫 번째 진실

사흘 동안 비가 내렸다.

비를 맞으며 스콜리에서 돌아온 다프넨은 옷을 갈아입으려다가 마음을 고쳐먹고 다시 밖으로 나갔다. 어차피 집안에서 목욕할 방법도 없었고, 젖은 김에 아예 강으로 가서 흠뻑 젖으리라 생각했다.

강이라기보다 시내에 가까운 샛강이 마을 밖에 자리한 숲 가장자리를 감싸며 흘렀다. 섬사람들의 생활에 실질적으로 도움이 되는 강은 여기뿐이었기에 사람들은 별다른 이름도 붙이지 않고 그냥 '강'이라고 불렀다.

강가에 다다라 다프넨은 옷을 벗어 강기슭에 놓고 짧은 바지 차림인 채로 물에 들어갔다. 폭우는 아니었지만 사흘간 꾸준히 내린 비로 물이 많이 불어나 있었다. 전에는 무릎까지밖에 오지 않던 곳에서 허벅지가 다 잠겼다. 그곳에 서서 다프넨은 고개를 들고 비를 맞았다. 비는 어쩐지 따뜻했다.

조금 후 몸을 물에 담그고 천천히 팔을 저어 더 깊은 곳으로 갔다. 가장 메마른 계절에도 키를 넘는 곳을 지나면 강 가운데 솟아 있는 조그마한 바위가 있었다. 낚시에 제격인 자리였기에 날이 맑을 때는 아이들의 쟁탈전이 심한 곳이었지만 지금은 당연히 아무도 없었다.

다프넨은 섬에 온 후 수영을 배웠다. 섬사람치고 수영을 못하는 사람은 없었기 때문에 빨리 배우려고 상당히 노력했던 기억이 남아 있었다. 그때 그는 섬을 택한 이상 어떻게든 적응하려고 안간힘을 쓰고 있었던 것이다.

천천히 강을 따라 내려갔다. 이제는 섬의 웬만한 아이들보다 나은 수영 솜씨였다. 그에게 수영의 기초를 가르쳐줬던 아이보다 나아진 것은 말할 것도 없었다. 아니, 처음부터 그 아이는 대단한 실력을 갖고 있지도 않았다. 당시 그에게 마음써서 뭔가 가르쳐줄 수 있는 아이는 한 명밖에 없었으니까. 그후로도 오랫동안, 오이지스 한 명밖에는.

발이 닿지 않는 곳에서 고개를 내밀어보니 조금 세어진 빗발이 쉶증도 내지 않고 수면을 때리는 모습이 보였다. 고개를 저으며 다시 물속으로 잠수해 들어갔다. 조금 더 깊이. 강바닥에는 생명의 찌꺼기들이 흙과 섞여 흘렀다. 의식 밑바닥에 가라앉은 기억의 찌꺼기들처럼 결코 사라지지는 않고 흐르고만 있었다. 자신 또한 그것의 일부였다. 강의 흐름이 그를 자꾸 떠밀었다. 이쪽이 편한 방향이라고. 이리로 흐르라고.

그러고 싶지 않아.

방향을 바꾼 다프넨은 흐름을 거슬러 올랐다. 숨이 모자랐지만 눌러 참으며 저 흐르는 찌꺼기들과 반대로 헤엄쳐 갔다. 가능한 한 먼 곳까지, 더 참지 못하게 된 후에야 그는 몸을 뒤집으며 빛 없는 수면을 향해 올라갔다.

"후우……."

회색 하늘 아래 회색 강이 흘러갔다. 다프넨은 어느새 처음 물에 들어섰던 기슭 근처, 바위섬 앞에 도착해 있었다. 미끈거리는 바위로 올라간 그는 앉은 채로 고개를 젖히고 비를 맞았다.

퐁.

갑자기 낯선 소리가 귀를 뚫고 들어왔다. 다시 한번, 퐁.

속눈썹의 물을 씻어내고 강변을 바라보았다. 한 소년이 그를 향해 돌멩이를 던지고 있었다. 일부러 맞히려는 것이 아니라 단지 그를 부르려 한 듯했다. 빗줄기 때문에 상대의 얼굴은 잘 보이지 않았다.

"다프넨!"

목소리는 익숙했다. 그 순간 비가 잦아들기 시작했다.

자신과 마찬가지로 비를 맞고 있는 키 큰 소년은 다름 아닌 헥토르였다. 이제는 얼굴이 확실히 보였다. 묘하게도 그는 다프넨을 만나 반가워하는 것처럼 보였다. 다프넨은 대답해야 할지 말아야 할지 조금 망설였다.

"좋은 자리를 잡았구나."

헥토르가 이번에는 돌이 아닌 다른 것을, 그의 손에 닿도록 던졌다. 반사적으로 손을 내밀어 받아내고 보니 반질반질하게 닦은 사과였다. 다프넨이 사과를 손에 든 채 아무 대꾸도 하지 않자 헥토르는 물속으로 몇 걸음 들어와 서더니 빙그레 웃었다.

"독은 안 들었으니 안심해."

"내게 하고 싶은 얘기라도 있나?"

다프넨의 목소리가 친절하지 않은데도 헥토르는 개의치 않고 어깨를 으쓱하더니 또 하나의 사과를 꺼내 한입 베어 물었다. 와삭와삭 씹어 삼킨 다음 그가 말했다.

"네가 날 달가워하지 않는다는 걸 알지만 아까부터 너를 보고 있자니 그냥 말을 걸고 싶었다. 불쾌하게 생각 마라. 네가 날 싫어하는 것에 난 아무 불만 없다. 그렇긴 해도 너와 나는 같이 할 이야기가 많을 거라고 생각하는데."

다프넨은 헥토르가 정말로 뭔가 하고 싶은 이야기가 있다는 인상을 받았다. 동시에 장서관 사건의 배후에 에키온, 또는 헥토르 본인이 있을지도 모른다고 생각한 것을 기억해냈다. 지금 헥토르와 이야기하는 것은 다프넨에게도 나쁠 것이 없었다. 혹시라도 헥토르가 말을 실수하거나, 유도신문에 걸려들지도 모르는 일이니까.

다프넨은 자신도 사과를 깨물어 먹는 것으로 대화에 응하겠다는 뜻을 보였다. 헥토르는 고개를 끄덕이며 강가에 앉았다. 두 사람 사이의 거리는 열두어 걸음쯤 되었지만 빗발이 가늘어져 있어 대화하는 데 큰 문제는 없었다. 이렇게 비 내리는 날 강가까지 나와 그들의 이야기를 엿들을 사람도 없었다.

"실버스컬에서 말이야. 너도, 나도, 결판을 내려고 했던 것 같은데 멋지게 무산되고 말았지. 솔직하게 말하는 거지만, 그때 내가 너와 싸웠다 해도 별 승산은 없었을 거다."

헥토르는 의외로 홀가분한 말투로 말을 이었다.

"그게 너 자신의 능력이든, 너의 검이나 그 밖에 다른 곳에서 나온 능력이든, 어쨌든 내 실력 이상인 것만은 확실했지. 그 자작의 아들은 처음부터 네 상대가 되지 못했어."

"그 말은, 내가 다시 싸우자고 해도 이젠 거절하겠다는 뜻인가?"

"흣, 글쎄. 그런 건 네가 정말로 그런 요청을 했을 때 진지하게 생각해보기로 하지."

빰에서 쉴 새 없이 흐르는 물을 훔치고 있자니 마치 눈물을 닦는 것 같아 우습다는 생각이 들었다. 헥토르는 최근 머리를 조금 길러서 뒤로 묶고 있었는데 말을 하면서 버릇처럼 머리꼬리를 비틀어 물기를 짜곤 했다.

"그리고 그다음 이야긴데 말이지. 대륙에서 돌아오는 길에 나, 너를 찾는 사람들과 마주쳤다."

"나를 찾는 사람이라고?"

전혀 예상 못 한 이야기였다. 확실히 대륙에 그를 찾는 사람들이 있긴 했다. 그러나 그자들을 헥토르가 어떻게 만난단 말인가?

"놀라는 것도 무리가 아니겠지. 그땐 나도 놀랐으니까. 아, 어쩌다 그들을 만났는지 알고 싶겠지? 희한한 일이지만, 그들은 일찍부터 나를 추격하고 있었어. 어이없게도 그들은 내가 너인 줄 알았나 보더군."

다프넨과 헥토르는 전혀 닮은꼴이 아니었다. 순간적으로 거짓말이 아닌가 싶어 헥토르를 쏘아보는 순간 다음 말이 들렸다.

"물론 얼굴을 보고 너로 착각한 것은 아니야. 그들이 찾은 건 엘베섬 일대에 상륙한 우리 또래의 외지 소년이었어. 엘베섬 전체에 감시망을 펼쳐놨던 것 같던데. 엘베섬의 원주민들은 외지인을 금방 알아보니까 말이지."

다프넨은 당혹감으로 미간을 찡그렸다. 그를 추적했던 자들이 그 정도로 집요했던 줄은 몰랐다. 그런 것도 모르고 잘도 대륙에 나갔다 왔구나 싶었다.

"실버스컬에 참가하려고 떠났던 세 척 중에서 내가 탄 배는 두 번째로 상륙했는데, 첫 번째와 세 번째 배에 탔던 아이들도 똑같은 추격을 받았다고 들었다. 첫 번째는 엘베섬에 상륙하자마자 붙들렸지만 어떤 야만인의 도움을 받아서 간신히 벗어났나 보더군."

헥토르가 눈썹을 올려 보이며 말을 이었다.

"내가 속했던 무리가 걸린 건 이미 실버스컬에 참가했다가 돌아오던 도중이었어. 얼마나 집요한 자들이었는지 내가 아노마라드에 들어갔다가 돌아온 것까지 다 알더군."

다프넨이 그들과 함께 실버스컬 원정단이 되어 대륙에 나갔더라면 영락없이 붙들렸으리라는 짐작이 갔다. 에키온의 음모 때문에 대륙으로 나가는 날짜가 늦어진 것이 오히려 추적자들을 속이는 계책이 된 셈이다. 그들이 먼저 상륙한 원정단을 잡으려고 아노마라드까지 떠난 사이에 그와 이솔렛이 렘므를 통과한 셈이 아닌가.

"……계속 이야기해봐."

"나는 그자들이 우리 섬의 존재까지 알고 있는 것은 아닌가 긴장했지만 다행히 그렇지는 않은 모양이더라. 그들은 우리를 붙잡은 다음 얼굴을 하나하나 뜯어보고, 우리 중에 네가 없다는 걸 알았던 모양이야. 그러자 그들은 '보리스 진네만'이라는 소년을 아느냐고 묻더군."

헥토르는 두 손을 비비더니 쓴웃음을 지었다.

"오래전에 내가 너를 화나게 했을 때, 네가 그 이름을 말한 일이 있었지. 그래서 그들이 너를 찾는다는 걸 알았던 거야. 다행히 다른 녀석들은 아무도 그 이름을 몰랐기 때문에 연기력이 필요한 건 나뿐이었다."

그제야 다프넨은 해야 할 질문을 찾아냈다.

"혹시, 도끼를 들고 다니는 여자 하나와 몸집이 크고 피부가 검은 남자 한 명의 일행이 아니었나?"

"아니, 그렇지 않았어. 둘 다 남자였고, 둘 다 호리호리하게 말랐던데. 성격은 정반대인 것 같았지만. 잠깐, 너도 그럼 누군가를 만나긴 했군?"

마리노프가 붙잡혔을 때 시간을 끌려고 했던 것이 기억났다. 그녀는 동료를 기다리고 있었다. 그리고 그 동료들은 헥토르 일행을 뒤쫓고 있었던 것이다.

"만일 그 남자들을 만났더라면 아무리 너라도 살아나기 힘들었을 거다. 정말 빠르고 무섭더군. 아마도 대륙에 있다는 전문 암살자들이겠지? 네가 어쩌다 그런 자들에게 쫓기게 됐나 궁금해졌을 정도야."

다소 이상한 이유이긴 했지만 헥토르는 감탄하는 듯한 눈으로 다프넨을 보더니 말을 이었다.

"우리를 다 죽여버릴 만큼 살인귀가 아니라서 다행이긴 했는데, 솔직히 의아하기도 했어. 대륙 사람들의 기준은 잘 모르겠더군. 그런데 넌 어떻게 달아났지? 그들이 너를 알아보았을 텐데."

다프넨은 설명할까 하다가 그냥 이렇게 말했다.

"예전에 알던 사람들의 도움을 좀 받았어."

"하긴, 대륙에서 살았던 너니까."

조금 불편했지만 하지 않으면 안 될 말이 있었다. 다프넨은 망설이다가 불쑥 말했다.

"날 숨겨준 셈이 됐군."

"고맙다는 말은 일러. 아직 두 번이나 남았으니까."

헥토르가 마음만 먹었다면 추적자들이 다프넨을 따라잡도록 도와줄 방법은 얼마든지 있었다. 그러나 헥토르는 자신이 다프넨을 세 번 돕겠다고 한 말을 기억했고, 첫 번째를 지켰다.

두 사람은 사과를 다 먹었다. 다프넨은 어떤 식으로 말을 꺼낼까 궁리하다가 그가 에키온의 계략에 걸려 절벽에서 떨어졌던 사건도 이번과 비슷하다는 것을 생각했다. 나우플리온이 펠로로스 수도사와 단독으로 협상한 결과 그 일은 묻어두기로 했지만, 다프넨은 나우플리온에게 사건의 전모를 들어 알고 있었다.

"네 동생이 날 미워하는 건 지난봄부터 지금까지도 여전하겠지. 그 애가 이번 사건과 관계가 있을 거라고 의심하는 것이 부당할까?"

결국 그답게 단도직입적으로 말하고 말았다. 그런데 헥토르는 뜻밖으로 냉소하며 대꾸했다.

"부당하지 않지."

"내가 무슨 사건을 말하는지 알고 말하는 거냐?"

"물론 장서관의 화재 이야기겠지. 죽어가는 오이지스 이야기일 거고."

헥토르가 무슨 의도로 저렇게 술술 말하는지 쉽사리 짐작하기가 어려웠다. 그러나 이왕 꺼낸 이야기, 끝까지 밀어붙이기로 작정했다.

"쉽게 답해주니 나도 편하군. 그렇다면 그런 의심이 사실인지도 확인해줄 수 있나?"

"아, 물론 어떤 사실이 존재하긴 하지. 네가 어디까지 짐작하고 있는지는 모르겠지만 말이다."

비가 거의 멎었다. 몸에 달라붙은 젖은 옷이 비를 맞고 있을 때보다 더 차갑게 느껴졌다. 그러나 얼굴에서는 열이 피어올랐다.

"좋아, 정확하게 묻지. 에키온과 그 녀석의 일당이 장서관에 불을 질렀고, 심지어 오이지스를 안에 가둔 채 달아난 거냐?"

헥토르는 천천히 물속으로 걸어 들어왔다. 조금 깊어지자 헤엄을 쳐서 가까이 왔다. 다프넨이 있는 바위 근처에 물속에 잠겨 있는 다른 바위가 있었다. 그 위에 올라서면 물이 무릎까지밖에 오지 않았다. 헥토르는 예상대로 그곳에 다다라 일어서더니 다프넨의 얼굴을 빤히 바라보았다. 무언가 찾아내려는 것처럼.

"……역시 그런가."

오랜만에 자세히 본 헥토르는 소년이라기보다 청년에 가까운 모습이었다. 얼굴이며 몸이 모두 어린티를 완전히 벗었다. 그렇게 보아서일까, 눈동자에 서린 빛 역시 과거의 오만함보다는 자부심에 가까운 것으로 변한 듯싶었다.

"뭐가 그렇다는 거지?"

"아니, 솔직하게 말하겠다. 내 동생 에키온은 그 일과 관계가 있어. 하지만 네가 생각하는 것처럼 직접 불을 지르거나, 오이지스를 일부러 안에 가둔 것은 아니야."

"잘못은 모두 다른 녀석들에게 떠넘길 셈인가?"

헥토르는 웃었다.

"내가 이 자리에서 무엇 때문에 거짓말을 하겠어? 지금 얘기를 듣는 사람은 너와 나 둘뿐인데."

"그게 무슨 뜻이지?"

그러나 다프넨도 곧 헥토르의 의도를 알아차렸다. 헥토르는 솔직하게 말하긴 하되, 마을로 돌아가면 이런 대화를 나누었다는 사실 자체를 부정할 작정이었다. 어찌 보면 다프넨을 놀리는 것이나 마찬가지였다. 두 소년이 정반대의 이야기를 한다면 사람들이 다프넨을 딱히 더 신뢰할 까닭은 없었다. 오히려 나이도 들었고 섬의 좋은 가문 출신인 헥토르를 더 믿어줄 것이다.

"예나 다름없이 교활하게 구는군. 나를 조롱해서 네가 얻는 것이 뭐지?"

"오해하지 마. 내 입장에서 한번 생각해보라고. 내가 진실을 안다 한들 너에게 말할 입장인가 말이다. 오히려 이런 편법으로라도 네게 진실을 들려주는 걸 고맙게 생각하는 게 나을걸. 이것도 일종의 호의라는 걸 모르나?"

그렇게 말하고 헥토르는 입을 다물었다. 다프넨은 헥토르의 윤곽 뚜렷한 입술이 꽉 닫힌 것을 보며 그가 진심을 말했다는 걸 알았다. 비록 돌아서는 순간 부정된다 한들, 진실을 아는 것은 모르는 것보다 나았다. 무엇보다도 그동안 꾸준히 알고자 갈구하지 않았던가?

"에키온은 화재가 일어났을 때 그 자리에 없었다. 그 녀석은 아이들에게 오이지스를 때려서 네 화를 돋우라고 지시했을 뿐이야. 그러나 무슨 까닭인지 그 아이들은 오이지스를 너무 심하게 때렸고, 심지어 장서관에 불까지 내고 말았지."

헥토르가 이마를 찌푸렸다.

"그건 확실히 의도적인 방화는 아니었어. 그런 상황에서 그놈들이 저지른 일을 숨기기 위해 할 수 있는 일이 뭐였겠나? 유일한 목격자인 오이지스를 안에 가두고 달아나는 수밖에 없었겠지."

다프넨은 목에서 뜨거운 것이 치미는 것을 느끼며 물었다.

"지금 네가 말한 것은 전부 확인된 거냐? 추측이 아니고?"

"뭐, 녀석들이 내게 거짓말을 하지 않은 이상에는. 만일 전모가 밝혀진다면 녀석들의 처벌은 간단히 끝나지 않을 거고, 그렇게 된다면 최초에 일을 시킨 에키온 역시 끌려 들어가는 걸 피하지 못하겠지."

둘 다 눈가를 찡그린 채 서로를 쏘아보았다. 다프넨은 순수한 분노였지만, 헥토르의 눈빛도 부분적으로는 분노였다.

"따라서 에키온과 녀석들은 서로 비밀을 지키기로 약속했고, 조금쯤 소문이 나더라도 나의 아버지나 유력자들이 여론을 잠재울 거야. 그 보호를 받기 위해 녀석들은 나와 아버지에게 모든 일을 털어놓았다."

화가 치민 나머지 귓속까지 윙윙거렸다. 무엇보다도, 그런 일을 저지르고도 자기들만 살아나면 된다고 생각하는 녀석들의 뻔뻔함에 치가 떨렸다. 심지어 오이지스를 죽여서 증거를 은폐하려고까지 했다! 어떻게 그 또래의 소년들이 이렇게까지 이기적이고 악하단 말인가?

"그런 사실을 알면서도 끝까지 숨기겠다는 거냐? 너도 똑같이 그것밖에 안 되는 인간이었나? 그런 죄는 아무도 모른다 해도 평생토록…… 아마 달여왕께서도 잊지 않으실 거다!"

저도 모르게 달여왕을 들먹이는 자신에게 놀랄 정신도 남아 있지 않았다. 헥토르는 무표정하게 서 있다가 고개를 약간 떨어뜨렸다. 그러다가 고개를 젓고 눈을 들어 다프넨을 보았다.

"어쩔 수 없다. 난 이 자리를 떠나는 순간 내가 방금 한 말을 모조리 부정할 거다. 그게 내가 할 수 있는 전부야. 날 원망 마라."

다프넨은 더 무어라 말해야 좋을지 몰랐다. 그 파렴치한 녀석들을 자기 손으로 죽이고 싶은 욕구가 솟아올랐다. 한 소년의 미래를 부수고, 한 사회의 과거를 태우고, 한 남자의 희망을 파괴한 자들이 저들만 아무 탈 없이 살아남으려 하다니!

"너도…… 똑같이 더러워. 진실을 말해준다고 달라질 거 없어. 처음부터 그놈들과 한패거리지. 네가 제대로 된 전사라면 네 손으로 그들을 벌하고자 마음먹는다 한들 이상하지 않다는 걸 모르나?"

헥토르는 우울한, 그러나 여전히 동요 없는 눈동자로 다프넨을 바라보았다. 나직한 목소리가 대답했다.

“내 한계는 내가 더 잘 알고 있어. 에키온은 지금껏 지은 잘못만으로도 죽어 마땅할지 모른다. 하지만 난 그럴 수 없어. 아니, 그래서는 안 돼. 난 그 녀석의 형이니까. 동생이 못났다 해도 어쩔 수 없다. 그런 녀석을 보호하는 수밖에. 형은 결국 그런 거야.”

“…….”

“네게 동생이 있다면 너도 내 입장을 이해할 거다.”

다프넨은 말문이 막혔다. 조금 후 그는 천천히, 강하게 고개를 저었다. 헥토르의 말을 부정하려는 것이 아니었다. 긴 세월 곁을 떠나지 않았던 예프넨의 그림자가 헥토르의 말에서 느껴졌고, 그것을 부정하려 한 것이다. 아니었다. 예프넨은 그런 사람이 아니었다.

그러나…… 만일 자신이 돌이킬 수 없는 잘못을 저질렀다면, 그리고 예프넨이 살아 있었더라면, 동생에게 대가를 치르라고 등을 떠밀었을까? 동생보다 다른 사람의 권리나 억울함을 더 중시했을까?

고통스러웠지만, 다프넨은 답을 내놓지 못했다. 정이 많았던 예프넨, 그는 동생을 지키기 위해 다른 사람에게 벌레가 든 음식을 먹게 하고 적의 손등을 칼로 꿰뚫었다. 그럴 상황만 닥친다면 그보다 더 잔인한 일도 망설이지 않았을 것이다.

비록 예프넨의 적들은 비열했지만, 한 사람을 사랑하고 지킨다는 것은 그만큼 타인에게 배타적인 행동을 서슴지 않게 된다는 의미인가.

다프넨 자신 또한 이솔렛이나 나우플리온을 위협하는 사람을 용서하지 않겠지. 그러나 자신은…… 이솔렛과 자신의 생명이 달려 있는 문제인데도 실버스컬에서 소자작 루이잔 폰 강피르의 오른손을 자르지 않았다.

다프넨이 그런 예프넨을 사랑하는 것과는 별개로, 용서 못 할 일은 용서 못 할 일이었다. 그러나 헥토르의 말에 대답할 수 없다는 사실은 변하지 않았다.

그때 헥토르가 나직이 말했다.

"나는 에키온과 친형제는 아냐."

"뭐라고?"

천만뜻밖의 이야기였다. 다프넨의 미간에 의혹이 서렸다. 펠로로스 수도사와 헥토르의 모습이 꽤 닮았다는 사실이 떠올랐고, 그렇다면 에키온이 입양된 자식이구나 싶었다. 그런데 짐작과 반대되는 대답이 들려왔다.

"너는 처음 듣는 이야기겠지. 정확히 말하면 그 애와 난 사촌 간이다. 지금 내 부모님은 에키온의 친부모님이고, 내게는 외삼촌과 외숙모가 되지. 마법을 공부하셨던 친어머니는 윗대 섭정 각하의 막내딸이었는데 마법 연구중에 사고가 일어나서 아버지와 함께 돌아가셨다."

오래된 일인지 헥토르의 눈빛에 슬픔은 없었다.

"혼자 남은 나는 그때까지 자식이 없던 펠로로스 외삼촌에게 입양되었지. 그분은 나를 친아들인 에키온보다 더 아껴주셨다. 어머니도, 에키온도, 내가 친자식이나 친형제가 아니라고 멀리한 일은 한 번도 없었지. 소외감 같은 것은 내 상상 속에서나 존재하는 것이었다."

헥토르는 입술에 조금 힘을 주더니 말했다.

"그러니 내가 그들을 지키는 것은 무엇보다도 당연한 일이지."

말을 맺은 헥토르는 몸을 날려 물속으로 들어가더니 금방 물가까지 헤엄쳐 갔다. 다프넨은 그가 혹시라도 누군가가 들을 것을 우려하여 일부러 가까이 왔다가 돌아가고 있음을 알았다. 얕은 곳에 도착한 헥토르가 일어서서 말했다.

"난 너를 볼 때마다 아버지에게서 들은 일리오스 사제님의 이야기가 떠올랐다."

실버스컬 우승자라는 것 때문에 다프넨과 일리오스 사제를 비교하는 사람들은 많았다. 그러나 헥토르의 관점은 달랐다.

"지금까지 해온 일들 때문이 아니라 앞으로 있을지도 모를 일 때문이야. 분명 그분은 뛰어났어. 그리고 지금 너도 그분과는 다를지언정 어떤 종류의 빼어남을 가지고 있지. 하지만 너에게 누가 있지? 나우플리온 사제님이나 다른 몇 분 사제님들이 늙고 나면 네 편을 들어줄 사람은 이솔렛 한 명 정도가 고작이지 않나?"

헥토르는 머리의 물을 훑어 내리며 다프넨의 얼굴을 쏘아보았다.

"일리오스 사제님은 비범했지만 혼자였기 때문에 이곳에서 버티지 못한 거다. 기본적으로 적을 만드는 성격이기도 했지만, 자기 자신을 지나치게 믿었기에 편 들어줄 사람을 만들 생각을 안 했지. 그래, 우리 섬은 그 정도로 뛰어난 사람조차 고립된 자는 밀어냈어. 등을 떠밀어버렸다고."

"……."

헥토르는 몇 걸음 물러났다. 빗방울이 뚝뚝 떨어지기 시작했다.

"너도 네 뒤를 항상 돌아보지 않는다면 같은 신세가 될 거다."

쏴아, 비가 쏟아졌다. 돌아서서 걸어가는 헥토르의 모습은 빗발 속에서 곧 지워졌다.

헥토르가 그런 말을 한 저의는 무엇일까.

젖은 밤 가운데 촛불이 타올랐다. 날씨 때문에 머리는 아직도 마르지 않았다. 다프넨은 그날도 늦게까지 돌아오지 않는 나우플리온을 기다리며 흔들거리는 촛불을 바라보고 있었다.

다프넨은 헥토르의 친절을 믿지 않았다. 그는 한번 믿지 않기로 한 상대에게는 철저히 마음을 열지 않았다. 헥토르가 태도의 변화를 보이든 말든, 사람의 본성은 쉽사리 변하지 않는다.

오늘 헥토르는 마치 다프넨을 걱정해주는 것처럼, 그리고 진실을 알고 싶으면 마음껏 알아보라는 태도로 아는 것을 다 말해주었다. 그리고 다프넨은 그가 다른 자리에서는 그때 한 말을 부정하겠다고 한 것이 한 동생의 형으로서 어찌 보면 당연한 선택이었다는 것을, 비록 인정하지 않을지언정 이해하고 있었다.

진실을 알게 된 지금은 더 괴로웠다. 심지어 헥토르가 자신을 이렇게 고통스럽게 만들려고 진실을 말해준 것은 아닐까 싶기까지 했다. 자신이 할 수 있는 일은 뭘까? 에키온, 또는 다른 혐의자들을 붙들어 협박해가며 자백을 받아내기라도 해야 한단 말인가?

그건 답이 아니었다. 다프넨은 엔디미온을 떠올렸다. 엔디미온은 곧 만나게 될 거라고 약속했다. 엔디미온이 오이지스를 살려낼 방법을 알려주기만 한다면, 오이지스가 모든 사실을 확인해줄 것이다. 그렇다면 헥토르로부터 사건의 전모를 들어둔 것은 쓸모가 있었다. 오이지스가 다른 협박을 당하더라도 거짓을 말하지는 못할 테니까.

그때였다.

톡, 톡톡.

어쩌면 조금 전부터 울리고 있었는지도 몰랐다. 그러나 다프넨의 귀에는 이제야 들렸다. 누군가가 창을 두드리는 소리였다.

다프넨은 벌떡 일어나 창을 바라보았다. 다시 소리가 들려왔을 때 그는 망설이지 않고 다가가 덧문을 열어젖혔다. 밖에는 아무도 없었다. 아니, 그런 것처럼 보였다.

캄캄한 가운데 보이지 않는 빗방울이 자욱하게 소리를 뿌렸다. 다프넨은 잠시 기다렸다. 그리고 서서히 드러나는 윤곽을 지켜보았다.

"왔구나."

창밖의 그림자는 단지 손짓만 할 뿐이었다. 다프넨은 잠시 기다리라는 듯 손가락을 세워 보였다. 그리고 테이블로 뛰어가 이럴 때를 대비해 준비했던 나뭇조각을 꺼내 그 위에 숯조각으로 무어라 써넣었다. 나뭇조각을 테이블에 놓고 그는 윈터러를 꺼내 손에 쥐었다. 긴장감으로 입술에 힘이 들어갔다. 반드시 해야 할 일이다. 다른 누구도 대신해줄 수 없다.

다프넨은 다시 창가로 왔다.

"이제 됐어."

다시 한번의 손짓. 다프넨은 벽을 통과하려는 것처럼 손을 내밀었다. 정말로 그랬다. 다른 공간으로, 이번에는 자신의 의지를 가지고 발을 들여놓았다.

귓가에서 곧 빗소리가 지워져버렸다.

두 번째 진실

이 세계에도 비가 왔던 걸까.

푸르스름한 안개 속을 걸으며 했던 생각이었다. 뺨에 와닿는 공기는 젖었고, 차게 식어 있었다.

저만치 숲이 있었다. 숲 사이로 키 큰 나무들이 가지를 섞고 얽어 아치를 이룬 터널이 나 있었다. 다프넨은 좌우도 보았다. 오른쪽, 왼쪽, 모두 황량할 정도로 너른 땅이었다. 바위인지 기울어진 비석인지 모를 것들이 수면에 솟은 암초처럼 물끄러미 그들을 보았다. 하늘과 땅이 닿는 곳에는 구름이 두텁게 깔려 경계를 지웠다. 그래서 이 세계는 한없이 넓어 보였다.

다프넨을 인도하는 것은 엔디미온이 아니라 니키티스였

다. 예전에 어울렸을 때는 재치 있고 입담 좋던 그가 오늘은 거의 말이 없었다. 다프넨이 찾아가는 자들은 소년 유령들에게도 어려운 상대가 분명했다.

밤낮의 구별도 없는 안개의 세계를 걷던 다프넨은 가슴이 답답해졌다. 죽은 예프넨도 이런 싸늘한 황무지에서 외롭게 지내고 있는 것은 아닐까 싶었다. 곁에 누군가가 있긴 할까? 또는 자신이 죽었다는 사실도 깨닫지 못한 채, 헤매고 있는 것은 아닐까?

숲의 아치 아래로 들어섰다. 터널을 지나가는 동안 사방이 바삭거리는 소리로 가득찼다. 뾰족한 잎사귀들이 영원히 멎지 않는 바람에 부대끼며 저들끼리 속살거렸다. 계속 듣고 있자니 점차 그들의 말을 알아들을 것 같은 느낌이 들었다.

저기 산 사람이 걸어가고 있어.

이 길은 죽은 자의 길인데 어째서 들어왔을까?

왜 자기 세계로 돌아가지 않아?

우리는 죽었기에 그곳으로 돌아갈 수 없지만…….

그때 강한 바람이 불어와 그들의 속삭임을 날려보냈다. 주위는 조용해졌다.

잠시 후, 이번에는 물방울이 똑똑 떨어지는 소리가 들려왔다. 귀를 기울이고 있자니 그것은 차츰 노래처럼 들렸다. 오래전에 들었던 자장가처럼 나직했다. 그러나 내용은 달랐다.

잠들지 마, 잠들지 마, 절대로.
잠들어도 휴식은 없으니까.
잠들지 마, 잠들지 마, 영원히.
잠드는 순간 모든 것이 끝나버릴 거야.
잠들지 마, 잠들지 마, 네 숨 끊어질 때까지.
잠은 너를 삼키러 오는 괴물이니까.

지금도 너를 잡으러 오는 잠의 발소리가 들리지 않니?

다프넨은 고개를 젓지도 않고 노래를 들었다. 노래 속의 잠은 죽음을 의미했다. 그가 편히 잠들기를 바랐던 사람은, 다시 한번 시작된 고통스러운 여행에서 잡고 갈 동생의 작은 손을 찾고 있을지도 모른다.

그렇게 생각하는 순간, 노래의 가락이 바뀌었다.

힘든 하루가 지나가도 잠잘 시간은 오지 않아.
방금 떨어진 별, 그 별은 죽어서 떨어진 거란다.
아무도 잠든 너를 지켜주지 않을 거야.
너를 깨울 것은 잔인한 발톱뿐, 오직 그뿐.

캄캄한 밤은 계속되고 아침은 결코 오지 않아.
너는 아무것도 잊어버릴 수 없을 거야.
네 이마에 키스하는 잠을 받아들이는 순간
너는 영원히 끝나지 않는 악몽을 꾸게 되겠지.

다프넨은 갑자기 소리 내어 대꾸했다.

"그래, 너희의 말이 맞아. 휴식 같은 건 아무데도 없지."

노랫소리가 멈추었다. 다프넨은 다시 말했다.

"최후까지 혼자 있을 수 있는 은신처 같은 것은 어디에도 존재하지 않아."

이제 노래는 들려오지 않았다. 그러나 다프넨은 어느새 눈물을 흘리고 있었다. 왜 그런 노래가 들려왔는지 누구보다도 자신이 잘 알고 있었다.

터널이 끝났다. 눈앞에 밤이슬에 젖은 풀밭이 펼쳐져 있었다. 그 너머에 거대한 반구형 지붕이 여러 개 솟은 보랏빛 건물이 서 있었다. 흰 조약돌 깔린 길이 이곳부터 건물 입구까지 이어져 있었다.

그동안 다프넨이 뭐라 말하든 돌아보지 않고 걷기만 하던 니키티스가 몸을 돌리더니 말했다.

「우리가 전당殿堂이라고 부르는 곳이야. 저기에 들어가면 엔디미온과 그의 아버지를 만나게 될 거야. 하지만 엔디미온에게 친근감을 보이지 않는 편이 좋아. 그리고 엔디미온이 네 편을 들어주지 않는 것처럼 보여도 다 생각이 있어서 그런 거니까 탓해선 안 돼.」

다프넨은 고개를 끄덕이며 머릿속에 새겨넣었다. 니키티스가 말을 이었다.

「그곳엔 또 많은 어른들이 계실 텐데 그들이 뭔가를 물을 때 거짓말을 해서는 안 돼. 바로 알아보거든. 그들이 질문하는 건 네가 진실을 어떻게 받아들이는지 알고 싶기 때문이지, 진실을 모르기 때문이 아니야.」

다프넨은 니키티스를 내려다보았다. 열 살이나 먹었을까 싶은 꼬마의 얼굴이지만 수백 년을 살아온 유령이었다. 다프넨은 손을 내밀었다.

"고마워. 너희들의 우정을 잊지 않을 거야."

니키티스도 약간 얼굴을 펴더니 말했다.

「나도 너와 함께 보낸 즐거운 때를 잊지 않아. 좋은 결과가 있기를 바라겠어.」

니키티스는 오던 길로 되돌아가더니 숲의 아치 너머로 사라졌다. 다프넨은 조약돌 깔린 길을 홀로 걸어서 보랏빛 전당으로 들어갔다. 계단을 오르자 키의 세 배는 되어 보이는 육중한 문이 저절로 열리더니, 그가 들어가자 다시 닫혔다.

처음에는 아무도 없는 줄 알았다. 근처 벽이 거울처럼 매끄

럽게 반짝거려서 반투명한 몸을 지닌 유령들이 얼른 눈에 띄지 않았던 것이다. 조금 걸어 들어가자 광택은 사라지고 연갈색과 연녹색 등 편안한 빛깔의 돌벽이 여러 개의 아치를 만들며 멀어졌다. 가장 먼 맞은편 벽은 안개인지 무엇인지 모를 것에 가려 보이지 않았다.

건물 내부는 길쭉한 두 홀이 십자 모양으로 교차된 형태였다. 십자의 중심부에 이르자 계단으로 둘러싸인 움푹하고 둥그런 자리가 나타났다. 그 안에는 큰 쿠션과 방석들이 많이 놓여 있었다. 그것들을 지은 천은 어떤 귀족의 성에서도 본 적이 없는 오묘한 빛을 냈다. 희다기보다는 진주였고, 분홍이라기보다는 봄 꽃잎이었으며, 붉다기보다는 노을, 푸르다기보다는 여름 바다였다.

가까이 가자 쿠션들 사이에 앉은 여러 명의 유령들이 또렷이 보였다. 그들은 자유로운 자세로 기대앉아 이야기를 나누고 있었다. 다프넨은 잠시 어떻게 해야 할지 망설였다. 그들 사이로 들어가 자신의 존재를 알려야 할까? 그러기에는 그들이 자신들의 이야기에 열중하고 있어 실례가 될 것만 같았다.

그러나 곧 한 명이 그를 발견했다.

「보리스, 진네만인가?」

이상한 일이지만 그들은 다프넨의 트라바체스 이름을 불렀다. 다프넨은 그들의 질문이 상대의 태도를 알아보기 위한 것에 불과하다는 니키티스의 말을 기억해내고 대답했다.

"그것은 제 옛 이름입니다. 저는 다프넨이라고 합니다."

「그리고 후라칸이라는 이름도 가지고 있겠지. 이쪽으로 내려와 앉게.」

하지만 수십 명의 유령들이 곳곳에 앉거나 심지어 누워 있었기에 어디에 끼어 앉아야 할지 난감했다. 이런 곳일 거라고는 짐작도 못 했다. 차라리 오면서 걱정스럽게 떠올렸던 것처럼 심문석에 앉아 빙 둘러싸이는 편이 나을 뻔했다.

다프넨은 계단을 내려가 머뭇거리다가 구석에서 작은 방석을 하나 발견해 그 위에 앉았다. 그러고서야 유령들의 면면을 살펴볼 여유가 생겼다. 그들 가운데 다프넨에게 관심을 보이는 것은 네댓 명 정도였고 다른 자들은 저들끼리 나누는 이야기에 열중하고 있었다. 그들의 대화는 다프넨이 알아들을 수 없는 언어이기도 했지만, 둥근 계단에 둘러싸인 이 자리가 꽤 넓기도 해서 이야기가 뒤섞일 염려는 없었다. 곳곳에서 즐거워하는 유령들을 둘러보자니 마치 약속 시간에 늦어버린 티파티의 손님이 된 기분이었다.

심지어 그들 중 한 명이 음료를 권했다. 노파의 모습을 한 그는 처음에 다른 언어로 말하다가 곧 다프넨이 알아들을 수 있는 말로 고쳐 말했다.

「들게. 살아 있는 자에게도 그리 이상한 맛은 아닐 것이야.」

다프넨은 잔을 받으려다가 문득 손을 움츠리며 말했다.

"죄송합니다. 저는 의심이 많은 자라서 아직은 못 마시겠습니다."

다른 쪽을 보고 있던 유령이 갑자기 웃음을 터뜨렸다. 높은 천장 때문인지, 웃음소리가 긴 울림으로 변해 퍼져나갔다. 웃음을 그친 그가 다프넨을 돌아보며 말했다.

「좋도다. 살아 있는 자는 당연히 의심이 많아야 한다. 인간이 잃을 수 있는 가장 좋은 것, 바로 육체를 아직 갖고 있으니 그걸 잃을까 어찌 두려워하지 않겠는가? 내가 살아 있었다 해도 역시 두려워했을 것이다.」

그자는 몸집이 크고 호인다운 인상이었다. 그렇다 해도 역시 그림자처럼 너울거리는 윤곽을 가졌을 따름이었다.

"이해해주셔서 고맙습니다."

그러고 나자 잠시 다프넨에게 말을 거는 자가 없었다. 다프넨은 주위를 둘러보다가 엔디미온이 없다는 것을 알고서 마음이 무거워졌다. 그러나 내색하지 않은 채 대담하게 먼저 입을 열었다. 확실히 엔디미온 때문에 유령에 조금쯤 익숙해져 있었다.

"저는 오늘 뵙는 분들이 굉장히 두려운 분들이라고 알고 있습니다. 그래서 지금도 긴장하여 식은땀이 납니다. 제가 드릴 말씀은 한 가지뿐이지만 여러분께서 제게 하실 이야기는 많다고 들었습니다. 두려움에 떨기보다는 차라리 이야기를 듣고 싶습니다."

유령들 몇이 돌아보더니 저들끼리 수군대며 고개를 갸웃거렸다. 역시 알아들을 수 없는 언어였다. 그렇게 이야기한 끝에 한 명이 다프넨을 향해 손짓을 했다.

「자네, 이리 와서 우리와 주사위 놀이나 하세.」

다프넨은 어리둥절해졌다. 주사위 놀이라니, 할말이 있어서 부른 게 아니란 말인가?

흰 토가toga를 걸치고 곱슬곱슬한 백발을 늘어뜨린 자가 어느새 품에서 주사위가 든 가죽 통을 끄집어내어 쏟아놓았다. 반들반들한 젖빛 대리석 바닥에 상아 주사위 다섯 개가 구르는 소리가 자르르 울렸다.

「하나 집어서 던져보게. 순서를 정해야 하니.」

규칙도 몰랐지만 거부하기 어려운 분위기를 느끼고 다프넨은 주사위를 집어 들었다. 모서리를 살짝 둥글게 깎아서 도톰하게 느껴지는 육각 주사위는 몹시 차가웠다. 짤깍, 던지니 2가 나왔다.

「좋아, 그럼 이리로 오게.」

유령들이 차례로 주사위를 던졌다. 참가자는 다프넨을 합쳐서 모두 다섯이었다. 다프넨은 유령이나 자신이나 똑같이 집을 수 있는 주사위들이 신기하게 느껴졌다. 하긴 이곳에 있는 모든 물건이 그러했지만, 서로 손에서 손으로 옮겨지고 있는 주사위가 유난히 더 그렇게 느껴졌다.

다른 자들이 던진 주사위는 각각 3, 6, 3, 1이 나왔다. 1을 던진 이가 가장 먼저 시작하는 모양이었다. 다섯이 널찍하게 둘러앉자 그자가 주사위 다섯 개를 모두 모아 가죽 통 속에 넣고 흔들었다. 옆에서 노파 유령이 핀잔을 던졌다.

「아직도 그 통을 버리지 못하는군. 숙련된 자라면 능히 손바닥 하나로도 충분한 것을.」

「혼자 가죽 통을 쓰는 자한테 행운이 따른다는 얘기도 모르나. 남의 행운을 탐내면 주사위가 노하네. 자.」

그는 뚜껑을 열고 주사위를 쏟았다. 나온 것은 2, 2, 3, 4, 6이었다. 그는 조금 투덜대더니 2, 3, 4가 나온 주사위를 남겨두고 나머지 주사위를 다시 굴렸다. 그러자 2, 5가 나왔다. 그는 몹시 고심한 끝에 2가 나온 것 하나만 다시 굴렸다. 나온 눈은 5였다.

「망쳤군.」

그는 옷 안쪽에서 하얗게 빛나는 석필을 하나 꺼내더니 대리석 바닥에 [2, 3, 4, 5, 5]=10이라고 적었다.

다음 유령이 주사위를 모아들고 던졌다. 앞에서 한 것과 똑같이 세 번 고쳐 던진 끝에 그는 [1, 3, 3, 4, 4]=15를 얻었다. 다음은 다프넨의 차례였다.

대륙에 있을 때도 도박 같은 것을 해볼 기회가 없었던 다프넨은 앞의 두 명이 하는 것을 보고도 무슨 기준으로 주사위를 남겨두거나 던지는 것인지 몰랐다. 그러나 마땅히 물어보기가 애매했으므로 눈을 딱 감고 그냥 주사위를 던졌다. 나온 눈은 1, 1, 2, 4, 5였다. 옆에서 놀이에 참여하지 않은 유령이 참견했다.

「그것참 안 좋은 눈이군.」

다프넨이 망설이고 있는데 등뒤에서 익숙한 목소리가 속삭였다.

「1이 나온 것 하나만 다시 던져.」

어느새 다가온 엔디미온이 어깨 너머로 다프넨이 던진 주사위를 바라보고 있었다. 같이 놀이를 하던 늙은 유령들이 엔디미온을 보더니 가볍게 고개를 숙여 보였다. 그러자 엔디미온도 마주 고개를 숙였다가 들었다.

엔디미온이 왔다는 것을 안 다프넨은 겨우 마음이 좀 놓였다. 시키는 대로 던지자 1이 3으로 변했다. 옆에서 한 유령이 '오!' 하고 탄성을 질렀다.

「스트레이트Straight로군. 주사위는 규칙을 모르는 자의 손을 총애한다고 하더니 그 말이 참말이야. 물론 세 번째는 던지지 않겠지?」

옆에서 엔디미온이 조그마한 석필을 꺼내더니 다프넨이 앉은 곳 앞의 바닥에 [1, 2, 3, 4, 5]=40이라고 적었다. 그러나 다프넨은 아직도 이 놀이의 점수 계산법을 파악할 수가 없었다.

나머지 둘이 던져서 나온 최종 눈은 각각 [2, 3, 3, 3, 4]=9, [1, 2, 2, 3, 3]=11이었다. 이리하여 40점을 얻은 다프넨이 첫판을 이겼다. 다프넨이 아직도 얼떨떨해하고 있는 동안 함께 주사위를 했던 이들이 그의 얼굴을 바라보며 말했다.

「자, 첫판은 자네가 이겼네. 조금 의아할지도 모르겠네만 우리는 상대의 요구를 받아들일지 말지를 결정하려 할 때 이 주사위의 힘을 가장 신뢰한다네. 이 상아 주사위는 자네가 세상에서 본 적이 있을지도 모를 평범한 주사위와는 조금 다른 물건이지.」

「그러하니 자네 질문을 먼저 들어볼까. 질문하기 전에 두 가지를 꼭 기억하게. 첫째로 자네가 묻는 어떤 질문에도 우리는 대답해줄 능력이 있다는 것, 그리고 둘째로 자네가 지금처럼 이기기는 쉽지 않다는 것이네. 일단 한 가지 이야기를 들어본 후에 다음 주사위를 계속 던지도록 하세나.」

이제 게임은 시작되었다. 다프넨은 고개를 끄덕이며 자신이 해야 할 질문을 정리해보았다. 한 번 이길 때마다 한 가지씩이다.

그들에게 들을 수 있는 비밀의 가치는 이루 말할 수 없이 컸기에 다프넨은 긴장한 상태로 게임을 해나갔다. 초보에 불과한 다프넨이었지만 유령이 한 말대로 묘한 운이 따라서 첫판을 포함하여 열네 판이 거듭된 후 다프넨은 총 네 번을 이길 수 있었다.

첫판이 끝나자마자 물었던 것은 물론 장서관 사건의 진실이었다. 그 결과 헥토르가 말해준 것보다 훨씬 정확한 사건의 전모를 듣게 되었다. 연루된 아이들의 이름과 그들의 세세한 행동에 이르기까지. 모든 판이 끝난 뒤 다프넨은 두 번째로 어떻게 하면 그자들에게 합당한 대가를 치르게 할 수 있는가를 물었다. 그들은 '죽어가고 있는 작은 아이가 소생해야 한다'라고 간단히 대답했다.

"그렇다면 그 아이는 어떻게 해야 살아납니까? 살아 있는 자들의 의술로는 이제 방법이 없습니다. 그 아이를 살려줄 힘이 있다면 제발 도와주십시오."

「죽어가는 자를 되살리는 것은 쉽지도 않고, 옳지도 않네.」

다프넨은 엔디미온이 가능하다고 했던 말을 기억하고 있었기에 쉽사리 물러서지 않았다. 그 목적을 위해 윈터러의 일로 신문받을 것을 각오하고 여기까지 온 터였다.

"쉽지 않다는 것은 불가능하다는 것과는 다르지 않은가요? 그 애는 억울하게 자신의 미래를 희생당했습니다. 정말로 여러분이 섬사람의 조상이라면……."

거기까지 말하다가 다프넨은 추측에 불과한 말을 입 밖에 내고 말았음을 깨닫고 말을 멈추었다. 유령들은 서로 얼굴을 마주보며 희미하게 웃었다. 그중 녹색 겉옷을 입은 자가 말했다.

「자네가 한 말이 완전히 틀렸다고는 볼 수 없다. 계속 말해보게나.」

"그러니까…… 제 말은…… 아무도 도와줄 수 없는 불운한 소년을 위해 제가 기적을 바라고 있다는 것입니다. 그것이 여러분께는 불가능한 일도, 어려운 일도 아니지 않습니까?"

자신의 말이 너무 딱딱한 것을 알고 있었지만 어쩔 도리가 없었다. 처음 이곳에 올 때 했던 결심은 '전당'에 들어서는 순간 오래된 일처럼 빛이 바래버렸다. 눈과 귀는 꿈에 홀린 듯 때로 혼란되고, 때로 흐려지고, 때로 보이지 않는 것까지 꿰뚫어 보는 듯했다.

다프넨은 정신을 차리려고 고개를 흔들었다. 처음의 단호한 마음을 되살리려 애쓰며 잘라 말했다.

"저는 심지어 그들의 생명을 빼앗아 오이지스에게 줄 수 있다면 그래야 된다고 생각하고 있습니다."

그 말은 확실히 진심이었다. 그렇게 힘주어 말하는 순간 그를 둘러싼 유령들의 모습이 일순 더 투명해지는 듯했다.

「인간의 삶이 지닌 무게는 죽은 자의 눈으로 보기엔 하나하나 큰 차이가 없다네. 최악의 악당과 최고의 영웅도 찻숟가락 한 개 정도의 자질이 가를 뿐이지.」

"그러나 세상 모든 인간의 가치가 같지는 않을 겁니다. 찻숟가락 한 개도 찻잔의 입장에서는 그리 비중이 작지 않습니다."

「그렇다. 그 말 그대로 자네의 소원은, 산 자의 세계에서는 자네 표현대로 '기적'이라고 불리는 것이야. 비록 죽은 자의 입장에서 가볍다 해도 산 자의 세계에서 일어날 일이니 역시 자네 세상을 기준으로 경중을 재어야 할 테지? 그렇다면 역시 그토록 큰일을 어찌 가벼이 이루겠는가.」

자신의 논리에 자신이 말려든 꼴이 되었다. 다프넨이 대답하지 못하자 다른 자들도 모두 입을 열지 않았다. 그때 지금껏 말이 없던 엔디미온이 입을 열었다.

「말을 돌리지 말아요. 살아 있는 사람을 이곳까지 부른 것이 겨우 말장난이나 하자는 것은 아닐 테지요. 어른들께서는 모두 합해 열 번을 이기셨으니 이번엔 그에게 들어야 할 이야기를 듣도록 하세요. 우리가 이 섬에 존재한 이래 이렇듯 손쉽게 우리 세계로 들어올 수 있는 자는 아무도 없었지요. 저는 모르지만, 어른들께서는 그가 가진 저 '검'의 정체를 아실 거라고 생각합니다.」

들어오기 전에 니키티스가 해준 말이 떠올랐다. 다프넨은 엔디미온이 하자는 대로 따라가보기로 마음을 정했다. 그도 무슨 생각이 있을 것이다.

유령들은 엔디미온이 갖고 있는 어떤 권위를 인정하는 듯했다. 곧 그들이 수긍했다.

「좋네, 우리 전하의 말씀대로 열 개의 질문을 하도록 하자. 누가 먼저 하겠는가?」

다프넨은 '전하'라는 호칭을 듣고 순간 아연했지만 그에 대해 묻기도 전에 첫 번째 질문이 날아왔다.

「첫째로, 자네는 어떻게 그 검을 손에 넣게 되었는지?」

"저는 본래 대륙 출신입니다. 그곳에서 제가 태어났던 가문의 조상이 많은 투쟁 끝에 입수하여 대대로 물려온 것을 마지막으로 제가 갖게 되었습니다."

이어 그 옆의 유령이 입을 열었다.

「둘째로, 자네가 대륙 출신이라면 어찌하여 이곳에 들어와 살아가려 마음을 정했는가?」

"저의 가문은 내분으로 인해 멸망했습니다. 저는 홀로 살아남아 힘겹게 살아가던 중 이 섬에 계시는 검의 사제님을 만나 그분을 신뢰하게 되었고, 그분과 함께 살기 위해 섬으로 들어왔습니다."

질문은 다시 옆의 유령으로 이어졌다.

「셋째로, 자네는 검으로 인해 여러 번 위험에 처했다. 어찌하여 검을 멀리하지 않는가?」

다프넨은 미소를 지었다. 이 문제만은 나우플리온이나 섬의 다른 사제들, 심지어 이솔렛조차도 그의 뜻을 꺾지 못했다.

"이 검은 가문의 검이기도 하지만…… 동시에 저를 위해 죽음을 택했던 제 형제가 마지막으로 부탁한 검이기도 합니다. 당시 저는 나이가 어리고 아무 재주가 없어서 형제를 위해 아무것도 해주지 못했습니다. 그랬기에 형제의 기억이 담긴 마지막 유품인 이 검을 어떤 일이 있어도 몸에서 떼어놓지 않기로 결심했습니다."

「그러한 고집 때문에 목숨이 위험해지는 것도 관계없는가? 너의 형제는 죽은 자에 불과하다. 산 자인 자네가 그의 그림자에 얽매이는 것이 과연 바람직한 일인가?」

이번에야말로 진심을 담아 다프넨은 답했다.

"때로는 목숨보다 중한 것도 있습니다. 때로는, 죽어도 죽지 않는 자도 있습니다."

「이제 다섯 번째 질문이 되는가. 그렇다면 자네는 방금 말한 그 형제가 삶과 죽음의 경계에서 아직도 떠돌고 있음을 아는가? 그것도, 자네가 그에게 남기고 온 흰 갑옷 때문에?」

다프넨의 눈이 크게 떠지면서 흔들렸다. 자신이 '죽어도 죽지 않는 자'라고 말한 것은 예프넨이 비록 죽었다 해도 자신의 가슴속에서는 죽지 않았다는 뜻일 따름이었다. 그러나 대뜸 이어 나온 이야기는 너무나도 뜻밖이었다.

“모, 모릅니다. 그건 무슨 이야기인가요? 삶과 죽음의 경계라는 것은…… 그가 죽지 못했다는 뜻인가요? 그럼 형은, 그는 지금 어디에 있습니까? 어떤 상태라는 겁니까?”

「질문은 조금 뒤에 하게나. 그 사실을 몰랐다는 것은 충분히 알았으니 다음 질문을 하겠네.」

그렇게 말했지만 그들은 다프넨이 흥분을 가라앉히도록 잠시 기다려주었다. 다프넨은 푹 숙인 고개를 몇 번이나 내저으며 어쩔 줄 몰라 했다. 그러나 얼마간 시간이 지나자 다프넨은 유령들이 산 사람의 고뇌를 모두 이해할 수는 없다는 것을 깨달았다. 고개를 들어 그들을 바라보자, 다시 한번 그들의 몸이 한층 투명하게 나부꼈다.

「여섯 번째로 묻겠네. 자네는 밖에서 온 자로서 이곳 섬에 사는 자들의 뿌리를 알고 있는가?」

“얼마 전에…… 섬사람의 조상이 필멸의 땅에 존재했던 마법 왕국 가나폴리에서 이주해 왔다는 사실을 들어 알았습니다. 그 이야기를 듣기 전에는 어딘지 모를 먼 곳에서 왔을 거라고 막연히 추측하고 있었습니다.”

「그렇다. 그러나 가나폴리는 오래전에 멸망하여 사라졌다. 자네는 이 섬의 사람들이 옛 왕국의 영광을 되찾고자 노력하고 있다고 보는가? 또는 그럴 마음이 있다고 보는가?」

다프넨은 고개를 저으며 말했다.

"극소수를 제외하면 그렇지 못하지요. 섬사람들은 스스로를 순례자라고 부를 뿐, 옛 왕국에 대한 것은 거의 잊은 것 같습니다."

「그렇다면 자네 자신이 그런 일을 할 마음은 없는가? 자네 역시 섬사람이 되기로 결심하고 들어온 터이니 그렇게 하지 못할 이유는 없지 않은가?」

다프넨은 쉽게 대답하지 못하고 망설였다. 그 질문은 제로가 물었던 것과 거의 같았다. 그때 그가 제로의 희망을 받아들여 검의 사제가 되고, 섬을 바꾸기 위해 노력하겠다고 말하지 못한 까닭은 무엇이었던가? 수많은 변명을 할 수 있겠지만 결국 그런 큰 부담을 견딜 수 없었기 때문이었다. 죽은 사람을 추모하는 은둔자가 되고 싶어 하던 자신이, 한 사회를 개혁할 투사가 된다고?

벨노어 저택에서 만났던 란지에 로젠크란츠라면 이런 일이 잘 어울렸을지도 모른다. 그러나 다프넨은 란지에와 달리 개인적인 삶만으로도 수없이 마음의 빚을 만들고, 그걸 줄이거나 내버릴 줄도 모르는 사람이었다. 마찬가지로 지독한 비극을 겪었지만 란지에는, 그런 비극을 근본적으로 막아줄 새로운 이상理想을 추구하기 위해 옛 감정을 흔적만 남도록 눌러버릴 수 있었다. 반면, 다프넨은 한번 깊이 품었던 애정을 죽을 때까지 지우지도, 누르지도, 버리지도 못하는 사람이었다.

다프넨에게는 어떤 중대한 이상도 소중한 한두 사람에 대한 감정 이상의 것이 되지 못했다. 만약 그가 어떤 이유로든 정말로 한 사회를 걸머지려 한다면, 그가 책임지는 방식 때문에 아마 무게를 견디지 못하고 쓰러지고 말 것이다.

"확언할 수 없지만 아마도…… 그렇게 하지 못할 것입니다. 한 번에 두 가지 가치를 위해 살기에는 저 자신의 의지와 능력이 너무 부족한 모양입니다. 그걸 바라는 사람에게는…… 개인적으로 매우 미안하게 생각하고 있습니다."

이제 눈도 보이지 않게 된 제로를 떠올렸다. 그의 미래는 캄캄한 밤처럼 어두울 것이다. 그런 그를 위해 그가 평생 바라온 소원조차 도와주지 못하는 자신의 모자람이 정말로 안타까웠다.

「그러한가. 그러면 아홉 번째로 다시 검에 대해 묻겠네. 자네는 지난해 벌어진 사건으로 그 검의 역사에 대해 꽤 많은 것을 알게 되었다. 검이 두렵지 않은가? 검에 사로잡힌 채 죽지도 살지도 못하며 영원히 고통받고 있는 혼들처럼 될까 우려하지 않는가? 그렇지 않다면 자네가 스스로를 그토록 믿는 까닭은 무엇인가?」

다프넨은 씁쓸한 표정으로 침묵하다가 대답했다.

"사실…… 솔직히 말씀드리겠습니다만, 저는 저 자신을 그다지 신뢰하지 않습니다. 저는 곧잘 속기도 하고 잘못도 자주 저지릅니다. 강한 의지나 힘도 없고, 현명하거나 지식이 많지도 않습니다. 그럼에도 불구하고 그 검에 대해 자신감을 내보이는 것은…… 그렇지요, 만용입니다. 다시 말해 주변 사람들이 저를 걱정하는 것 때문입니다."

「그 말은 무슨 뜻인가. 좀더 설명해보게.」

다프넨은 다시 머뭇거렸다. 그러나 결국 말을 이었다.

"누가 무어라 한들 저는 이 검을 버리지 않을 것이기에 그들이 저를 걱정해서 충고하는 걸 알면서도 받아들일 수가 없었습니다. 어차피 바뀌지 않을 결과라면 그들이 조금이라도 안심하는 편이 좋다고 생각했지요. 저의 최소한의 바람은, 만일 비극적인 결과가 온다 해도 그 영향이 저 한 사람에서 끝나는 것입니다. 그렇기 때문에 저 혼자서 모두 책임질 수 있다고, 겁나지도 않고 그 방법도 다 알 것 같다고…… 그렇게 거짓말한 겁니다."

말을 맺는 다프넨의 얼굴에 멋쩍은 미소가 떠올랐다가 사라졌다. 윈터러를 어찌할지, 마음을 결정한 후로 처음 털어놓는 진심이었다. 그는 여전히 윈터러의 힘이 두려웠다. 나우플리온에게 보여준 근거 없는 자신감이 나우플리온을 조금이라도 안심시켰길 바랄 따름이었다.

유령들은 서로 얼굴을 마주보았고, 그중 한두 명이 고개를 끄덕여 보였다.

「마지막 질문이 되겠군. 자네 말대로라면 그 검은 여전히 자네 주위의 사람들에게 잠재적인 위협이 된다. 그렇다면 그런 위협을 없애기 위해 자네 자신이 떠날 마음은 없는가?」

다프넨은 질문을 한 유령의 눈을 대남하게 쏘아보았다.

"그 말은 저더러 순례자의 길을 포기하고 대륙으로 돌아가란 말씀이십니까?"

「아니, 다르지. 만일 검의 힘을 알아낼 곳, 검의 힘을 제어할 방법을 배우게 될 곳, 다시 말해 그 검을 만든 분이 계신 곳으로 갈 수 있다면 힘들더라도 그러한 모험을 택하겠는가, 그런 말이다.」

다프넨의 표정이 그대로 굳어졌다.

"그 검을…… 만든 사람이 있다는 말씀이십니까? 이게…… 인간이 만든 검이란 말입니까?"

유령은 어깨를 약간 들썩이더니 대꾸했다.

「또 조금 다르지. 그분을 인간이나 또는 살아 있는 생명으로 보아야 할지는 조금 생각해볼 문제니까. 어쨌든 질문에 답하여라.」

"물론…… 가겠습니다. 거절할 이유가 있겠습니까? 무슨 위험이 있더라도 기꺼이 갈 것입니다. 그런 분이 어디 계신지 알고 있다면 알려주십시오."

모든 질문이 끝났다. 다프넨이 새로 들은 이야기들 때문에 혼란스러운 생각에 잠긴 동안 유령들은 흩어져 있던 주사위를 모았다. 처음에 가죽 통을 꺼냈던 자가 말했다.

「이 문답으로 우리는 자네라는 사람에 대해 조금 더 알게 되었네. 자네가 우리에게 할 질문은 아직 두 가지가 남았네. 신중하게 생각해서 이야기하게나.」

한 가지는 정해져 있는 것이나 마찬가지였다. 다프넨은 가슴속에서 뜨거운 기운이 끓어오르는 것을 억지로 누르며 질문했다.

"아까 저의 형제에 대해 말씀하셨지요. 그가 어떤 상태인 것입니까? 그는 분명히 죽었습니다. 제가 직접 보아 너무도 잘 압니다. 그런 그가 지금 유령이 된 건가요? 아니면 되살아난 건가요?"

「어느 쪽도 아니네. 그는 흰 갑옷의 힘과 자신의 상념에 사로잡힌바, 완전한 유령이 되지 못했으나 그렇다고 산 몸을 도로 지니게 된 것은 아니네.」

「그는 말 그대로 산 자와 죽은 자의 경계에 있네. 자네가 일전에 자네 세계와 우리 세계의 중간에 머물렀듯이. 그의 상념은 다름 아닌 자네에 대한 집착이라네. 그리고 자네가 그를 떠난 후 일어난 사건도 있었지.」

유령들이 조금씩 물러앉자 다프넨과 그들 사이에 빈자리가 만들어졌다. 텅 빈 바닥에서 은빛 점이 생겨나더니 서서히 너울거리며 커졌다. 흡사 녹인 수은처럼 번쩍거리면서 번지더니 곧 커다란 거울 모양으로 변했다. 그러나 그것은 굳어진 거울이 아니었다. 샘처럼 속에서 끊임없이 잔물결이 올라왔다.

「들여다보게나.」

다프넨은 안을 들여다보았다. 그러자 돌멩이라도 던져 넣은 것처럼 중심에서 파문이 일어났다. 파문이 퍼져나가는 것과 함께 물결은 사라지고 표면이 매끈해졌다. 그 위에 영상이 어른거렸다. 점차 뚜렷한 풍경이 되었다.

알아보지 못할 리 없었다. 다프넨은 넋을 놓고 들여다보며 목이 메었다. 그곳은 트라바체스였고, 가을바람의 황무지였고, 예프넨과 영원히 헤어진 눈 익은 벌판이었다. 가끔 꿈에서 보곤 하던 모습과는 좀 달랐다. 하긴 그만큼 세월이 흘렀으니 변할 수도 있겠다 싶었다.

그러나 잠시 후 낯선 마차와 말들이 와서 멈추는 것을 보자 가슴이 미친듯 뛰기 시작했다. 마차 안에서 아는 자가 모습을 드러냈을 때, 다프넨의 얼굴은 경악으로 새파래졌다. 벨노어 백작이 아닌가!

"어떻게…… 어떻게 그럴 수가……."

잠시 후 들판은 밤의 풍경으로 변했다. 정체 모를 그림자들이 들판을 가로질러 왔다. 이윽고 그들은 예프넨이 묻혔던 자리에 이르러 삽 따위를 가지고 땅을 파헤치기 시작했다.

"……."

엔디미온은 다프넨이 분노하여 말조차 잊은 것을 보았다. 오랫동안 평정을 지켜온 유령인 그가 이 순간 다프넨의 분노에 감전되는 느낌에 아연해졌다. 오래전에 기억의 알을 깨뜨려 예프넨과의 추억을 보여줬던 일도 있는 그였다. 그래서일까? 어쩌면 다프넨에게 빙의되었을 때 그의 감정까지 나누어 받았던 걸까?

이윽고 영상 속의 파렴치한 자들은 무덤을 거의 파냈다. 여자로 보이는 한 명이 무덤 속으로 뛰어드는 것도 보았다. 다프넨은 자신의 뺨에 두 줄기 눈물이 흐르는 것조차 깨닫지 못했다. 주먹을 너무 꽉 쥐어 손톱이 손바닥을 찢을 지경이었다.

무덤 안이 비쳤다. 다프넨은 저도 모르게 몸을 숙이며 좀더 자세히 보려고 했다. 그 안에는…… 있었다. 그가 꿈에서도 잊지 못하던 사람이 흡사 산 사람처럼 가볍게 눈을 감은 채로…….

그러나 곧 꿈처럼 부서졌다.

여자가 고래고래 고함치는 소리가 다프넨의 귀까지 들려왔다. 그제야 여자의 정체를 알았다. 오래전, 예프넨과 그에게 두 번째로 세상의 쓴맛을 가르쳐주었던 용병, 야니카 고스였다. 그 여자가 벨노어 백작의 인도자 역할을 했으리라는 추측을 어렴풋이 떠올릴 무렵, 영상 속의 밤이 갑자기 폭풍 직전처럼 떨기 시작했다. 다프넨에게 그것은 차라리 보지 않느니만 못한 비극이었다.

무덤을 파헤쳤던 자들은 하나하나 쓰러져갔다. 야니카는 물론이고 다른 자들도 정신없이 달아났지만 보이지 않는 손으로 남김없이 살해당했다. 밤이었기 때문에, 그리고 살해자의 모습이 보이지 않았기에 정확한 상황은 몰랐다. 그러나 답은 이미 그의 마음속에 있었다. 영원한 휴식을 택한 줄 알았던 형은, 동생이 결코 보고 싶지 않을 처참한 몰골로 저 땅에 혼자 남아 있었다. 그가 준 갑옷, 그가 준 고뇌 때문에 저렇듯 원념에 사로잡혀서…….

형이 다프넨을 본다면 저들과 달리 대할까? 엔디미온이 예전에 말했듯 뒤죽박죽된 원망에 사로잡혀 누구도 알아보지 못하는 것은 아닐까?

영상은 흐려졌다.

아무것도 보이지 않게 되었을 때 다프넨은 오히려 놀랄 만큼 침착해진 목소리로 물었다.

"어떻게 해야 제 형제를 편히 쉬게 해줄 수 있겠습니까? 어떤 조건이라도 관계없으니 말해주십시오."

그렇게 말하면서 다프넨은 스스로를 꾸짖고 있었다. 형이 저토록 괴로운 상태에 있는데 어째서 단 한 번의 꿈에서조차 느끼지 못했을까.

「그 답은 앞서 한 답과 같네. 검을 만든 이를 찾아가게. 거기에 모든 답이 있네. 자네의 형제는 검과 갑옷의 비밀이 풀리는 순간 휴식하게 될 것이네.」

그곳을 찾아가야 할 이유가 하나 더 추가되었다. 다프넨은 고개를 숙여 감사를 표했다. 그가 하는 양을 가만히 지켜보다가 한 유령이 말했다.

「가야 할 그곳이 어디인지 이제부터 가르쳐주겠네. 자네가 진실로 그곳에 가겠다면 잘 보도록 하게나.」

다프넨은 다시 무언가가 떠오르기 시작한 수은의 샘 속을 들여다보았다.

주사위

처음 나타난 것은 높은 탑이었다.

첨탑 끝에 검은 바탕의 깃발이 꽂혀 휘날렸다. 깃발에는 다프넨이 어떤 가문에서도 본 일이 없는 문장이 새겨져 있었다. 네 장의 날개가 있고 검은 줄무늬 외의 털은 온통 황금빛인 호랑이였다.

서서히 다른 것들도 보이기 시작했다. 곧 그 첨탑이 거대한 성의 일부이며, 그 성은 이곳 '전당'처럼 둥근 지붕이 여럿임을 알았다. 성을 지은 돌은 흰색이었고 하나하나가 매우 컸다. 사람의 힘으로 어떻게 옮겼을까 싶을 정도로.

시야가 넓어지자 성이 빠르게 멀어졌다. 성은 곧 수많은 건물들 사이로 숨어버렸다. 이윽고 파랗게 갠 하늘과 점점이 흐르는 구름이 굽어보는 장려한 도시가 떠올랐다. 십 층을 넘는 탑들이 즐비하게 그림자를 드리우고 후원이 딸린 아름다운 단층집들이 지평선까지 넘실거리는, 까마득히 넓은 도시였다.

만약 걸어서 가로지르려 한다면 며칠은 걸리리라. 머무르고자 한다면 길을 잃을 것이다. 높은 건물이 중심을 이룬 방사형의 큰 거리 몇 개는 뚜렷했지만, 그 외의 길은 거리다운 모습이 되기도 전에 규칙 없이 흩어진 집들로 막혀버렸다. 집들은 서로 붙어 있는 경우가 거의 없었다. 단층이긴 해도 돔이나 삼각형 박공으로 지붕을 높이 쌓았고, 큰 기둥들로 회랑을 둘렀다. 외벽에는 부조나 조각이 든 벽감이나 작은 분수가 자연스럽게 딸려 있었다. 특히 테라스가 있는 경우가 많았다.

영상은 광장, 또는 극장처럼 보이는 곳을 비추었다. 수천 명이 들어갈 규모였고 주춧돌이며 계단이 큼직한 돌로 지어져 시원스러웠다. 재료는 대부분 석재였는데, 그중에서도 흰 돌과 푸른 돌이 많았다. 드물게 은빛 가루가 뿌려진 듯 반짝거리는 검푸른 돌도 보였다.

높은 탑의 꼭대기나 첨탑 중간에는 종종 새들이나 와서 쉴 수 있을 법한 원형 테라스가 있었다. 또 어떤 집들은 사람에게는 쓸모없을 법한 높은 위치에 큰 아치형 입구를 만들어놓기도 했다. 큰 새라도 날아와 앉는다면 모를까, 다른 용도는 상상이 가지 않았다.

시야가 해의 서쪽으로 나아갔다. 방형 탑이 솟아올랐고 꼭대기에는 옥상 정원이 있었다. 정원 속에 버섯처럼 솟아오른 여러 개의 소정원이 딸려 있는 것이 독특하면서도 불안정한 아름다움을 자아냈다. 또 다른 건물 꼭대기에는 일정한 모양과 크기를 가진 푸른 불이 타올랐다. 불 위로 가끔씩 무엇인지 모를 생물의 영상이 떠올랐다가 사라졌다.

돌, 또는 나무와 흰 밧줄로 만든 다리가 여러 건물을 연결하며 거리에 그림자를 떨어뜨렸다. 돌로 된 다리 중에서는 복잡한 곡선으로 빙글빙글 돌거나 휘어지고, 여러 번 꺾여 오르내리는 것들이 있었다. 수십 길 높이에서 건물들을 연결하는 허공다리들의 교묘함은 어떤 정신적 가치마저 떠올리게 했다. 흰 새들이 조각처럼 교각에 드문드문 앉아 거리를 굽어보았다.

방사형 거리를 뒤따라갔다. 도시를 큰 구획으로 나누는 대로들은 마차 수십 대가 한 번에 지나갈 만큼 넓었다. 이렇게 넓은 길이 왜 필요할까? 그런 도로는 대륙의 어떤 도시보다도 완벽하게 포장되었고, 지평선 너머 도시 밖까지 이어지며 사라졌다.

도시를 둘러싼 성벽은 청석으로 지어졌다. 성벽의 만듦새도 훌륭했지만 성벽 윗길의 모퉁이마다 자리잡은 맹수의 머리 조각들이 가장 놀라웠다. 그 자체로 거대한 예술 작품들인 그것들은 움직이거나 저들끼리 대화를 나누었으며, 무료하면 하품도 했다.

탑을 낀 널찍한 단층 건물 뒤에서 거대한 분수처럼 보이는 물줄기가 솟아 무지개를 뿌리고 있었다. 그러나 저것이 정말로 분수라면 높이는 스무 명의 키를 넘었다. 마지막으로 다프넨이 멀리서 반짝이는 둥근 거울 같은 것을 발견했을 즈음 영상은 다시 어두워졌다.

곁에서 유령이 말했다.

「가나폴리의 수도 아르카디아. 한때는 십만 명의 사람들이 살았던 도시네.」

「마법처럼 사라진 마법의 도시다. 그곳의 집과 거리는 모두 마법이 돌보고 있었지.」

다시 샘 안이 밝아졌다. 이번에는 달려가는 작은 짐승의 시선으로 기나긴 모래빛 복도를 보았다. 좌우에 늘어선 기둥들이 귓가를 스치는 바람 같은 소리를 내고…… 복도의 끝은 아늑한 녹색 정원으로 이어졌다. 정원 가운데 낡은 우물이 보였다. 그러나 시선은 우물 앞까지 이르지 못했다. 그러기 전에 우물에서 빛이 폭발하며 하늘로 치솟았다. 무슨 일이 일어난 것인지 깨닫기도 전에 주위는 백색으로 변했다.

「접촉이었네. 현자들조차 선불리 들여다보았다가는 마음을 다스리기 힘들다는 '늙은이의 우물' 너머에 다른 세계로 이어지는 길이 있었어. 본래 마법사들은 호기심이 많지. 한때 왕이었고, 왕위에서 물러난 뒤 새 왕의 수석 자문역이면서 마법사 회의의 수장까지 겸하고 있던 아카데미의 현자 지티시는 이름의 의미 그대로 '부름'을 받았네. 우물 너머의 세상이 그에게 손짓한 것이야.」

「그는 그 세계의 역동적으로 끓어넘치는 힘에 빠져들었지. 몇 년간 홀린 듯 그쪽 세계의 일에 개입한 끝에 그는 결국 그들에게 영혼을 빌려주는 실수를 범했네. 그 세계의 무구를 입자 그는 더이상 마법사 지티시가 아닌 이계의 괴물에 지나지 않게 되었지.」

「결과는 파멸뿐. 지티시가 열어준 통로를 타고 헤아릴 수 없는 괴물들이 우물에서 뛰쳐나왔네. 그들의 세계는 힘, 오직 힘뿐인 세계였던 거야. 그들의 힘이 평온하고 아름다웠던 가나폴리를 재앙으로 뒤덮었네.」

샘이 다시 그림을 그리기 시작했다. 이번에는 무엇인지 좀처럼 알아볼 수가 없었다. 마치 이곳의 대리석처럼 젖빛을 띤 빛의 막이 모든 것을 가리고 있었다. 시선이 더 높이 오르자 푸른 하늘이 다시 나타났고, 거기에는 수백 척의 배가 떠 있었다!

「지티시의 조카딸이자 왕의 맏딸이었던 푸른 눈의 에브제니스가 자신의 이름대로 '고귀한' 희생을 치렀지. 그녀뿐이 아니었어. 에브제니스가 괴물로 변한 지티시를 직접 죽인 뒤, 그녀를 따르는 '진리의 원탁'에 속한 마법사들은 힘을 모아 오염된 힘으로 뒤덮인 아르카디아를 고립시켜 파괴하려 했지.」

「그때 가나폴리의 각지에서 위대하거나 또는 보잘것없는 마법사들이 줄을 이어 아르카디아로 찾아왔네. 그들 중에는 일곱 살 때부터 천재 마법사로 이름을 날렸던 젊은 에피비오노도 있었어. 그의 이름은 '살아남는다'는 뜻인데 그는 살아남았는가? 죽을 날만 바라보고 있는 은퇴한 현자 카트레프티스도 있었지. 그들은 모두 자신을 희생하여 남은 사람들을 지키길 원했네.」

「그들의 희망은 받아들여졌는가? 현명하기로 이름난 에브제니스였지만 거대한 참화를 눈앞에 두고 마음이 흔들렸는지, 모여든 자들의 의지가 열렬할수록 그녀가 계획한 마법이 성공하기 쉬우리라는 크나큰 착각을 하고 말았네. 그리하여 찾아온 모든 마법사들은 아르카디아가 한눈에 내려다보이는 '새벽탑' 시메로노에 모였네.」

「그들은 목숨을 내던질 자리에 스스로 찾아왔기에 다른 욕망은 없었네. 그러나 그런 상황에 이르러서도 마법사는 마법사였기에 가장 좋은 방법이 무엇인가를 놓고는 절대로 의견이 일치하지 않았지. 마법사란 대저 이해관계보다 자존심을 중히 여기는 법이니까.」

「논쟁이 끝날 기미를 보이지 않자 이계의 힘이 아르카디아 밖의 대지까지 오염시키는 최악의 순간이 오기 전에 에브제니스는 그대로 마력의 개방을 강행하기로 마음먹었네. 그리하여 가나폴리의 위대한 마법들 가운데서도 가장 성스러운 주문인 '소멸의 기원'이 시전되었지.」

「마음이 모아지지 않았던 탓이었던가? 누구의 잘못인지는 모른다. 무엇이 잘못되었던 것인지도 모른다. 하지만 마법은 실패하였네. 에브제니스를 비롯한 수많은 마법사들이 목숨을 잃은 것은 물론이고, 아르카디아에 충만해 있던 악령 깃들인 힘이 전 가나폴리를 향해 맹렬히 퍼져나갔지.」

「그러나 또한 마법은 성공하였다. 검은 힘은 가나폴리에 속한 땅을 마지막 한 조각도 남기지 않고 파멸시켰지만, 그 경계를 넘어가지는 못했네. 비록 전 가나폴리를 희생시켰지만 이계의 힘을 소멸시킨다는 그들의 기원은 이루어진 것이지.」

샘 속에 비친 배들이 푸른 하늘을 바다 삼아 미끄러져 나아가는 모습이 보였다. 구름과 바람이 접힌 돛을 스쳐가고, 배들은 먼 하늘로 날아가 시야에서 사라졌다.

「'소멸의 기원'이 실패할 가능성을 고려했기에 그들은 처음부터 이주단을 조직해놓았네. 존재하던 모든 비행선을 동원하고, 사람들을 선발해 그 안에 태웠지. 에브제니스의 동생인 티시아조는 왕위 계승자로서 이주자들을 이끌고 바다 너머에 존재하는 것으로 알려진 대륙으로 갈 책임을 맡았네.」

「그러나 가나폴리를 벗어나 북쪽 바다가 최초로 보이던 날, 티시아조는 이름의 뜻대로 '제물'이 되어 바다에 떨어졌네. 어쩌면 누이와 부모를 재앙 가운데 남겨두고도 혼자 살아남은 것에 기뻐하며 떠나간, 티시아조에게 내려진 합당한 대가였을지도 모르지.」

다프넨은 이상한 생각이 들어 저도 모르게 물었다.

"어째서 왕이 아닌 왕위 계승자가 떠났을까요?"

「왕이란, 백성들이 위기를 앞둔 상황에서 혼자 삶을 택해 그 땅을 떠날 수는 없다네. 왕이란, 백성들 대신 죽어야 할 임무를 갖고 태어나는 것이지. 그렇게 보면 티시아조도 결국 죽음으로서 자신의 책무를 다한 셈이네.」

백성을 위해 자신을 버리는 왕이라……. 옳은 말이지만 대륙의 왕들은 과연 그런 일을 하려고 할까? 귀족이나 영주는 그럴 수 있을까? 모르긴 해도 고귀하게 태어나 살아온 자들은 미천한 백성보다 오래 살 특권조차 가졌다고 생각할 가능성이 높았다. 의무는 없이 권리만 누리려 하는 섬의 섭정처럼.

「티시아조가 탔던 배가 가라앉자 다른 배들도 연료를 공급받지 못해 연쇄적으로 바다에 떨어졌지. 그럴 때를 대비하여 항해도 가능한 구조로 만든 배들이었지만 내륙 국가인데다 비행선이라는 탁월한 이동 수단을 갖고 있었던 가나폴리에는 항해에 익숙한 자가 거의 없었네.」

「본래 가고자 계획한 외지의 대륙은 고사하고 이 섬에 도착한 배도 한 척에 불과했지. 그 배에 섬사람들의 조상들이 탔던 것이고……. 그리고 유령이었던 우리가 타고 있었네.」

다프넨은 당황하여 그들을 쳐다보았다. 유령이 배를 타고 이주를 한다는 이야기는 들어본 일도 없었다.

"그 땅의 오염이란 죽은 영혼들조차 견딜 수 없는, 그런 것입니까?"

「아니, 그곳에는 지금도 유령들이 있네. 재앙 이전에 죽었던 우리와는 달리, 재앙 당시 목숨을 잃은 자들이지. 수많은 세월이 흘렀는데도 그들은 여전히 혼이 정화되지 못해 뜻 없는 살육을 거듭하고 있다네. '소멸의 기원'이 완전하지 못해 그렇게 된 것이겠지.」

「자네가 가나폴리의 삶을 온전히 이해하는 것은 힘들 터. 가나폴리에서는 예로부터 수많은 유령들이 산 인간들과 함께 했다네. 인간이 죽음을 맞으면 대부분 긴 휴식을 취하게 되지만 드물게 우리처럼 유령으로서 새로운 삶을 얻기도 하네. 가나폴리 사람들은 우리의 존재를 이상하게 여기지 않아서 때때로 조언을 청하기도 하고, 어울리다가 친구가 되기도 했지. 유령들은 이공간에 본래의 땅을 닮은 거주지를 건설하고 끝나지 않는 삶을 살았다네.」

「한데 이상하게 생각되겠지만, 우리는 인간이 전혀 없는 곳에서는 살 수가 없다네. 유령들이 자아를 유지하려면 후손의 거주지와 생활을 끊임없이 바라보며 생각하지 않으면 안 되네. 유령이 인간의 거주지가 없는 곳에 고립된다면 오래 못 가 생전의 기억이나 자아를 잃어버리고 괴물, 또는 에너지 덩어리와 다름없는 존재로 변하게 되네. 그렇기에 우리는 이곳에 왔으며, 이 섬의 역사를 잘 알게 된 것이지.」

"그렇다면 여러분은 얼마나 오랫동안……. 아니, 그렇다면 영원히 이렇게 살아간단 말입니까?"

「이런 삶을 포기하고 휴식을 택한 자들은 어떤 신비로운 기준으로 선별되어 다시 태어나네만, 극소수를 제외하고 그간 쌓아온 기억과 지식, 지혜를 모조리 잃게 되지. 그것이 두려워 한번 유령이 된 자들은 쉽게 휴식을 택하지 못하네.」

「우리가 섬기는 국왕 폐하께서는 이미 수천 년 동안 지금의 신비로운 상태로 존재하셨네. 그분께서는 생전에도 왕이셨지. 죽어서야 그분을 뵌 우리로서는 모를 일이지만 어쩌면 가나폴리의 첫 왕이셨을지도 모르네.」

「어쨌든, 그렇듯 오래 살았기 때문에 우리는 과거를 잃는 것을 두려워하네. 겨우 몇십 해를 산 인간도 기억을 상실하는 것을 극히 꺼리며 그런 일을 당한다면 몹시 괴로워하는데, 천

년도 넘는 과거와 헤아릴 수 없는 기억을 가진 우리가 백지상태의 어린아이로 돌아가는 것을 어찌 두려워하지 않겠는가?」

다프넨은 고개를 끄덕일 수밖에 없었다. 동시에 이들은 살아생전에도 대단한 마법사이거나 현자였을 거라는 생각이 들었다. 훌륭한 자일수록 삶에 애착이 강하기 마련이다. 그들이 죽은 후 이렇게 신비로운 방식으로 되살아난 것 역시 자신이 그동안 가꾸어온 삶에 집착했기 때문이리라.

유령들이 이야기를 멈췄다. 수많은 영상을 보여준 거울의 샘은 평범한 물웅덩이처럼 둥근 파문만 연속해서 그리고 있었다. 다프넨은 오늘 듣게 된 전설 같은 이야기들을 떠올려보며 그들이 왜 자신에게 이런 이야기를 해주었을까 의아하게 여겼다. 이야기를 들은 덕분에 가나폴리의 숨겨진 역사를 많이 알게 되었지만, 옛이야기를 하자고 여기까지 부른 것은 아니지 않겠는가?

분명, 다프넨 자신과 관계가 있을 것이다. 그렇다면 역시 윈터러의 문제다. 유령들은 저들을 위해서라도 이 섬이 멸망하는 것을 바라지 않는다. 그렇다면 윈터러의 존재에도 민감할 수밖에 없지 않겠는가?

"많은 것을 보여주셔서 고맙습니다. 하지만 왜 제게 그런 것을 보여주셨는지는 잘 모르겠습니다. 혹시 이 윈터러를 만든 것은 가나폴리의 장인들입니까?"

「그럴 리가 없지. 가나폴리의 물건이라면 우리가 그것의 힘과 용도를 모를 리 있겠는가. 자네의 검은 가나폴리가 아닌 필멸의 땅의 물건이네.」

"가나폴리가 있던 곳이 필멸의 땅 아닙니까?"

「자네 말대로라네. 필멸의 땅은 가나폴리가 '존재했던' 곳이지. 자네의 검은 가나폴리가 필멸의 땅으로 변한 뒤 그 땅에 당도하였네.」

「놀랍게도, 비록 불완전하다고는 하나 가나폴리 전역을 정화시키는 데 성공한 에브제니스의 기원 봉인을 뚫고, 늙은이의 우물로부터 나왔던 것이지.」

다프넨은 당황하여 큰 소리를 내고 말았다.

"그렇다면…… 정말로 이 검이, 윈터러가, 가나폴리를 멸망시킨 힘과 같은 곳에서 왔단 말씀이십니까?"

유령들은 희미하게 고개를 저어 보였다. 그 모습이 꿈속의 예언자들인 양 섬뜩했다.

「우리는 그 검이 거쳐온 길을 모르며, 용도를 두려워하고 의심하네. 늙은이의 우물은 하나의 세계로만 연결되는 통로가 아니라네. 지티시가 들여다보았던 그 세상으로부터 왔을지도 모르고, 다른 세상으로부터 왔을지도 모르네.」

「그러나 어디서 왔는가, 그것은 그리 중요하지 않네. 오히려 그 검은 가나폴리를 멸망시킨 힘보다 훨씬 두려운 것일 수도 있다네. 진실을 알아야 하지 않겠는가? 여러 세계의 경계에는 그 검을 만드신 이가 계시니 그분을 찾아가 모든 것을 물어보게.」

“그럴 수만 있다면 좋겠습니다. 그런데 세계의 경계라는 곳은 대체 어디입니까? 그분이 누구인지 여러분은 알고 계신 것이 아닙니까? 아신다면 왜 직접 그분께 가서 알아보지 않으셨지요?”

그때 오랜만에 엔디미온이 입을 열었다.

「말했다시피 우린 이 섬을 못 떠나. 대륙이나 다른 세계에는 우리의 후손이 없기 때문에 만약 다른 세계에서 길을 잃으면 우리는 그곳에 큰 해를 끼치는 존재가 되어버려. 그래서야 큰일이지.」

엔디미온이 희미하게 웃었다.

「그리고 ‘늙은이의 우물’은 한 번이라도 연결되었던 세계를 모두 기억하고 있어. 그러니 네가 검을 지니고 우물로 간다면 그 검이 어디서부터 왔는지, 그걸 만든 분은 어디에 계시는지 다 알게 될 거야. 그 검이 본래 있던 세계가 어디인지, 그것조차도.」

다프넨은 엔디미온을 돌아보며 답했다.

“이 검이 어떤 세계를 거쳐왔는지 본 적이 있었어. 윈터러를 가졌던 자들은 남김없이 파멸했다는 것도 알았어. 수많은 파멸이 있은 후에 어느 세계의 현자들이 검을 일부러 이곳으로 보냈어. 난 그 장면을 검의 기억 속에서 보았고, 심지어 그 현자들과 이야기까지 나눴어. 하지만 그들도 검의 정체를 알지는 못했어. 그들이 할 수 있는 일이란 검을 저들 세계에서 추방하는 것뿐이었지."

「그래, 어떤 세계의 현자도 그런 걸 알지는 못할 거야. 하지만 다행히 우리 세계는 우물을 통해 검을 만드신 그분과 연결된 일이 있어. 그래서 그분의 존재를 알고 있는 거지. 잊지 마. 모든 물건은 근원을 찾아갔을 때 본모습을 드러내는 법이야. 네가 그 검의 옛 주인들처럼 파멸하지 않기 위해서라도 그걸 알아야 해.」

다프넨은 생각에 잠겼다. 섬의 규칙대로라면 정식 순례자가 되고 나서 대륙에 나가기는 쉽지 않았다. 혹시 데스포이나 사제에게 말하고 도움을 청한다면 편의를 보아주지 않을까? 그녀 역시 윈터러의 힘을 오랫동안 우려해왔으니 충분히 그래줄 성싶었다.

그러나 다시 대륙에 나가서 추적자들을 따돌리고, 마음의 평정을 지키는 것이 가능할까? 더구나 가야 할 곳은 필멸의 땅이다. 그곳에서 살아남을 재주가 그에게 있을까?

한 유령이 말했다.

「위험은 필연적일 걸세. 결국 자네의 선택이네. 자신과 섬의 미래를 위해 선택하게나. 바른 선택을 하기를.」

그때 다른 유령이 불쑥 말했다.

「어차피 가만히 있어도 저절로 그리될 것이지만…….」

다프넨은 필멸의 땅에 간다면 이 전당과 닮은 풍경을 보게 될까 생각해보았다. 기둥 사이로 나부끼는 반투명한 휘장, 수없이 겹쳐지며 멀어지는 궁륭의 숲, 은하수가 흐르는 돌, 우윳빛 대리석 위에 흩어진 제비꽃, 난롯불, 산딸기, 나무껍질 빛깔의 방석들과 금은의 술로 장식된 양탄자들. 오늘날 어떤 곳에서 본 것보다 인상 깊은 이런 풍경이 가나폴리에는 있었던 것일까.

그러나 여기서 머리를 기르고 치렁한 옷을 걸친 채 반신半神처럼 앉아 있는 자들은 반투명한 몸을 가졌을 뿐이었다. 그들이 가나폴리인의 그림자라면 이곳은 그 땅에 존재했을 우아한 문명의 그림자였다.

다프넨은 일어나 유령들을 향해 깊이 허리를 굽혔다.

"알겠습니다. 방금 해주신 귀중한 조언은 반드시 마음에 새기도록 하겠습니다. 하지만 그 말씀들을 품고 떠나기 전에, 처음으로 돌아가 정말로 그 소년을 살려주실 수는 없는지 알고 싶습니다."

그때 엔디미온이 살며시 일어서더니 유령들과 다프넨을 향해 말했다.

「아버님께서 오고 계세요.」

유령들이 모두 자리에서 일어났다. 다프넨도 몸을 돌렸다. 뜻밖에도 고작 마흔 살 안팎의 모습을 한 유령이 다가오는 것이 보였다. 아니, 물론 엔디미온의 아버지라면 그 정도 나이가 타당할지도 모르지만, 그가 지금껏 대화한 어른 유령은 다들 늙은이였던 것이다.

자줏빛 옷을 걸치고 머리에 가느다란 관을 쓴 그는 주위의 인사에 일일이 답례하며 말했다.

「앉게들. 어려운 것을 요구하는 소년도 앉게.」

그의 목소리는 저음이었는데도 아이처럼 또렷했다. 모든 것을 알고 있는 현자의 음성이면서 동시에 뭐든 솔직하게 말해줄 것처럼 친근했다. 이처럼 모순되는 특징이 한 사람의 목소리 안에 있다는 것이 묘했다.

이자가 앞서 유령들이 말한 그들의 왕이리란 생각이 들었다. 수천 년의 세월을 지켜보다 보면 저렇게 될지도 모른다. 그렇게 스스로를 납득시키면서도 다프넨은 계속 고개를 갸웃거렸다. 신비로운 목소리가 말했다.

「자네의 부탁을 들어주는 것은 참 어렵네. 나는 자신이 아닌 남을 위한 청은 잘 거절하지 않는데, 자네의 청만은 곤란한 문제가 걸려 있네. 아픈 자, 잠든 자를 일으키는 것은 어렵지 않네. 죽은 자를 일으키는 것도 가능하긴 하네. 하지만 후자의 경우는 전능한 '죽음'의 비위를 크게 거스르게 되는 바, 그 대가가 돌고 돌아 누구에게 갈지는 아무도 모르는 일이지.」

온화한 목소리였는데도 묘한 위압감을 느끼며 다프넨은 입을 열었다.

"오이지스는…… 죽지 않았습니다."

「그렇지 않네. 자네가 살리고 싶어 하는 아이는 이미 죽을 운명에 들어 있네. 내게는 그것이 보인다네.」

다프넨은 유령의 입에서 절망적인 이야기가 나오자 가슴이 철렁했으나 어떻게든 끝까지 버텨보겠다고 마음을 다져 먹었다.

"이 신비로운 곳에서 가장 큰 힘을 가지신 폐하께서도 작은 아이 하나를 깨어나게 할 수 없다는 말씀이십니까?"

그러자 그 유령은 표정을 풀며 소리 내어 웃었다. 곁에서 엔디미온이 투명한 뺨을 붉히며 속삭였다.

「이분은 폐하가 아니셔. 폐하는 우리도 쉽게 뵐 수가 없는걸. 이분은 나의 아버지이시고, 단지 '섭정왕'이라고 불리실 뿐이야. 그러니까 '전하'라고 불러야 옳아.」

다프넨은 마찬가지로 얼굴을 붉히며 섭정왕에게 말했다.

"무례를 용서하세요. 하지만 저는 그렇게 쉽게 포기하지는 못합니다. 말씀하신 대가를 제가 치를 수는 없을까요?"

엔디미온이 고개를 살래살래 저었다. 유령들은 말없이 다프넨을 내려다볼 뿐이었다. 다프넨은 계속 머리를 짜냈다. 드디어 한 가지 생각이 떠올랐고, 이 방법에 모든 것을 걸어보겠다는 결심이 섰다. 어차피 애원이나 거래로 가능한 일은 아니었다.

다프넨은 섭정왕에게 대담하게 말했다.

"조금 전, 이곳에서는 상대의 요구를 받아들일지 말지 결정할 때 저 주사위의 힘을 가장 신뢰한다고 들었습니다. 저는 전하께 주사위 게임을 제의하겠습니다. 제가 이긴다면 그 아이의 생명을 돌려주십시오. 진다면 뭐든 전하께서 시키시는 일을 하겠습니다."

이야기에 참여했던 유령들뿐 아니라 홀 전체에서 웅성거림이 일어났다. 언뜻 관심이 없는 듯 보였어도 실은 그들 모두가 이야기를 듣고 있었다. 다프넨은 흔들리지 않으려 애쓰며 섭정왕의 눈을 주시했다. 섭정왕 역시 다프넨의 눈을 들여다보고 있었다. 잠시 시간이 흐르고, 섭정왕은 가벼운 웃음을 터뜨렸다.

「정말로 그것을 원하는가? 그래, 나쁘지 않은 생각이긴 해. 사실 죽음 자신도 주사위 놀이를 매우 즐긴다네. 그러니 내가 자네의 주사위에 져서 소원을 들어주게 되었다 해도 그리 크게 화내지는 않을지도 모르겠군. 그러나 이번에는 쉬운 게임이 아닐 텐데, 그래도 해보겠는가?」

선택의 여지는 없었다. 다프넨은 고개를 끄덕였다.

유령들이 '추격자'라고 부른다는 이 주사위 놀이는 가나폴리에서 상당히 인기가 있었던 모양이었다. 지금껏 이야기에 참견하지 않았던 온갖 유령들이 경기를 지켜보겠다고 모여들었다. 흩어진 쿠션들이 한쪽으로 치워졌고, 다프넨과 섭정왕은 주사위 던질 공간을 두고 마주앉았다.

그들의 등뒤로, 희미했기 때문에 몇 명인지 세기도 어려운 유령들이 고개를 내밀고 있었다. 주사위를 세 번까지 고쳐 던져 점수를 확정하는 방법은 앞서와 같았다. 다만 다프넨이 점수 계산법을 잘 몰랐기 때문에 유령들이 바닥에 써서 가르쳐 주었다.

1. 체이스 오프Chase off : 다섯 주사위 모두 동일한 눈. 50점.
2. 스트레이트Straight : 1, 2, 3, 4, 5로 배열된 눈. 40점.
3. 이븐 스트레이트Even Straight : 2, 3, 4, 5, 6으로 배열된 눈. 30점.
4. 포 다이스Four Dice : 네 주사위가 같은 눈. 모든 눈을 합산하여 점수 산정.
5. 풀 하우스Full House : 세 주사위가 같고, 나머지 두 주사위가 또 같은 눈. 모든 눈을 합산하여 점수 산정.
6. 초이스Choice : 두 주사위씩 같은 눈. 모든 눈을 합산하여

점수 산정.

7. 식스 빈즈Six Beans: 6이 나온 눈만 합산. 최저 0점, 최고 30점.
8. 파이브 빈즈Five Beans: 5가 나온 눈만 합산. 최저 0점, 최고 25점.
9. 포 빈즈Four Beans: 4가 나온 눈만 합산. 최저 0점, 최고 20점.
10. 쓰리 빈즈Three Beans: 3이 나온 눈만 합산. 최저 0점, 최고 15점.
11. 투 빈즈Two Beans: 2가 나온 눈만 합산. 최저 0점, 최고 10점.
12. 에이시즈Aces: 1이 나온 눈만 합산. 최저 0점, 최고 5점.

게임 참여자는 돌아가며 각자 열두 번씩 주사위를 던지는데, 열두 번 던진 총점을 합산하여 많은 점수를 얻은 쪽이 이겼다. 바닥에 열두 개의 칸이 있는 표를 그려놓고 각각의 칸에 자신이 매회 던진 주사위의 점수를 적어넣도록 되어 있었다. 그러나 점수는 차례대로 적는 것이 아니라 체이스 오프가 나오면 1번 칸에, 스트레이트가 나와야만 2번 칸에 점수를 적을 수 있었다. 한번 점수를 적어넣은 칸에는 이후 더 좋은 점수로 배열이 나와도 바꿀 수가 없으므로 매번 점수를 적어 넣을 때는 신중해야만 했다.

그런데 한차례 주사위 눈이 결정되었을 때 그것을 적어넣을 수 있는 칸이 여러 군데인 경우가 있었다. 예를 들어 1, 1, 1, 2, 2가 나왔을 때 다섯 번째인 풀 하우스 칸에 점수를 적을 수도 있지만 그래보았자 1+1+1+2+2=7점밖에 되지 않기 때문에 이후 큰 점수로 풀 하우스가 나올 경우를 생각한다면 칸을 사용하기가 아깝다. 그럴 때 이것을 1 두 개와 2 두 개로 생각해서 초이스 칸에 적을 수도 있고, 심지어 1 세 개로 계산해서 에이시즈 칸에 3점만 적어넣을 수도 있었다. 그러나 잘 계획을 세우지 않으면 나중에 원하는 배열이 나오지 않아 큰 점수를 얻을 수 있는 칸에 0점을 적어넣는 안타까운 경우를 당하게 되었다.

빈즈와 에이시즈에 0점이 존재하는 것은 해당 눈이 전혀 나오지 않은 배열도 그 칸에 적어넣을 수 있기 때문이었다. 에이시즈 같은 경우 최고점도 기껏 5점밖에 되지 않기 때문에 이후 더 나은 점수를 기약하기 위해 다른 칸을 아끼려면 1이 한 개도 없다 해도 이번 배열은 버린 셈치고 이곳에 0점을 적어넣으면 되는 것이다. 이런 식이므로 게임 후반에 이르러 남은 칸이 얼마 되지 않을 즈음에는 피 말리는 접전이 벌어지기 마련이었다.

얼마간의 시간이 흘렀다. 이제 다프넨과 섭정왕 각자에게 남은 칸은 두 개에 불과했다.

다프넨에게 남은 칸은 체이스 오프와 포 다이스였다. 아까 5가 다섯 개 나왔을 때 체이스 오프로 하기에는 25점이라는 점수가 아까워서 과감하게 파이브 빈즈 칸에 넣은 것이 뼈아픈 실책이었다.

다프넨의 점수는 지금까지 합계 151점. 초보치고 나쁘지 않은 점수였다. 그에 반해 섭정왕은 비교적 쉽게 만들 수 있는 초이스와 쓰리 빈즈를 남기고 있었다. 게다가 점수는 현재 202점. 마지막 두 번의 기회 동안 비어 있는 칸에 맞는 배열을 만들지 못하면 그 칸은 0점이 되기 때문에 다프넨이 절대적으로 불리했다.

섭정왕이 말했다.

「내가 이제부터 1점도 내지 못한다 하더라도 자네는 최소한 한 번은 체이스 오프를 성공시켜야만 하겠군.」

다프넨은 쓰게 웃으며 대꾸했다.

"체이스 오프를 해내더라도 포 다이스가 0점이 된다면 1점 차이로 결국 지겠지요."

섭정왕이 먼저 주사위를 던졌다. 딱 한 번만 고쳐서 그는 가볍게 [1, 2, 2, 4, 4]=13의 초이스를 만들어냈다. 이제 섭정왕의 점수는 215점이 되었다.

다프넨이 주사위를 던졌다. 1, 2, 3, 3, 6. 다프넨은 과감하게 6이 나온 한 개만 남기고 네 개의 주사위를 되던져 놀랍게도 3, 3, 3, 3, 6을 만들어냈다. 구경하던 유령이 호오, 하고 감탄하더니 '포 다이스가 저렇게 쉽게 나오는군' 하고 중얼거렸다. 그러나 다프넨은 주사위를 쏘아보며 한참이나 생각에 잠겼다. 이어 입속으로 조그맣게 기원 같은 것을 중얼거리더니 3이 나온 네 개의 주사위를 다시 던지는 것이 아닌가?

차르륵.

대리석 바닥에 흩어진 주사위는 놀랍게도 모두 6을 나타내고 있었다. 엔디미온조차도 놀라서 '아' 하고 소리를 질렀을 정도였다. 섭정왕이 웃으면서 말했다.

「허어, 이거 놀랍군. 나도 애쓰지 않으면 안 되겠는데.」

그런데 더 놀라운 일이 벌어졌다. 모든 유령들이 어이없어 하는 가운데 다프넨은 그 배열을 체이스 오프 칸에 50점으로 계산해 적지 않고 포 다이스 칸에 30점으로 적어넣었던 것이다. 이리하여 다프넨의 점수는 181점이 되었다.

잠시 후 섭정왕은 주사위를 모으며 말했다.

「그렇겠지. 만일 자네가 이번에 체이스 오프를 노렸다면 왜 3이 나온 것을 모두 다시 되던졌겠나.」

섭정왕이 주사위를 던졌다. 두 번을 고치자 주사위들은 마치 당연한 것처럼 [3, 3, 3, 3, 3]=15가 되어 있었다. 섭정왕의 쓰리 빈즈 칸에 15점이 적어넣어지고 최종 점수는 230점이 되었다.

다프넨의 마지막 차례였다. 절대적으로 체이스 오프가 나와야만 하는 상황에서 그는 4, 4, 5, 5, 5를 던졌다. 4가 나온 두 개를 되던지자 1, 5가 나와서 1, 5, 5, 5, 5가 되었다. 구경하던 유령들은 어떻게 이리도 좋은 배열이 연이어 나올 수 있는지 이해가 가지 않는다는 눈빛들이었다.

1이 나온 마지막 주사위를 집어 들었다. 반드시 5가 나와야 했다. 이 한 번에 모든 것이 다 걸려 있었다. 다프넨은 주사위를 쥐고 눈을 감은 채 다시 한번 나지막이 중얼거렸는데 언뜻 그것은 노랫가락 같기도 했다.

그리고 주사위가 던져졌다.

떨어진 주사위는 바로 눈을 보이지 않고 드물게도 꼭짓점이 먼저 부딪히며 팽그르르 돌았다. 다프넨과 섭정왕은 물론이고 모두의 눈이 주사위의 움직임에 박혀 있었다. 그런데 주사위가 얼른 회전을 멈추지 않았다. 그대로, 수십 번이나 계속해서 팽글팽글 돌기만 할 따름이었다.

「으음…….」

섭정왕이 신음 소리를 내며 다프넨의 얼굴을 흘끗 보았다. 다프넨은 주사위를 지켜보며 계속해서 입술을 움직였다. 그러는 동안 곁에 놓인 윈터러가 약한 빛을 냈다.

주사위는 그렇게 무려 일 분 가까이 회전했다. 모두가 당황해서 웅성거리는 가운데 엔디미온이 무언가를 눈치챘다.

「두 분 다 그만둬요. 이런다고 결론이 나는 게 아닌걸.」

섭정왕은 고개를 끄덕이며 약간 미간을 찌푸렸다. 그러나 섭정왕이 점점 더 심각한 표정으로 주사위를 쏘아보는데도 주사위의 회전은 멈출 생각을 하지 않았다. 유령들의 얼굴에 경악의 빛이 번져갔다.

「이런……. 저 소년이 섭정왕 전하와 힘을 겨루고 있단 말인가?」

「그런데도 밀리지 않고 대등한 대결이 된단 말인가? 이 무슨 해괴한 변고인지…….」

정신을 한 점에 집중한 다프넨은 그들의 말소리도 듣지 못했다. 회전하는 주사위 외에는 아무것도 보이지 않았다. 예상대로였다. 져버리면 상대는 오이지스를 살려주지 않을 것이고 모든 수고는 헛일이 되는 것이다.

그런 상황이 영원히 계속되지는 않았다. 다프넨의 의지와 관계없이 주사위의 회전은 서서히 느려졌고, 이윽고 완전히 멈추었다. 그런데 놀랍게도 주사위는 어떤 면도 보이지 않고 꼭짓점으로 서 있었다.

「자네는 모험을 좋아하는군.」

다프넨은 그의 기원이 더이상 먹히지 않는다는 걸 깨닫고 정신을 차려 대답했다.

"모험을 하지 않을 수 없는 상황이었습니다."

「설명해보게나.」

"섭정왕 전하께서는 필요할 때 언제든 원하는 주사위 눈을 만들 수 있는 힘을 갖고 계십니다. 매번 조금씩 고쳐서 적당한 점수만 만드셨지만 언제나 저와 50점 이상의 격차를 두고 나아가셨죠."

다프넨은 주사위 놀이를 하는 내내 바짝 긴장해서 집중했기에 모든 것을 기억하고 있었다.

"저는 게임을 하는 도중에 그런 점을 눈치채고 그게 그리 이상한 일도 아니라고 생각했습니다. 전하께서는 어찌되었든 죽음에 속하게 된 아이를 되살리는 일이 껄끄러우셨을 것이고, 제가 겁없이 게임을 제안했을 때 거절하기 좋은 방법이라고 생각해서 오히려 쉽게 들어주신 것이 아니겠습니까?"

무례하다고도 볼 수 있는 직설적인 말에 유령들의 얼굴에 불편한 빛이 흘렀다. 그러나 당사자인 섭정왕은 말없이 계속하라고 눈짓했다.

"그러나 저에게는 비록 불완전하지만 기원의 힘인 신성 찬트가 있었습니다. 그래서 그것으로 할 수 있는 한 해보겠다고 생각했지요. 어차피 모험이 아니고는 전하의 뜻을 바꾸지 못할 테니까요. 알고 계시겠지만, 마지막 두 번의 기회가 남았을 때 저는 전하에 비해 51점이나 뒤져 있었습니다. 정말로 전하께서 1점도 내지 못한다 하더라도 저는 일단 체이스 오프로 50점을 내고, 또 최소한의 점수로라도 포 다이스를 내지 않으면 이길 수 없는 상황이었지요."

다프넨은 석필을 만지작거리며 점수판을 내려다봤다.

"그런데 전하께서는 주사위를 던지셔서 다시 13점을 얻으셨습니다. 그 상황에서 저는 전하께서 원하시기만 한다면 그 다음에 쓰리 빈즈의 최고 점수인 15점을 손쉽게 얻으시리라는 걸 알고 있었죠. 그렇다면 전하의 최종 점수는 230점이 될 거란 것도 짐작할 수 있었습니다."

그건 정확한 계산이었다. 몇몇 유령들이 점수판을 흘끔거렸다.

"물론, 제가 남은 두 번을 던져서 별다른 점수를 내지 못한다면 그렇게까지는 하지 않으시겠지만 제가 바짝 따라온다면 그렇게 하실 것이 뻔했지요. 그런 상황에서 제가 전하를 이기기 위해서는 제가 얻을 수 있는 최고의 점수, 즉 체이스 오프로 50점을 얻고, 6을 다섯 개 던져서 그것을 포 다이스 칸에 넣음으로서 30점을 얻는 방법밖에 없었습니다."

조금 전 실제로 다프넨이 해낸 방법이었다.

"일부러 6 다섯 개를 먼저 노린 것은 어차피 질 가능성이 높다면 제 찬트가 얼마나 소용이 있는지 시험해보고 싶었기 때문이죠. 소용이 있다면 이기고, 아니면 질 테니까요. 어쨌든 그렇게만 된다면 저는 총 231점이 되어 1점 차로 전하를 이길 수 있었습니다. 그리고…….”

다프넨은 약간 웃더니 말했다.

“그것은 거의 성공할 뻔했지요.”

「그래서 3 다섯 개로 체이스 오프를 택하지 않고 모두 6이 나오는 것에 운을 걸었던 것이군. 알겠다. 그러나 자네도 아직 모르는 것이 있군. 자네가 나와 겨루어 주사위를 회전하게까지 만든 능력은 찬트에서 온 것이 아니네. 자네의 찬트는 그런 일까지 하기엔 불완전해. 적어도 밖에서 온 힘이 자네의 희망을 들어주도록 하는 통로 역할은 훌륭히 해냈네만. 자네가 사용한 힘의 출처는 다름 아닌 저 검이었네.」

당황한 다프넨이 곁에 있는 윈터러를 보았다. 검에 떠올랐던 빛은 사라진 후였다. 그러나 섭정왕은 불쾌한 기색 없이 말을 이었다.

「그 검이 자네의 소원을 들어준다는 것을 잊었나 보군. 좋은 승부였네. 그러나 자네와 내가 둘 다 반칙을 한 셈이 되었으니 이 마지막 주사위로 승부를 결정지어야겠군. 5가 나온다면 자네 말대로 자네가 이긴다. 그러나 다른 숫자가 나온다면 내 승리겠지. 자네나 내가 던지는 것은 아무래도 바른 승부가 아닐 것 같으니 엔디미온이 대신 던지는 것이 어떨까.」

다프넨은 고개를 끄덕였다. 엔디미온이라면 누구에게도 치우치지 않는 결론을 내려줄 거라고 생각했다.

엔디미온은 망설이는 기색 없이 뾰족한 끝으로 서 있는 주사위를 냉큼 집어 가볍게 내던졌다. 딸깍, 떨어진 주사위는 5를 나타내고 있었다. 엔디미온은 입술 끝을 슬쩍 올리며 말했다.

「자, 결론이 났군요. 아버지께서 지셨고, 다프넨이 이겼어요. 아버지께선 약속대로 소원을 들어주실 거예요. 다프넨, 넌 이곳에 너무 오래 머물렀어. 이제 그만 돌아가는 편이 좋아.」

섭정왕은 빙긋 웃었다. 그가 웃자 주위의 유령들도 겨우 얼굴을 풀었다. 유령들은 딱히 누구의 편을 들고 있지는 않았으나 섭정왕의 기분이 상하는 것은 원하지 않았다.

「그래, 자네가 이겼네. 약속은 지킬 것이야. 그 아이는 내일 깨어나 전처럼 건강해질 것이네. 하지만 자네를 위해 말하건대, 검을 만드신 분을 찾아가 진실을 알기 전에는 지금처럼 힘을 남용하지 말게나.」

윈터러의 힘을 빌려 이긴 직후라 다프넨은 다소 계면쩍은 얼굴로 고개를 끄덕였다. 섭정왕은 평온한 얼굴로 말을 이어갔으나 내용은 그렇지 않았다.

「자네가 무언가를 간절히 바라는 순간, 그 검은 소원을 이뤄주려고 자네도 모르는 사이에 뜻밖의 재앙을 불러일으킬지도 모르네. 그런 식으로 자네의 손에 원하지 않는 피를 묻히겠지. 비극을 진정으로 원치 않는다면, 때가 올 때까지는 마음을 평온하게 먹고 누군가를 열렬히 미워하거나 어떤 힘을 강렬히 바라지 말게나. 살아 있는 인간에게 가장 어려운 길인 것을 아네만, 자네는 마치 우리 죽은 자와 같은 길, 다시 말해 '소원 없는 인간'의 길을 걸어야만 하네.」

그것은 매우 어려운 요구였지만, 지금 다프넨의 상황에 가장 정확한 충고이기도 했다. 어쩌면 검의 옛 주인들도 그런 상황에 빠졌을지 모른다. 타락하려 했던 것이 아니라 단지 소원이 있었던 것뿐.

다프넨은 고개를 끄덕이고 받아들였다. 자신이 어렴풋하게만 느껴온 길을 섭정왕이 확실히 말해주었다는 생각이 들었다. 지금까지는 검의 힘을 억제하기 위해 어떻게 행동해야 하는지 잘 알지 못했다. 해낼 수만 있다면…… 검이 보여준 사람들처럼 검의 힘에 삼켜지지 않고, 살아남을 수도 있다.

그러나 자신은 산 인간답게 아직도 간절히 원하는 것이 많았다. 복수하고 싶은 적, 지키고 싶은 것, 잊고 싶지 않은 일, 그런 것들로 뒤범벅된 자신이 과연 해낼 수 있을까?

'소원 없는 인간'이 될 수 있을까?

「이제 떠나게나. 저 문으로 나가면 조금 전에 통과해 온 마음의 숲이 나오고, 그곳을 넘어가면 자네의 세계가 나타날 거야. 똑바로 가는 것이 좋을 걸세. 이번에는 인도자가 없으니, 자네 마음에 상념이 많다면 이상한 그림자들이 많이 보일 것이네. 무엇이 보일지는 나도 다 알지 못하네. 어쩌면 과거의 일이 보일 수도 있고, 또는 평소 궁금했던 비밀을 볼지도 모르지. 하지만 그들을 너무 멀리까지 따라가지는 말게. 마음의 숲에서 길을 잃어버리면 다시는 본래의 길을 찾지 못하니.」

엔디미온이 일어나며 다프넨에게 손을 내밀었다.

「자, 입구까지 데려다 줄게.」

다프넨은 그 말에 따랐다. 유령들과 섭정왕에게 인사를 남기고 푸르게 번쩍이는 기둥 사이를 걸어 맨 처음의 문 앞까지 갔다. 뒤를 돌아보니 유령들은 다프넨의 일은 잊어버린 것처럼 저들끼리 대화에 몰두하며 아무도 이쪽을 돌아보지 않았다.

엔디미온이 갑자기 옷 안쪽에 손을 넣더니 무언가를 재빨리 꺼내 다프넨의 손에 쥐여주었다.

「안녕. 이젠 다시 만나지 못할 것 같은 기분이 드는걸. 네 삶의 갈림길에서 네게 도움을 주는 물건이 되길 바랄게. 네가 알의 동굴에 남기고 간 기억의 알들을 보면서 난 널 기억하겠지.」

다프넨이 불쑥 물었다.

"좀 전에 마지막 주사위가 5가 된 것은 역시 네 힘이었지?"

엔디미온은 코를 찡그리며 짓궂은 미소만 지었다.

「네 상상에 맡길게. 먼 땅에서도 언제나 행복하길. 난 네가 행복해질 수 있다고 믿어. 자신만의 힘으로도.」

문이 닫혔다. 손을 펴보니 조금 전에 던졌던 상아 주사위 한 개가 들어 있었다.

마음의 숲

마음의 숲에는 여전히 안개가 자욱했다. 다프넨은 자신이 무엇을 보게 될지 몰랐기에 길을 잃지 않으려고 잰걸음으로 걸었다.

처음에는 섭정왕의 예고와 달리 아무것도 보이지 않는 것 같았다. 그러나 무언가 보이지 않을까 하는 생각을 갖고 둘러보는 순간, 몇 개의 그림자가 곁을 스치는 것을 발견하고 말았다.

맨 처음 보인 것은 늙은 대장장이였다. 그는 주위에 몰려선 사람들은 아랑곳 않고 계속 망치를 두드리고 있었는데 옆벽에 하얗게 반짝이는, 눈에 익은 칼집이 걸려 있었다. 다프넨은 그가 누구인지 알고 있었으나 고개를 흔들며 재빨리 지나쳤다.

조금 더 가자니 오른쪽 수풀 앞에 어디서 많이 본 듯한 소녀가 우뚝 서 있었다. 처음엔 누구인지 깨닫지 못했지만 잠시 후 실버스컬에서 만난 적이 있는 오를란느 공녀 샤를로트임을 알아보았다. 샤를로트는 크고 화려한 석조 관 앞에 망연자실한 표정으로 서 있었다. 다프넨으로서는 누가 죽었는지 짐작도 가지 않았다. 그러나 궁금해서 몇 걸음 다가가는 순간 주변의 숲이 화려한 복도로 바뀌는 것을 본 다프넨은 흠칫하여 도로 뒷걸음질쳤다. 주위는 다시 숲으로 돌아왔다.

이번에는 왼쪽이었다. 금빛 고수머리를 한 사랑스러운 아기가 까르륵 웃으며 저쪽으로 달아났다. 아기 주위에는 많은 사람들이 팔을 벌리고 웃으며 기다리고 있었지만 아는 얼굴은 한 명도 없었다. 그들 중 한 사람이 트라바체스의 군관들이 흔히 다는 견장을 어깨에 붙인 걸 발견하고서야 겨우 지역을 짐작한 정도였다. 다프넨은 아기의 귀여운 얼굴이 묘하게 낯익다고 생각했지만 이번엔 아무 생각도 나지 않았다.

다시 걸어갔다. 숲을 거의 빠져나왔다 싶을 즈음이었다. 저만치 정면에 두 명의 사내가 앉아 있는 것이 보였다. 그들이 길을 가로막다시피 했으므로 다프넨은 쉽게 지나치지 못하고 걸음을 늦췄다. 그때 놀랍게도 목소리가 들려왔다.

「그렇다면…… 살아나실 수가 없다는 말씀입니까? 정말

로…….」

「죽는 것은 너나 나나 똑같아. 나는 일찍 죽고, 너는 늦게 죽을 뿐이야.」

첫 번째 목소리가 귀에 익었다. 그러나 누구의 목소리라고 딱 집어 말하기는 힘들었다. 두 번째 목소리는 기운이 없긴 했지만 노래를 잘 하는 사람처럼 대난히 울림이 좋았다. 자신을 걱정하는 사람에게 대뜸 냉소적으로 대꾸하는 걸로 보아 자존심이 강한 사람일 듯했다.

「죽는 것은 그리 괴롭지 않습니다. 아니, 그냥 그럴 것만 같습니다. 제가 돌아오길 기다리는 사람은 거의 없고……. 지금은…… 아무것도 생각나지 않는군요. 그렇지만 사제님 같은 분이 돌아오시지 않는다면 모두들 슬퍼하겠지요. 그리고 그냥…… 그런 것이…… 떠오릅니다.」

「모두라고? 적어도 섭정은 내가 돌아가지 않으면 매우 기뻐할 것이다. 그 말고도 나를 좋아하지 않는 자들은 너무나 많아. 흥……. 너도 마찬가지지. 만일 네가 살아날 수 있다해도 내가 없어지는 편이 너한테는 득이 될 것이다.」

「왜 그렇게 생각하십니까? 저는 사제님을 미워한 일이 없습니다.」

오가는 호칭에서 무언가를 느낀 다프넨이 몇 걸음 다가갔다. 구름인지 안개인지 모를 잔 물방울들이 베일처럼 서린 숲에 기진맥진한 모습의 두 사내가 있었다. 하나는 나무에 기댄 채로, 다른 하나는 애써 바른 자세로 앉아 있었다.

나무에 기댄 자는 키가 매우 큰 금발의 남자였다. 얼굴을 보기 위해선 좀더 가까이 가야 했다. 다프넨은 무심코 그들이 자신을 발견하지 않을까 하는 기분이 들어 조심스럽게 다가갔다. 그러나 다프넨이 바르게 앉은 남자의 등뒤에 설 때까지도 그들이 다프넨을 발견한 기색은 없었다.

「거짓말이다. 내가 너를 그토록 미워했는데, 네가 그렇지 않았을 리 없으니.」

「이제 와서 굳이 사제님을 설득할 필요는 없겠지요. 단순히 진실만을 말한다면 저는 사제님의 마음을 줄곧 이해해왔습니다. 이해하면서도 따를 수 없었기에 제 죄가 클 뿐입니다.」

나무에 기댄 남자는 코웃음을 날리고는 대답이 없었다. 도드라진 눈썹뼈 아래 칼로 새긴 듯 움푹한 오각의 눈매, 짙은 청남색 눈빛, 쭉 뻗은 콧날과 윤곽이 또렷한 인중……. 잘생기기도 했지만 그보다 저도 모르게 위축될 정도로, 아니 감명을 받을 정도로 강렬한 인상의 소유자였다. 그런 사람이 부상이라도 당한 듯 안색이 창백하고 힘겨운 기색인 것을 보니 어쩐지 착잡한 기분까지 들었다. 수백 년을 살아온 아름드리 거목이 벼락에 쓰러지거나, 숲의 왕이었던 사나운 매가 화살에 꿰어진 것을 볼 때 느낄 법한 안타까움이었다.

땀에 흠뻑 젖어 흐트러진 금빛 머리칼 사이로 창날처럼 갸름하고 날카로운 턱끝을 보았을 때 다프넨의 머릿속에 어렴풋이 겹쳐지는 모습이 있었다. 잠시 후 남자가 간신히 손을 올려 얼굴을 가린 머리카락들을 걷으며 고개를 젖혔다. 그제야 다프넨은 흠칫 놀라며 그가 누구인지 깨달았다. 어깨 너머에 너무도 익숙한 쌍검이 꽂혀 있었다.

이솔렛의 검이다.

지금처럼 손잡이가 닳지는 않았지만, 분명 그녀의 검이었다. 그녀 외에 그 검의 주인이었던 사람은 단 한 명밖에 없었다. 다른 사람일 수가 없었다. 이솔렛의 아버지, 일리오스 사제였다.

그렇다면 그가 보고 있는 이 순간은…… 일리오스가 죽음을 맞을 때의 모습이란 말인가? 그러면 그의 곁에 있는 사람은?

「여전히 저를 용서하지 못하시는군요. 말씀대로 얼마 안 가 죽어갈 목숨이라면 조금 일찍 죽은들 달라질 것도 없겠지요. 어차피 한번 사제님께서 살려주신 목숨인데 그런 목숨을 끊어서 사제님의 오랜 분노를 조금이라도 가라앉힐 수 있다면 그리하겠습니다.」

젊은 시절의 나우플리온은 지금처럼 세상일에 닳지 않아서 서슬 푸른 성격인데다 일리오스 못지않은 외곬이었다. 나우플리온은 말이 끝나자마자 자신의 검을 민첩하게 집어 들어

바닥에 세웠다. 그러나 일리오스는 말리기는커녕 소리내어 웃더니 말했다.

「네 발상이 우습구나. 그런 식으로 갚아질 일이라면 벌써 예전에 네 목숨을 요구했을 것이다. 그러나 이건 다른 문제지. 차라리 그냥 너도 나를 미워하려무나. 그편이 서로의 계산도 맞고 내 마음도 편할 테니까. 하긴, 마을로 돌아간다 해도 며칠 안 가 광기에 사로잡힐 몸이니 내려가지 않고 여기서 죽는 것도 그리 나쁜 선택은 아닐 것이다. 하지만 지금 그 검은…….」

일리오스의 목소리가 뚝 끊겼다. 그는 눈을 크게 뜨고 경련하더니 갑자기 완전히 달라진 태도로 고함을 내질렀다.

「그 검! 너는 그 검을 어디에서 얻은 것이냐!」

나우플리온은 영문을 모르는 표정이었다. 자세히 보니 젊은 날 그의 얼굴은 지금보다 선이 가늘어 미남자에 가까웠고, 특히 눈매가 매서웠다.

「이건 당연히 제 스승께서 만들어주신 검입니다. 무슨 문제라도 있습니까?」

일리오스는 말을 그치고 괴롭게 신음했다. 한참 뒤에 말이 이어졌다.

「그걸 정말로…… 네 스승이라면…… 오이노피온 그 노인이 만들었단 말이냐? 그게 사실이라면…… 오, 이런…….」

다프넨은 수년 전에 일어났을 이 사건의 새로운 목격자가 된 자신을 경이롭게 느끼며 그들의 대화를 지켜보았다. 그의 시선은 저절로 나우플리온이 땅에 짚은 검으로 향했다. 검은 뭔가를 베어서라기보다 쏟아지는 피를 덮어쓴 것처럼 피범벅이었다. 그런데 표면에 익숙한 글귀가 새겨져 있었다.

'너의 피도 예비되었는가.'

나우플리온에게 빌려 실버스컬에서 우승한 검에도 똑같은 글귀가 새겨져 있던 것을 다프넨은 똑똑히 기억하고 있었다. 마리노프의 피에 젖자 나타나던 글씨……. 아, 역시 그랬다. 나우플리온이 대륙에서 가지고 다니기도 했고, 다프넨에게 빌려주기도 했던 검은 나우플리온이 오이노피온에게 검을 배울 때부터 쓰던 손때 묻은 검이었다. 그렇다면 저 젊은 나우플리온이 쥔 검과 똑같은 물건일 것이다. 그러나 일리오스가 놀라는 까닭은 아직 알 수 없었다.

「오이노피온, 그 노인은 자신이 만든 모든 검에…… 그런 글자를 새기는가?」

「늘 무언가 글자를 새기긴 하셨지만, 이 글귀는 아이들에게 주신 검에만 있습니다. 첫 살해를 저지른 아이에게 살인에 대한 경계심을 심어주고자 그런다고 하셨지요. 저도 어린시절에 이 검을 받았습니다. 그런데 혹시…….」

나우플리온이 거기까지 말했을 때, 일리오스는 갑자기 등

뒤에 꽂힌 자신의 쌍검 가운데 하나를 뽑아 들어 스스로의 팔을 그었다. 검이 얼마나 예리한지 베고도 조금 후에야 가느다란 금이 생겨나며 피가 주르륵 흘렀다. 나우플리온이 깜짝 놀라 벌떡 일어나며 일리오스의 손을 붙들었지만 일리오스는 남은 힘을 다해 거칠게 뿌리쳤다. 그리고 흘러나오는 피에 날 표면을 문질렀다.

다프넨의 예상대로였다. 나우플리온의 검에 새겨져 있던 것과 똑같은 글귀가 검의 표면에 희미하게 드러났다. 현재 이 솔렛이 갖고 있는 검은 일리오스로부터 물려받았고 이미 다프넨은 그녀의 검에 자신의 검과 똑같은 글자가 새겨져 있음을 대륙에서 확인한 터였다.

일리오스의 입가에 희미한 조소가 흘렀다. 씹어뱉듯 나직이 시작한 말은 결국 상처 입은 자존심을 견디지 못한 자의 고함으로 변했다.

「그래, 그 늙은이가 나를 얼마나 철저히 우롱했는지 알겠구나. 처음부터 끝까지, 죽는 날까지 나를 놀릴 작정이었던 거야. 그 알량한 동정심……. 그게 지금의 나를 만들었다고 말하고 싶었나? 제 놈의 제자한테 언젠가 무릎 꿇고 사죄할 날이 올 거라고 생각해서 그렇게 태평하게 한세상 살다 갔던 건가? 왜 끝까지 아무 말도 안 한 거지? 내가 수많은 오류를 저지르고 이제 최후의 횡포까지 부린 끝에 죄책감으로 비참해지는 꼴을 보려고? 그런 식으로 이 빌어먹을 상황을 만들고, 심지어 죽어 없어지기까지 해서 내 손으로 어떤 보답도 할 수 없게 했지! 더러운 노인네! 지옥에나 떨어질 빌어먹을 늙은이!」

격분을 못 이겨 부들부들 떨고 있는 일리오스에게서 조금 전의 냉소적인 태도는 찾아볼 수 없었다. 흥분이 지나쳐 저수에 가깝게 변한 그 목소리에서 다프넨은 이율배반적인 감정을 읽었다. 겉으로 쏟아지는 분노와 악담 속에는 깊은 회한이 있었다. 자존심 때문에 그렇게 표현할 수밖에 없는 사람이었다. 다프넨이 그의 옛 행적에서 느꼈듯 일리오스는 현명한 사람도 아니었고 완벽한 사람은 더더욱 아니었다. 자존심을 지키기 위해서라면 자기 자신조차 망설임 없이 부숴버릴 이 사람에게 지금 어떤 일이 벌어진 것인가.

그리고 이 순간의 나우플리온도 오늘날처럼 상대를 잘 이해하는 사람은 아니었다.

「제 스승을 왜 모욕하십니까? 이유를 말하십시오. 자꾸 그러신다면 저 역시 참을 수 없습니다.」

그 순간 금빛 눈썹을 치켜세우며 나우플리온을 쏘아보는 일리오스의 표정은 다프넨이 흠칫 놀랄 정도로 이솔렛과 닮아 있었다.

「참을 수 없으면 나를 쳐라! 죽도록 내버려두는 것과 직접

치는 것은 분명히 다르지. 내가 저절로 죽기 전에 서둘러 죽이는 편이 좋을 것이야. 그렇게 하면 죽기 전에 내 마음도 편해지겠지.」

「무슨 말씀을 하시는 것인지 모르겠습니다. 도대체 왜 그러십니까? 제 스승님이 무얼 말하지 않았다는 것입니까? 사제님의 그 검……. 그 검은 제 스승께서 만들어주신 것입니까?」

일리오스는 대답 없이 욕을 뱉으며 자리에서 일어났다. 검을 짚고도 겨우 일어설 정도로 악화된 몸이었지만 간신히 걸을 수는 있었다. 그는 안개 속으로 걸어 들어가 보이지 않게 되었다.

잠시 후, 다시 나타난 그의 손에는 산산조각 난 붉은 돌조각이 한 움큼 들려 있었다. 나우플리온 앞으로 돌아온 일리오스는 가쁜 숨을 내쉬며 앉았다. 그가 손가락에 마력을 가해 바위에 긋자 마치 조각칼로 파낸 듯한 선이 그어지는 것이 보였다. 그런 식으로 동심원을 세 개 그린 그는 주변에 다섯 개의 룬Rune을 써넣고 한가운데에 붉은 돌조각들을 놓았다. 매우 간단한 마법진이었다.

주문을 외우거나 하지도 않았는데 마법진에서 붉은 광채가 기둥처럼 솟아올랐다. 그즈음 일리오스는 곧 마지막 숨을 몰아쉴 사람처럼 지쳐 있었다. 이윽고 빛은 부채꼴로 퍼지며 두 사람의 모습을 지워버렸다.

어느 정도의 시간이 흘렀을까.

다프넨이 다시 두 사람을 보았을 때 일리오스는 바닥에 반듯하게 누워 있었다. 나우플리온은 믿지 못하겠다는 표정으로 어쩔 줄 몰라 했다. 그러나 곧 잠긴 목소리로 말했다.

「알 것 같습니다. 사제님께서는 안테모에사와 저 가운데 무심코 저를 구하시고서 내심 화가 나셨던 것이겠지요. 이유야 어찌되었든 오랫동안 곁에 두신 제자 대신 저처럼 무례한 자를 구했으니 말입니다. 원망……할 수도 있겠지만 그러지 않겠습니다. 지금 만들어주신 제 삶의 유예에 만족합니다. 그것으로 할 수 있는 중대한 일이 분명 있으리라고 믿습니다.」

일리오스는 마지막 순간, 더듬거리지 않고 말하는 것에 남은 기력을 모두 쏟아부었다. 낮지만 또렷한 목소리가 띄엄띄엄 이어졌다.

「어차피 완전히 살아난 것도 아니고……. 기껏해야 십 년 정도면 꽤 성공적인 거겠지. 하지만 내가 널 용서해서 이런 일을 했다고는 생각하지 마라. 오이노피온이 내게 제멋대로 지운 짐이 이 늦은 시각까지 나를 부당하게 짓누르는 느낌이 든다……. 아…… 하지만 나는 빚지고는 살 수 없는 인간이야. 아니, 이젠 빚지고 죽을 수 없는 인간이라고 말해야겠군. 그 노인네가 나한테 끝내 이런 꼴을 당하게 하니…… 죽은 뒤에는 반드시 한바탕 따지러 가야겠다……. 다른 것은 필요 없고 하나만 부탁하자. 내 시체를 깨끗하게 없애버려. 아무도 찾을 수 없도록. 죽은 모습 따위 누가 보는 건…… 몇 번 생각해봐도 역시 내키지 않으니까.」

나우플리온은 그 순간 울컥하는 심정을 견디지 못하고 소리쳤다.

「사제님은 왜 그렇게 고집이 세신 겁니까! 혼자 남을 이솔렛에게 무덤조차 남기지 않으시겠다고요? 그 아이가 사제님 없는 세상을 어떻게 살아갈지 누구보다도 잘 아시면서 어떻게 그러실 수가 있습니까! 그 앨 두고 끝내 이곳으로 오셔서 스스로 목숨을 버리시고……. 사제님의 삶에서 중요한 것은 대체 무엇이었습니까? 섭정 각하 따위가 다 무엇입니까? 진실은 뭐고 정의는 뭡니까? 이솔렛이 행복해진다면 그것 하나만으로 다른 것은 다 필요 없을 텐데, 왜 사제님은 그 애 곁에 있어주지 못하셨지요? 죽는 건 저 같은 사람으로도 족하단 말입니다!」

일리오스는 더이상 대답하지 않았다. 나우플리온의 목소리만이 귓가를 울리며 다프넨의 마음을 아프게 찔렀다.

「사제님 없는 섬이 어떤 곳일지…… 저는 모르겠습니다. 사람들이 사제님 아닌 다른 사람을 검의 사제로 받아들이기나 할까요? 저는 스스로에게 맹세했건만, 결국 사제님 대신 죽지 못했습니다. 한번 어긋난 것은 영원히 어긋난 것이로군요……. 용서받지 못한 자로서 살아갈 생애도, 기껏 십 년이면 다시 찾아올 죽음도 두렵지 않습니다. 그런 것들쯤, 희망 없는 자에겐 아무것도 아닙니다. 하지만 이제 저는 혼자서 내려가야 합니다……. 돌아가서…… 이솔렛에게 사제님이 돌아오시지 않는다고 말해야 합니다……. 차라리 제가 여기 남고 사제님이 마을로 돌아가실 수 있다면…… 좋을 터인데……. 저는 이솔렛의 눈물을 보고 싶지 않습니다……. 정말로, 정말로 그 어떤 것보다도 보고 싶지 않단 말입니다!」

이솔렛의 눈물…….

다프넨의 심정도 다르지 않았다. 이제는 눈물 없는 소녀가 되어버린 이솔렛이 그때 아버지의 죽음을 전해 듣고서 어떠했을지 상상할 수 없지만, 지금도 그녀가 운다면 그 또한 견디지 못할 것이다.

숲이 흐려졌다. 다프넨은 두 사람의 영상 위로 새로운 잎사귀의 윤곽이 나타나는 것을 보았다. 그 순간 정신이 퍼뜩 들었다. 그들 두 사람이 있던 곳도 숲이었기에, 다프넨이 걷던 숲과 풍경이 다르다는 것을 얼른 눈치채지 못했던 것이다.

돌아가지 못할지도 모른다는 공포 때문에 다프넨은 뒷걸음질쳐 멀어졌다. 사방이 다시 처음의 숲으로 바뀌기를 기원하며, 급히 돌아서서 입구를 향해 내달렸다. 그러나 두려움과 아픔이 가슴을 후벼팠다.

나우플리온은 일리오스가 죽인 괴물과 함께 싸웠으며, 그 때 예프넨과 같은 광기의 상처를 얻었다. 일리오스 사제가 행한 무엇인지 모를 의식이 그의 생명을 연장해주었고, 그것은 대략 십 년이라 했던가?

이솔렛의 당시 나이로 미루어 짐작해볼 때, 유예는 얼마 남지 않았다.

18
장

GAUNTED LAND

심판

재판이 있었다.

최근 몇 년간은 큰 죄를 지은 사람이 없어 약식 재판으로 중재하는 정도가 전부였기에, 오늘처럼 정식 재판이 열린 것은 오랜만이었다. 재판이란 구경거리이기 마련이라 많은 사람들이 호기심을 갖고 재판정으로 모여들었다.

재판 발의자는 재청자가 필요 없는 검의 사제인 나우플리온이었다. 나우플리온은 사제들이 모두 모이는 회의에 오이지스를 데려가 해당자들의 죄목을 증언하게 하고 스스로 고발자의 역할을 떠맡았다. 워낙 사안이 중대한지라 재판정은 하루 만에 준비되었다.

재판관이 되어 판결을 내리는 것은 궤의 사제인 페이스마의 직분이었다. 재판에서만은 그의 권위가 다른 사제들은 물론이고 심지어 섭정보다도 높았다. 고발당한 소년들은 다섯 명이었다. 오이지스를 때려 장서관 안까지 쫓기게 했던 그 아이들이었다. 그러나 구타를 사주했던 에키온은 빠져 있었다.

크게 신문할 필요도 없었다. 소년들은 고발당하여 끌려 나온 즉시 자신들의 죄가 밝혀졌음을 깨닫고 부들부들 떨며 변명할 거리도 찾지 못했다. 구원해줄 것으로 믿었던 헥토르의 집안이 철저히 모르는 체했으므로 밝혀진 죄를 피할 방법은 없었다.

다프넨은 구경꾼들 사이에서 재판을 지켜보았다. 고발자의 자리에 선 나우플리온이 오이지스를 옆에 세우고 조목조목 그의 말을 옮기며 소년들에게 죄를 자백하게 했다.

"도망치던 오이지스를 붙잡았으면서도 장서관까지 들어간 까닭은 무엇이냐?"

소년들은 매번 누가 대답해야 할지 몰라 허둥댔다. 거짓말을 준비하지 못한 터라 그들의 대답에는 체계가 없었다.

"그냥…… 장난을 치고 싶었던 것뿐이고……."

"오이지스가 장서관에 숨는 바람에……."

"오이지스가 장서관에서 스스로 나왔는데도 너희는 그 애를 끌고 안으로 들어갔다. 그건 장서관을 소중하게 생각하는 오이지스의 마음을 조롱하고 싶었기 때문이 아닌가?"

"그냥 싸우며 뒹굴다 보니 안으로 들어가게 되어서……."

"실은 장서관에 한 번도 못 들어가보았기 때문에 궁금해서……."

나우플리온은 사실을 다 알고 있었기 때문에 거짓말을 일일이 확인할 필요가 없었다.

"장서관의 제로 씨는 한 번도 너희 같은 아이들의 출입을 막은 일이 없다. 너희는 평소 장서관에 관심이 없었기 때문에 지금껏 가지 않은 것뿐이야. 그런데 하필 그날 오이지스가 들어가는 것을 보니 너희도 들어가보고 싶어졌단 말이냐? 너희의 상충되는 변명은 오이지스를 괴롭히기 위해 일부러 장서관에 들어갔다는 사실을 자인하는 것밖에 되지 않는다. 다음. 오이지스를 구타한 것이 장서관 안이었다는데 너희 다섯이 모두 가담했나?"

갑자기 갈레가 소리질렀다.

"아, 아니에요! 오이지스를 때린 건 피쿠스였어요! 그 애가 혼자서 때렸어요!"

그러자 피쿠스도 얼굴이 파래지더니 지지 않고 외쳤다.

"어차피 들어가기 전부터 모두 때린 것은 똑같잖아! 난 장서관에서 그냥 몇 대 더 때렸던 것뿐이야!"

"무슨 소리야! 그 애는 우리한테 맞은 다음에도 장서관까지 도망갈 기운이 있었잖아! 하지만 너한테 맞은 다음에는 일어나지도 못했어!"

궁지에 몰린 피쿠스가 미워죽겠다는 듯 갈레를 쏘아보며 맞받아쳤다.

"그렇게 말할 것 같으면 장서관에 들어가자고 제안한 건 갈레 너였어."

갈레도 혼자 죄를 뒤집어쓰려 하지 않았나.

"그, 그래, 내가 들어가자고 했지만 1층에는 아무것도 없었어! 사다리를 보고 위로 올라가자고 한 건 리코스였지 내가 아니라고!"

리코스도 눈을 크게 뜨며 도리질하더니 소리쳤다.

"내가 언제 그랬어?"

"네가 그랬잖아! 올라가보자고 말했잖아!"

"아냐! 사다리를 발견한 건 내가 아니란 말이야!"

"누가 발견했든 올라가자고 한 건 너야!"

"그래서 나 혼자 올라갔어? 결국 전부 올라갔으면서 왜 나한테만 그래!"

나우플리온은 소년들의 언쟁을 일부러 막지 않고 내버려두었다. 페이스마 사제도 그들의 말을 들으며 대략 상황을 파악하는 듯했다. 결국 그들은 서로가 서로를 고발하여 마지막 죄상까지 밝히는 꼴이 되었다.

"그래서? 그 책을 꺼낸 건 네가 아니야?"

"난 딱 한 장만 태웠을 뿐이야!"

"난 나무로 된 탑이니까 불이 나기 쉬울 거라고 분명 말했어!"

"램프를 들고 불안정한 계단 위로 올라간 게 누군데 그래! 포티아 너 아니었어? 네가 곡예를 보여준다고 멋대로 올라갔잖아!"

"그렇지만 네가 계단을 발로 찼잖아! 그래서 손이 미끄러진 거라고! 안 그랬으면 내가 왜 램프를 떨어뜨린단 말이야!"

그쯤해서 나우플리온은 소년들의 말을 멈추게 하고는 한 명을 찍어서 물었다.

"포티아, 네가 램프를 떨어뜨렸으니 불을 낸 당사자가 틀림없군. 하지만 불을 냈다 해도 얼른 마을로 돌아가 어른들을 불렀더라면 이 정도로 큰일이 벌어지지는 않았을 것이다. 하지만 누군가가 이 일을 숨기자고 제안했을 거야. 그 녀석이 가장 죄질이 나쁘다고 보아야겠지. 그게 누구였지?"

포티아는 기다렸다는 듯 소리쳤다.

"갈레였죠! 갈레가 어차피 돌아가도 크게 혼날 것이 틀림없으니까 도망가는 것이 상책이라고 말했어요!"

나우플리온은 냉소를 띠며 오이지스를 한번 내려다보더니 다시 물었다.

"오이지스는 너희의 대화를 모두 기억하고 있어. 자, 말해

봐라. 그러면 너희 가운데 누가 가장 먼저 오이지스를 장서관에 내버려두고 나가자고 말했나?"

이번에는 세 명이나 되는 아이들이 한 목소리로 소리쳤다.

"피쿠스였어요!"

피쿠스는 항변했다.

"내가 그렇게 하는 게 어떨까 하고 말하자마자 모두 찬동했잖아! 녀석이 죽어야 증거가 없어진다고 말한 건 파이디 너였잖아!"

이제 충분했다. 주위 사람들은 고개를 돌리며 안타깝다는 듯 혀를 찼다. 사실 나우플리온이 맨 처음 제출한 고발 내용에는 이들이 고의로 오이지스를 내버려두고 달아났다는 이야기는 없었다. 또한 재판이 의결된 회의에서 오간 사제들의 의견 중에도 아무것도 모르는 아이들이 실수로 불을 내고 놀라 도망친 게 아니냐는 온정적인 해석도 있었다. 오이지스가 심하게 다친 것도 모두 어울려 싸우다가 그렇게 된 것 아니겠느냐고 하기도 했다. 그랬다면 다른 아이들도 다쳤어야 했겠지만 그간 웬만한 상처는 낫고도 남을 시간이 흐른 터라 일방적으로 때렸다는 증거는 없는 셈이었다.

그러나 소년들은 서로에게 책임을 미루다가 중요한 부분을 모두 발설하고 말았다. 아직 아이들이라서 나우플리온의 간단한 유도신문에 너무도 쉽게 걸려들었던 것이다.

나우플리온은 소년들을 진정시킨 뒤 질문했다.

"그럼 마지막으로 묻자. 너희가 맨 처음 오이지스를 때리기 시작한 이유는 무엇이었지? 누군가 그걸 시키기라도 한 것이었다면 너희의 죄는 가벼워질 것이야."

한 소년이 뭔가 말하려 했는데 다른 소년이 다리를 탁 걷어차며 말하지 못하게 하는 모습이 보였다. 그러자 다섯 소년들 모두 약속이나 한 듯 입을 다물었다. 몇 번 되풀이해서 물었지만 끝내 그들은 자기들끼리 어쩌다 보니 그렇게 된 것일 뿐, 아무도 시킨 사람은 없었다고 말했다.

신문은 끝났다. 소년들은 아직 몰랐지만 지켜보고 있던 어른들은 이미 판결을 짐작했기에 씁쓸한 표정들이었다. 페이스마 사제가 일어섰다. 그는 관습법을 수호하는 궤의 사제답게 자신의 정의를 고집 세게 지키는 사람이었다.

"다섯 사람에게 해당되는 죄목은 다음과 같다. 첫째 죄, 여러 명이 힘을 합쳐 한 소년을 특별한 이유 없이 구타한 일. 이는 또래 아이들 사이에 흔히 일어나는 일로서 재판정에서 다뤄질 정도의 죄가 된다 할 것은 없다."

섬사람의 관점이 그러하기에 예전에 오이지스가 무수히 많은 괴롭힘을 당했는데도 아무도 나서서 제지하지 않았던 것이다. 더구나 약한 자를 경시하는 풍조 때문에 자신의 몸을 지키지 못하는 것은 스스로의 잘못이라는 인식이 강했다.

"둘째 죄, 섬의 옛 기록을 보전해온 장서관에 불을 지른 일. 비록 고의가 아니라 하나 시작 의도가 불순하므로 이는 큰 죄이다. 수많은 책들과 마법에 대한 귀중한 기록들, 마법 물품들이 타 없어져 섬에 크나큰 손실을 입혔으며 간접적으로 장서관을 지키는 제로의 실명에 대한 책임 역시 피할 수 없다 할 것이다."

이제 상황을 모르는 것은 피고인 소년들뿐이었다. 그들은 겁에 질린 표정으로 페이스마 사제와 부모 형제들을 번갈아 바라보고 있었다.

"셋째 죄, 특별한 죄를 짓지 않은 자를 구타하여 운신 능력이 없게 하여놓고 그를 화재 속에 방치한 일. 이는 의심할 바 없이 살인을 획책한 것이다."

'살인'이라는 말이 떨어지는 순간 소년들은 얼어붙었다. 소년들의 가족은 감히 입을 열지 못했으나 그들과 똑같이 얼굴이 납빛으로 변했다. 페이스마 사제는 마지막으로 소년들을 직접 보며 말했다.

"마지막 죄, 셋째 죄가 순간적인 판단 착오가 아니라 저들이 지은 죄를 은폐하기 위해 고의로 행한 일이라는 점. 이 모든 죄를 고려하고 섬의 옛 전통을 살피어 마지막으로 판결하노니 리코스, 피쿠스, 갈레, 포티아, 파이디, 다섯 사람에게는 익사형溺死刑이 내려질 것이다. 달여왕이시여, 저희의 결정을 굽어보소서."

소란이 일었다. 섬에서는 전통적으로 판결이 내려진 직후에 자비를 호소할 수 있었으므로 소년들의 부모며 형제들이 한꺼번에 뛰어나와 페이스마 사제 앞에 엎드렸다. 익사형 판결을 받은 소년들은 충격에서 벗어나지 못한 채 한덩어리가 되어 떨었다. 그들은 살아생전 섬의 재판에서 사형 선고를 받는 사람을 처음으로 보았다. 더구나 그 대상은 바로 자신들이었던 것이다.

그즈음 다프넨은 사람들 틈에서 빠져나왔다. 마음이 개운치 못했다.

섬의 판결과 형 집행은 참으로 단순하고도 신속했다. 그것이 가나폴리로부터의 전통인지는 모르지만 섬에는 감옥 같은 것이 없었다. 형은 판결을 받은 날 오후에 바로 집행되었다. 이것에 대해서는 다프넨마저도 잔인하다는 느낌을 받았다.

가족들의 호소가 거절되자마자, 검의 사제 밑에서 검의 길을 걷는 젊은이들로 이루어진 '달여왕의 군대'가 나섰다. 그들은 소년들이 달아나지 못하도록 포위하여 손을 묶고는 주위 사람들과 대화도 나누지 못하게 했다. 마음을 정리할 시간이 없는 것은 물론이고, 부모 형제와의 이별을 위해 주어지는 시간도 없었다. 심지어 마지막 식사 한끼조차 주지 않았다.

익사형이 집행되는 장소는 다프넨이 가본 일이 없는 남쪽 해안의 낭떠러지였다. 손을 묶인 소년들은 검의 길을 걷는 젊은이들에 의해 떠밀리듯 그곳까지 갔다. 그들 뒤로 구경꾼들이 줄줄이 따라붙었다.

다프넨 역시 구경꾼들에 섞여 그 길을 걸었다. 여전히 마음은 편치 못했다. 왜 그런지 몰랐다. 그들의 처벌을 누구보다도 바랐던 자신이 아닌가? 끝내 그렇게 되도록 만든 것도 자신이 아닌가?

낭떠러지에 도착하자 아예 가슴이 콱 막혔다. 바다 쪽으로 길게 내민 곶이 보였고, 죄인들은 그 좁은 길을 한 명씩 걸어가 스스로 뛰어들어야 했다. 곶 아래로 오십 길에서 좀 모자랄까 싶은 절벽과 날카로운 암초투성이의 바다가 보였다. 섬 출신은 모두 헤엄을 잘 치기 때문에 떨어지는 순간 죽게 만드는 것이 목적일지도 몰랐다.

바다는 소용돌이쳤다. 아니, 포효하며 맴돌았다. 희생물을 기다리는 맹수 같기도 했고, 들쭉날쭉한 어금니를 드러낸 거대한 입 같기도 했다. 그런 바다가 바라보이도록 다섯 명의 '죄인'은 일렬로 세워졌다. 다프넨은 그들 곁에 조금 떨어져 선 나우플리온의 얼굴을 보았다. 그의 표정도 딱딱하게 굳어져 있었다. 그러나 그는 곧 '달여왕의 군대'에게 명령했다.

"눈과 입을 가려라."

흰 천으로 눈을 가리고, 이어 재갈을 물리려 하자 소년들은 온몸을 뒤틀며 몸부림쳤다. 그중 한 명이 얼른 알아듣기 힘든 외침을 쏟아냈지만 내용이 구경꾼들에게까지 들리지는 않았다. 이윽고 재갈은 모두 물려졌다. 말을 못 하게 하는 것은 죽음에 이른 자가 악에 받친 저주를 외치면 실제로 그 효과가 나타난다는 믿음에서 비롯된 것이었다.

첫 번째가 된 리코스는 걷지 않으려 했다. 바닥에 주저앉은 그를 일으키려 하자 묶인 손을 비틀고 매달려 늘어지며 신음인지 울음인지 모를 소리를 토해냈다. 그러나 반항은 오래가지 못했다. 두 명의 젊은이가 팔을 하나씩 움켜잡아 번쩍 들어올리고는 이렇게 말했다.

"계속 이런다면 너는 절벽 끝까지 걸어갈 기회조차 잃게 될 거다."

낭떠러지까지 겨우 다섯 걸음 남은 위치에서 리코스의 팔이 놓여졌다. 눈이 가려진 소년은 다시금 입속으로 읍읍대는 소리를 내며 몸을 돌려 사람들 쪽으로 뛰어가려 했다. 그에게 자유로운 것은 발뿐이었다. 그러나 눈이 가려진 사람에게 낭떠러지의 끝은 너무도 좁았다. 리코스는 발을 돌리는 순간 허공을 디뎌 중심을 잃었고, 그대로 물속으로 곤두박질쳤다.

파도 소리에 묻혀, 무언가 떨어지는 소리는 아주 먼 곳에서 들려왔다. 그 소리를 가장 예민하게 들은 것은 남은 네 소년들이었다. 네 명이 한꺼번에 몸부림치며 바닥에 쓰러졌다. 재갈 밖으로 침이 흘렀고, 눈가리개는 눈물로 흥건히 젖었다.

그러나 아무 소용 없었다. 처음처럼 검의 길을 걷는 젊은이들이 소년들을 하나하나 일으켜 세워 모조리 낭떠러지 끝으로 보냈다. 갈레는 리코스처럼 되돌아 뛰다가 방향을 잘못 잡아 떨어졌고, 또 한 명은 끝내 젊은이들의 손으로 바다에 던져졌다. 한 번은 물속에 떨어지는 소리 대신 딱딱한 것이 터지는 듯한 소리가 났다. 그렇게 마지막 소년까지, 용서 없이 형이 집행되었다.

구경꾼 중에 우는 사람은 없었다. 판결 이후 죄인들을 위해 선처를 호소했던 자들은 처형 장면을 보는 것이 금지되어 있어서 이곳에 오지 못했다. 역시 원한을 품는 일을 막으려 하기 때문이었다. 그렇다 해도 어린 소년들이 공포에 사로잡혀 죽어가는 광경을 보고도 눈물 한 방울 흘리는 사람이 없는 모습에 다프넨은 가슴이 서늘했다. 섬사람들은 나직이 탄식할 뿐이었다. 달여왕의 보복은 실로 두려우며, 자기들은 그런 일을 저지르지 않고 살아야겠다고 다짐할 따름이었다.

이 자리에는 오이지스도 오지 않았다. 다프넨은 오이지스가 마음이 약해 이런 광경을 보기 힘들었기 때문일 거라고 추측해보았다. 하지만 사실은 모를 일이다. 오이지스도 저주를 받는 것이 두려워서, 또는 사람들의 눈총을 받게 될 것이 싫어서 오지 않았을지도 모르는 일 아닌가?

이상하게 맥이 탁 풀렸다. 이 사건의 주모자인 주제에 혼자 빠져나간 에키온을 끌어내어 저들과 똑같은 형벌을 받게 할 마음도 나지 않았다. 아니, 이젠 그런 일이 옳은가 하는 것조차 혼란스러웠다.

죽은 아이들은 분명 잔혹한 짓을 했다. 그러나 섬사람들은 그들이 왜 그렇게 되었든 관심이 없었다. 평소에는 누구도 그들에게 이 방향이 옳지 않다고 말해주지 않았다. 이래도 되나 보다 싶을 정도로 그냥 내버려두었다. 그러다가 단지 선을 넘는 순간, 똑같은 잔혹함으로 벌했다. 저들의 행동에 섬은, 정말로 처벌할 책임밖에 없단 말인가?

메마른 땅이었다. 견디기 힘들도록 차가웠다.

하지만 다프넨은 집행을 마치고 구경꾼들 사이로 돌아와 그의 곁에 선 나우플리온의 눈가에서 마른 눈물의 흔적을 똑똑히 읽었다. 다프넨은 나우플리온의 손을 잡았다. 그리고 사람들에 섞여 마을로 돌아갔다.

5월이 밝고 곧 축제의 날이 왔다.

신나게 떠들며 노는 일이 별로 없는 섬에서 아이들의 정화 의식을 치르는 5월 초의 축제만은 몇 안 되는 예외였다. 정화 의식은 축제의 마지막날 행사였다. 그전에는 음식을 많이 장만하여 내놓고 너나없이 먹고 마시는 일이 이틀 동안 계속되었다.

섬에는 농작물이나 가축이 늘 부족했기 때문에 낭비가 될 정도로 많은 음식을 만드는 일은 좀처럼 없었다. 그러나 이때만은 조금쯤 예외로 여겨져 사람들도 인심이 좋아졌다. 그리 화려하지도 않고 기간도 대륙의 축제들에 비해 짧았지만, 대륙에서 살아본 일이 없는 이들에게는 이보다 더 좋은 때도 없었다.

그러나 다프넨은 일 년 만에 돌아온 축제를 즐길 마음이 나지 않았다. 작년도, 재작년도 축제가 대단하게 신나지는 않았지만 이번에는 아예 즐거워하는 사람들의 얼굴조차 보고 싶지 않았다.

다섯 명의 아이들이 사라진 지 열흘이나 되었을까. 그런데 아무도 그들을 기억하거나 말하는 사람이 없었다. 어느 정도는 일부러 그러고 있는지도 몰랐다. 심지어 스콜리에서도 그들의 빈자리가 느껴지지 않도록 잘도 배려해놓았다. 의자의 숫자가 줄어드는 등 교실의 배치가 일신되었고, 선생들은 그들이 쓰던 물건이나 심지어 그들의 이름이 거론된 낙서에 이르기까지 모조리 없앴다.

이즈음처럼 다프넨이 섬사람을 낯설게 느낀 때가 없었다. 그들은 동정심이라고는 모르는 냉정한 인간들이며 대륙에서는 절대 받아들여지지 못할 끔찍한 이방인들이구나 싶었다. 그렇게 생각하다 보면 이번 축제의 정화 의식에서 정식 순례자가 될 자신조차 때때로 매우 낯설게 느껴졌다. 순례자가 되다니, 누가, 그 자신이?

그런 생각에 사로잡혔던 까닭에 다프넨은 축제 거리에서 우연히 이솔렛과 마주치고도 말하는 것조차 잊은 양 바라보고만 있었다. 이솔렛은 섬사람들이 쓰던 물건을 내놓고 교환하는 작은 시장에 나와 있었다. 그녀의 성품으로 그런 곳을 혼자 배회하고 있었던 것 자체가 어찌 보면 뜻밖이었다.

이솔렛은 다프넨을 발견하고 자신이 무슨 말이든 꺼내거나, 또는 말을 걸어줄 거라고 생각한 것처럼 멈추어 섰다. 그러나 다프넨이 입을 열지 않는 것을 보고는 눈을 내리깐 채 그냥 스쳐가고 말았다. 그때 이후로 축제 기간 내내 다시는 그녀와 마주치지 못했다.

정화 의식의 날이 밝았을 때, 다프넨은 침대 속에서 눈을 뜬 채 생각했다. 이솔렛에게 아무 말도 하지 않고 이대로 지내는 것은 옳지 않았다. 대륙에서 함께 여행할 때 그는 분명 이솔렛을 좋아하고 있다는 것을 여러 번 표현했고, 그녀도 충분히 느꼈을 것이다. 그러니 이솔렛의 입장에서 보면 별다른 이유도 없이 갑자기 태도를 바꾼 다프넨이 당혹스러울지도 모른다.

그러나 말을 한다 해도, 이솔렛이 이해해줄까? 아마 그렇지 않을 것이다. 최근 그가 뼈저리게 느낀 섬사람의 근성을 그녀라고 갖고 있지 않다는 것은 억지였다. 그러나 이솔렛의 문제에 이르면 그 모든 혐오감도 아무 소용이 없었다. 그런 혐오감이 좀더 유용하게 쓰여서, 그녀를 멀리하고픈 마음이 들게 해준다면 얼마나 좋을까.

아침을 먹으며 다프넨은 나우플리온의 부스스한 머리를 한참이나 쳐다보았다.

"뭘 쳐다봐."

숟가락을 움직이면서도 눈은 떨어지지 않았다. 대륙에서 오래 살았던 나우플리온은 섬사람들과 달랐다. 그의 사람됨에 반해 이곳까지 온 자신이 아니었던가.

"몸은 어떠세요?"

난데없는 질문을 받은 나우플리온은 한쪽 어깨를 올리며 대꾸했다.

"보다시피 멀쩡하다."

"아프신 데 없고요?"

"벌써부터 노화를 기대하는 건 무리야."

정말로 아무렇지도 않은 말투였기 때문에 다프넨은 좀 헷갈리기도 했다. 그런 상처가 정말로 있긴 한 걸까? 마음의 숲에서 본 장면은 환각에 불과한 것 아닐까? 그러나 곧이어 튀어나온 것은 어이없는 덕담이었다.

"오래오래 사세요."

나우플리온은 숟가락을 입에 문 채 어이없어하며 대꾸했다.

"오늘 새해 첫날 아니거든?"

"누가 그렇댔나요. 말도 못 하나."

"말도 마. 요즘 어찌나 건강한지, 이런 몸으로 할 일 없이 놀자니 좀이 쑤셔죽겠어. 이거 얼른 축제가 끝나야지, 원."

식사가 끝나자 나우플리온은 다프넨을 가까이 오게 해서 머리도 쓸어주고 옷매무새도 가다듬어주었다. 다프넨은 자기 주변을 잘 정리하는 편이었기 때문에 용의도 일반적으로 단정해서 사실상 별로 고쳐줄 것은 없었다. 정화 의식의 날이라고 해도 특별히 입을 새 옷이 있는 것도 아니었다. 두 남자 모두 옷을 지을 줄 몰랐으므로 있던 옷 가운데 비교적 깨끗한 것을 잘 빨아서 입었을 뿐이었다. 준비가 끝나자 나우플리온은 다프넨의 어깨를 툭툭 쳐주며 말했다.

"그럼 이따가 공회당에서 보자."

다프넨이 공회당에 도착했을 때 그곳에는 이미 꽤 많은 사람들이 모여 있어 소란스러웠다. 오늘 정화 의식에 참여하는 열다섯 살의 아이는 여섯 명이었다. 익사형을 받은 다섯 소년들 중 두 명도 실은 오늘 이 자리에 와 있어야 했다. 그러나 그들은 물론, 그들의 부모 형제도 보이지 않았다.

의식이 끝나면 다프넨은 정식 순례자가 될 것이다. 다시는 예전처럼 대륙 사람, 트라바체스 사람이 될 수 없을 것이다. 섬사람들 가운데 대륙에 나가 사는 사람은 특별한 임무를 받은 몇 명에 불과했다. 보통은 평생 섬 안에서만 살다가 섬에서 죽음을 맞았다.

공회당 뜰에는 평소 보지 못했던 커다란 돌 탁자가 놓여 있었다. 사내 열 명은 달라붙어야 간신히 옮겨지지 않을까 싶은 물건이었다. 누르스름한 빛이 감도는 돌 탁자 중앙에는 그릇처럼 둥그렇게 팬 공간이 있어서 그 안에 물이 담겨 있었다. 노랑과 자줏빛 꽃잎이 띄워진 물에서는 향기로운 냄새가 났다.

주위의 나뭇가지에는 노란 리본들을 맸고 의식을 치를 아이들을 위해 꺾어 온 노란 수선화가 한 아름이나 물통에 꽂혀 있었다. 노란색은 옛 왕국의 빛깔이라고 했다. 유령들이 보여준 가나폴리의 모습을 기억하는 다프넨은 그곳의 깃발에 그려졌던 금빛 호랑이를 떠올렸다.

의식은 단순하면서도 인상적이었다. 여섯 명의 아이들이 차례로 돌 탁자 앞에 서면, 사제 가운데 한 사람이 기다리고 있다가 그의 머리에 꽃잎 섞인 물을 뿌려주고 간단한 질문을 몇 가지 했다. 답변이 끝나면 작년에 정화 의식을 치른 아이가 한 명씩 곁에서 기다리고 있다가 물통 속에 있던 수선화를 한 다발 안겨주었다. 그러면 주인공인 아이는 그 수선화를 주위 사람들에게 다시 나누어주는 것이었다.

다프넨은 마지막 차례였다. 이날은 이례적으로 섭정이 직접 의식을 주재하기로 해서 다리를 쓰지 못하는 섭정을 위해 큰 방석이 깔린 높다란 의자가 놓였다. 다프넨이 섬에 온 이래로 섭정이 정화 의식을 주재한 것은 오늘이 처음이었다. 사람들은 오늘 정화 의식을 받는 아이들 중에 리리오페가 있기 때문일 거라고 수군거렸다. 리리오페는 최근 스콜리를 자주 빠졌기 때문에 다프넨은 꽤 오랜만에 그녀를 보았다. 하긴 일전에 그녀를 아예 무시하기로 마음먹은 후로 제대로 된 대화를 나눈 기억도 없었다.

이날 리리오페는 정화 의식을 받는 여섯 명 가운데 단연 눈에 띄었다. 무릎 언저리까지 오는 하얀 린넨 원피스를 입고, 손목에는 긴 리본을 묶어 늘어뜨리고, 백합꽃을 엎어놓은 모양의 볼록한 고깔을 썼다. 백합꽃잎처럼 바깥쪽으로 말린 고깔 테두리 아래로 살짝 눈을 내리깐 자그마한 얼굴은 더없이 순결하고 사랑스러워 보였다. 곁에 서 있던 다프넨도 리리오페가 저렇게 예뻤나 하고 잠깐 고개를 갸웃거렸을 정도였다.

"스미크로스, 앞으로 나오너라."

첫 번째 소년이 돌 탁자 앞으로 나아가며 의식이 시작되었다. 빙 둘러선 사람들의 눈은 절반은 스미크로스라는 소년에게, 그리고 절반은 오랜만에 보는 섭정의 얼굴로 쏠렸다. 섭정은 최근 몇 년간 무서울 정도로 말라서 툭툭 튀어나온 뼈들이 흡사 해골을 연상케 했다.

몇 가지 축복의 말이 떨어지고 스미크로스는 자신의 소명이 숲을 돌보는 일임을 밝혔다. 소년이 고개를 숙이자 섭정이 두 손으로 물을 떠내어 그의 머리에 부었다. 그러나 손이 워낙 앙상해서 물은 얼마 뿌려지지 않았다.

"너는 순례자의 세 가지 임무를 기억하고, 일생에 걸쳐 추구하며, 너의 후손에게 가르치겠느냐?"

"그리하겠습니다."

"너는 달여왕의 법에 순종하며, 네게 부과되는 의무를 충실히 함으로써 너의 권리들을 지키겠느냐?"

"예, 그리하겠습니다."

"너는 달의 섬에 대한 모든 위협에 저항하고, 섬의 안전을 수호하는 데 신명을 바치겠느냐?"

"예, 그리하겠습니다."

"되었다. 이제부터 너는 옛 왕국의 후예인 순례자로서 너의 축복받은 생애를 살아나가거라."

스미크로스는 머리에서 물을 뚝뚝 흘리며 곁의 소년이 넘겨주는 수선화를 받아들었다. 돌아서서 사람들 쪽으로 다가온 그는 자신의 어머니에게 제일 먼저 꽃을 건넸다. 그런 식으로 친밀한 사람들에게 먼저 꽃을 주었고, 나머지 사람들에게도 몇 송이가 돌아갔다.

두 번째와 세 번째도 비슷했다. 네 번째는 리리오페였다. 그녀는 앞으로 나아가 자신의 아버지와 좀 전과 비슷한 문답을 주고받았다. 그런데 마지막 말이 조금 달랐다.

"이제 너는 옛 왕국의 후예인 순례자로서, 그들을 다스리시는 언젠가 돌아오실 왕, 그분의 직분을 대신하는 섭정의 후계자로서 너의 축복받은 생애를 살아나가거라."

그렇게 말한 섭정은 갑자기 고개를 들어 사람들을 휘둘러보며 말했다.

"오늘 리리오페는 전통적으로 계승자에게 주어지는 '소시폴리스' 칭호를 획득했음을 선포하노라. 이제부터 섬의 모든 순례자들은 그녀를 '리리오페 소시폴리스'라고 불러야 할 것이며, 그녀의 의견은 달여왕의 법에 어긋나지 않는 한 나와 사제들 다음으로 존중될 것이니라."

아무도 예상하지 못했던 폭탄선언이었다. 사제들 중에 이 일을 미리 귀띔 받은 사람은 아무도 없었다. 리리오페는 아직 스콜리를 졸업하지 못했으니 사람들이 존댓말과 함께 불러야만 하는 칭호를 받기에는 일렀다. 내년에 스콜리를 졸업한다 해도 저렇듯 중대한 특권을 지니려면 스무 살은 넘어야 했다. 그러나 섭정이 기습적으로 모든 권리를 선포한 터라 아무도 선뜻 반론을 제기하지 못한 채 얼굴만 마주볼 뿐이었다. 비록 모든 일이 관례에 비해 크게 서두른 것이었지만, 언젠가는 결국 리리오페가 갖게 될 특권인 까닭에 섭정의 권위에 대항하여 무어라 따지기가 곤란했던 것이다.

그때였다. 사람들을 헤치고 다프넨이 아까부터 찾고 있던 사람이 모습을 드러냈다. 섭정 앞에 고개를 살짝 숙였다가 도로 꼿꼿이 들면서 입을 연 사람은 다름 아닌 이솔렛이었다.

"섭정 각하. 의식 가운데 무단히 발언함이 비록 예는 아니지만 중대한 오류가 있는 바 말씀드리지 않을 수가 없군요. 옛 왕국의 언어로 '국가의 안녕'을 뜻하는 '소시폴리스' 칭호는 예로부터 국왕 폐하의 후계자에게만 인정되는 것이었습니다. 지금의 섭정 각하께서도 당연히 그런 칭호는 갖지 않으셨지요. 아니, 실은 섭정의 후계자에게 칭호를 내리는 일 자체가 섭정 각하 이전의 치세에는 물론이고 이미 오랫동안 잊혀 있던 일입니다. 그러니 섭정 각하께서 굳이 리리오페에게 칭호를 내리고자 한다면 섭정의 후계자에게 전례대로 내려지는 '시오피', 즉 '침묵'이라는 칭호가 적절하다고 생각됩니다."

이러한 점을 지적할 수 있는 사람은 섬에서도 제로나 이솔렛 정도밖에 없었다. 다른 사람들이야 옛 왕국에서 왕의 후계자에게 무슨 칭호를 내리고 섭정의 후계자에게 무슨 칭호를 내렸는지 알 턱이 없었다. 자신들의 이름을 짓는 옛 왕국의 언어조차 거의 모르는 그들인 것이다.

그러나 다프넨은 주위 사람들과는 조금 다른 심정으로 그렇게 말하는 이솔렛을 지켜보았다. 오랜만에 그녀를 다시 보는 순간 가슴이 아플 정도로 세차게 뛰었지만, 그녀가 말하는 것을 들으면서 불길한 짐작이 사실로 굳어지는 것을 느끼고 어찌해야 좋을지 몰랐다. 이솔렛은 지금 섭정에게 맞섰다. 오래전 일리오스가 그랬듯, 섭정의 말에 토를 달고 자신의 지식으로 당당하게 반박하고 있었다.

분명 그녀는 아버지의 유언대로 그들과 투쟁하지 않겠노라고 스스로 말했었는데 저렇게 달라진 것은 왜일까? 그녀의 심경에 어떤 변화가 있었을까? 그것이 혹, 자신이 이솔렛의 삶에서 빠져나가려 한 것 때문은 아닌가…….

사람들 사이에 침묵이 흘렀다. 그러나 대부분은 작은 속삭임으로 이솔렛의 말을 긍정했다. 아직까지도 그들에게 이솔렛의 지식이 갖는 권위는 낮지 않았다. 또한 그들은 섭정이 리리오페에게 전례 없는 특권을 주려 하는 것을 보고 흠칫 두려움을 느꼈기에 내심 이솔렛의 말이 받아들여지기를 바라며 사제들을 쳐다봤다.

이솔렛은 한 걸음 물러났다. 그리고 다시 말했다.

"'시오피'라는 칭호는 왕의 대리자인 섭정, 그 섭정을 이어갈 후계자가 자신이 선 자리를 자각하고, 권위를 내세우기보다 침묵하여 미덕을 보이라는 의미를 가지고 있습니다. 리리오페가 그런 것을 알 나이인지는 모르겠습니다만, 만일 칭호를 받게 된다면 칭호의 의미를 스스로에 대한 경계로 삼는 것이 옳겠지요."

이솔렛이 말을 맺고 물러나는 가운데 리리오페의 싸늘한 눈동자가 그녀의 모습을 뒤쫓았다. 다프넨은 바로 그 시선을 보고 있었다.

이솔렛의 움직임은 예나 다름없이 빠르고 흔들림이 없었으나, 다프넨의 눈에는 그것이 전투를 준비하는 자가 지닐 법한 절도로 느껴졌다. 만일 이솔렛이 무엇이든 확고히 결심했다면, 다프넨은 그걸 바꾸게 할 자신이 없었다. 그랬기에 그녀가 결심하지 않았기를 바랐다. 이솔렛이 비록 개인으로는 누구보다도 빼어난 사람이지만, 일리오스는 빼어나지 않아서 그렇게 되었단 말인가? 지지하는 세력도 없이 섭정의 힘에 정면으로 도전하는 것은 시작부터 패배가 예상된 일이나 다름없었다. 그럼에도 불구하고 이솔렛이 그런 싸움을 시작한다면 다프넨 자신도 결코 손놓고 구경만 할 수는 없을 것이기에…….

섭정이 쉽사리 대답하지 않는 가운데 리리오페가 먼저 입을 열었다. 그녀는 작년부터 서서히 획득해온 자부심 강한 말투로 이솔렛을 향해 말했다.

"무슨 말씀이신지 충분히 알겠네요. 물론 난 '시오피' 칭호로도 충분해요. 아니, 그런 칭호가 없다 해도 상관없지만 각하께서 친히 내려주시는 것이니 거절할 마음은 전혀 없거든요. 하긴 저로서는 '소시폴리스'가 맞는지 '시오피'가 맞는지 비교할 지식조차도 없네요. 하지만 그런 건 조금 별난 사람들이라면 모를까, 우리 같은 보통 사람들은 누구나 모르는 일 아닌가요? 그러니 제가 모른다고 잘못이라 할 건 아니죠. 어쨌거나 그 칭호가 '소시폴리스'였든 '시오피'였든 내가 본질적으로 갖는 권위는 변치 않아요. 그렇지 않나요?"

이솔렛은 미소도 없이 바로 대꾸했다.

"역시 맞는 말씀이군요. 섭정의 권위란 칭호나 출생에서 나오는 것이 아니라 사람들의 진실한 지지로 획득되는 것이니까요. 그런 지지가 있기만 하다면 그 권위에 변화가 있을 리 없지요."

리리오페는 영리하게도 이솔렛을 '별난 사람'으로 몰아세워 주위 사람들을 자기편으로 끌어들이고, 쓸모없는 칭호 논란으로 자신의 격을 깎는 대신 본래부터 지닌 특권을 강조하려 했다. 그러자 이솔렛이 곧장 '사람들이 인정하지 않으면 네게 특권이 있을 줄 아느냐'라고 반박해버렸다. 조금만 신중한 사람이라면 누구나 눈치채고도 남을 공박이었다.

섭정이 입을 열었다.

"그대들의 말은 잘 알겠노라. 칭호의 문제는 사제들과 좀 더 논의한 뒤에 결정할 것이니 더이상 언급하지 말 것이며, 태어나면서부터 리리오페가 가진 권위에 대해서는 이곳에 모인 자 가운데 모르는 이가 없으니 마찬가지로 더이상 논할 바 없다고 하겠다."

원론적인 이야기를 되풀이해 논쟁을 막아버린 섭정은 수선화 꽃다발을 든 채 엉거주춤하고 있던 소녀에게 꽃을 건네주라고 눈짓했다. 수선화 한아름을 받아 든 리리오페는 이제야 자신이 원하던 순간이 왔다는 것처럼 눈을 빛냈다. 그녀는 사람들을 향해 걸어갔고, 한순간 다프넨은 그녀가 자신을 향해 오는 것이 아닌가 하는 착각에 사로잡혔다. 아니, 그것은 착각이 아니었다.

리리오페는 대열 바깥쪽으로 조금 떨어져 선 다프넨의 앞에 와서 멈추더니 첫 번째 수선화를 선뜻 내밀었다.

"받아줘."

몇 년 전부터 정화 의식을 보아왔지만 의식을 치른 사람이 내민 꽃을 거절한 사람은 한 번도 본 일이 없었다. 물론 그들은 대부분 자기 가족에게 꽃을 건넸다.

다프넨은 어쩐지 기분이 이상했지만 중요한 의식을 마무리하고 있는 리리오페의 입장을 생각해서 일단 꽃을 받아들었다. 그러자 리리오페가 사람들 쪽으로 몸을 홱 돌리더니 단호하게 말했다.

"보셨죠? 정화 의식의 첫 번째 꽃이 무슨 의미인지는 다들 아실 거라고 생각해요. 보시다시피 그는 받아들였어요. 그러므로…… 이 순간부터 그가 내 약혼자임을 선언하겠어요."

막다른 벽을 돌파하다

누구보다도 놀란 사람은 다프넨 자신이었다. 처음에는 농담을 들었나 했다. 그러나 웃지 않는 리리오페와 주위 사람들의 반응, 그리고 무엇보다도 침묵하는 섭정을 보며 이것이 장난도 아니고 쉽게 철회될 성질의 문제도 아니라는 것을 직감했다.

한꺼번에 너무 많은 생각이 떠올라 잠시 갈피를 잡지 못할 지경이었다. 잠시 후 다프넨은 본능적으로 시선을 돌려 한 사람의 그림자를 찾았다. 이솔렛의 무표정한 눈동자를 발견했을 때 묘하게 마음이 가라앉는 것을 느꼈다. 그녀의 눈은 아무것도 말하지 않았지만, 그는 그 눈동자로부터 필요한 모든 것을 얻었다.

다프넨은 대담하게 섭정을 향해 입을 열었다.

"섭정 각하, 제가 방금 들은 이야기를 어찌 해석해야 합니까? 제가 본디 대륙에서 온 까닭에 정화 의식의 첫 꽃이 무슨 의미인지 몰랐다는 말씀을 먼저 드립니다. 그리고 더불어 말씀드리자면 저는 방금 전의 선언이 매우 뜻밖입니다."

상대가 섭정이었고 말도 안 되는 일을 한 당사자도 섭정의 딸이었기에 최대한 자신을 낮추어 한 말이었다. 술렁대던 사람들도 모두 섭정을 바라보았다. 그러나 섭정이 입을 열어 한 말은 더더욱 뜻밖이었다.

"정화 의식의 꽃이 갖는 의미는 관습적인 것에 불과하다. 그것이 어찌되었든, 섭정의 후계자는 자신이 원하는 상대를 언제고 내키는 대로 골라왔다. 너희 둘은 한 살 차이이니 나이가 적당하고, 은빛 매와 청동 표범으로 지파가 다르니 또한 적당하다. 너는 받아들이는 것이 좋을 것이다."

터무니없는 소리였다. 한 대 얻어맞은 듯했던 충격이 가라앉으면서 서서히 분노가 치밀어 올랐다. 그게 리리오페였든, 다른 누구였든 자신과 관련된 문제를 저들끼리 멋대로 처리할 수는 없었다. 어린시절부터 가문을 잃고 홀로 살아남아 버텨온 자신이다. 자신을 얽매는 것은 소중한 사람들에 대한 기억뿐이라고 생각해왔는데 그런 자신을 저렇듯 물건처럼, 몰염치한 방식으로 다루겠다고? 그가 알지 못하는 엉뚱한 관습은 다 무엇이며, 겨우 열다섯에 약혼 운운은 무슨 되지 않은 소리란 말인가!

"싫습니다. 제 삶에 멋대로 끼어들지 마시지요. 그런 것 허락한 기억 없습니다."

이 순간 섬사람과 자신은 무리가 다른 두 맹수만큼이나 거리가 먼 존재라는 것을 실감했다. 그는 이해할 수 없었다. 죽었다 깨어나도 이해할 수 없었다. 그런데 섬사람들은 오히려 다프넨이 한 말에 놀라는 것이 아닌가? 섭정의 억지에 가까운 말보다 그의 직선적인 대꾸에 더욱 당황하는 것처럼 보이지 않는가?

바로 옆의 사람이 그더러 들으라는 듯 중얼거렸다.

"섭정 각하의 말씀에 누가 감히 반대한다는 거지? 그분의 권위가 다스리는 땅에 살면서 어떻게 그분의 말씀을 거절할 수가 있지?"

섭정도 깡마른 얼굴을 찌푸리며 말했다.

"순례자로서 너의 삶은 오직 나의 권위 아래에 있다. 말도 되지 않는 소리는 그만 지껄이고 좀더 순종하는 법을 배우는 것이 좋을 것이야. 너의 보호자가 지금껏 그렇게 가르치던가?"

다프넨은 기가 막힌 나머지 대뜸 소리치고 말았다.

"순종이라고요? 그럼, 제가 동의하든 동의하지 않든 그건 전혀 중요하지 않단 말입니까!"

누구도 그의 무례를 지적하지 않았다. 섬사람들은 이제 다프넨이 저들과 완전히 다른 사람이라고 느끼고 있었다. 대륙 사람이니까, 대륙에서 와서 그렇다…… 라는 소리가 잔물결처럼 퍼져나갔다. 그리고 단지 섭정의 분노가 어떤 결과로 나타날지 두려워하며 곁눈질했다. 비록 처음에 리리오페의 발언을 듣고 놀라긴 했지만, 그들은 섭정이 명령한 이상 결국 받아들이지 않을 수 없다고 생각한 것이다.

섭정은 어이없을 정도로 짧게 대답했다.

"당연히 그렇다."

그때 데스포이나가 황망히 나섰다.

"각하, 지팡이의 사제인 저로서도 그런 관례는 아직껏 들은 일이 없습니다. 젊은 남녀 간의 문제는 그들 두 사람이 알아서 해결하는 것이 좋다고 생각되며 거기까지 각하의 권위가 필요하지는 않습니다. 리리오페와 다프넨은 아직 둘 다 어립니다. 좀더 시간을 두고 생각하게 하는 것이 바람직하지 않겠습니까?"

비록 데스포이나라 하더라도 섭정에게 대놓고 말도 안 되는 짓거리라고 말할 수는 없었다. 그러나 그녀가 지금 그렇게 생각하고 있는 것만은 분명했다. 그녀의 표정을 보면 알 수 있었다.

그러나 모두가 뜻밖이라고 생각할 정도로 섭정의 입장은

확고했다.

"후계자로 인정받은 리리오페의 권위는 나와 사제들 다음이다. 예로부터 '옛 섭정의 원칙'이라는 것이 있어 가장 고귀한 자가 공동체의 균형을 위해 비천한 지위의 배우자를 택할 때에는 그 선택을 자유로이 할 수 있었다. 다프넨은 본디 우리의 핏줄이 아니라 대륙에서 온 자이니 어느 순례자보다도 낮은 지위에 있다 할 것이다. 따라서 이 결합은 옳으며 그에게 그것을 거부할 권리는 없다."

섭정은 조금 전 리리오페에게 주려던 칭호가 뒤바뀐 일 때문에 심사가 꼬여 일부러 더 밀어붙이는 것일까? 진의가 어찌되었든 섭정이 물러설 기색을 보이지 않았으므로 사제들은 진땀을 흘렸다. 발끈한 나우플리온이 몇 번이고 발언하려 하는 것을 데스포이나와 모르페우스가 온 힘을 다해 겨우겨우 막았다. 나우플리온의 성격상 다프넨보다 심하게 말하면 말했지 결코 좋은 소리가 나올 리 없었다. 그리고 그랬다간 한 소년의 일로 끝날 것이 섬 전체의 일로 번지는 것이다.

다프넨이라면 무슨 말을 해도 철모르는 행동이라고 감쌀 수가 있고 무엇보다 리리오페가 막아줄 테니 최악의 결과는 오지 않을 테지만, 나우플리온은 사제였다. 섬사람들에게, 사제가 섭정과 대립하는 모습을 보여선 결코 안 되는 것이다. 그렇지 않아도 옛 왕국의 전통이 희미해져 사회질서를 보존하는 것이 어려운데, 지배계급의 분쟁을 노출했다가는 섬의 통치 기반을 흔드는 결과로 이어질 수 있기 때문이다. 작은 사회인 섬에서 통치의 근간이 되는 권위가 사라지면 오는 것은 대혼란과 자멸뿐이다. 그런 까닭에 일리오스와 섭정의 대립이나 그 결말도 섬사람들에게는 철저히 숨겨졌던 것이다.

다프넨은 사람들의 말속에서만 존재하는 듯했던 섭정의 권위가 어떤 것인지 몸소 느끼는 중이었다. 서서히 온몸이 싸늘해졌다. 그는 다시 이솔렛을 보려 했다. 그러나 그녀는 사람들 틈으로 사라져 보이지 않았다.

그리하여 다프넨은 리리오페를 정면으로 보았다. 나지막이, 그러나 감정을 숨기지 못한 말투로 그가 말했다.

"이게 다 무슨 짓이지?"

리리오페는 망설이지도 않고 잘라 말했다.

"보다시피 그대로야. 난 너를 가질 거고 너는 거절할 수 없어."

"난 널 거절해. 가진다고? 난 오직 나 자신의 소유야. 이따위 우스운 연극은 이제 그만 집어치워."

"이건 연극 나부랭이가 아니야. 그만 현실을 받아들여. 네가 뭐라 한들 고작 투정에 불과할 뿐이야."

리리오페는 놀랄 만큼 자신만만했다. 작고 귀여운 얼굴에 대륙의 귀족들이 보일 법한 폭력적 오만이 서렸다. 그러더니 다짜고짜 이어서 말했다.

"나랑 있으면 행복해진다는 것을 왜 모르지? 거절할 걸 거절하라고 말해주고 싶어. 내가 줄 수 있는 게 시시해 보여? 다른 사람은 갖고 싶어도 갖지 못하는 것들이야. 날 좀 그만 웃겨. 내가 누구라고 생각하는 거야? 여전히 너와 어울려 놀던 또래 소녀로 보여? 다시 말하지만 네겐 거부권이 없어. 전혀 없어. 네가 이 섬에 있는 한, 네가 순례자로 살아가는 한."

다프넨은 진짜 귀족을 보고 그들의 불쾌함을 몸소 체험해 보았던 사람이었다. 리리오페가 강제로 누르려 하면 할수록 혐오감만 더해졌다. 용서하지 않는 차가운 자아가 서서히 되돌아왔다.

"네 뜻대로 된다 해도 행복해질 일은 없어. 행복해질 수 없는 인간인 나는 물론이고, 그 순간부터는 너도 마찬가지야. 아니, 걱정할 것은 없어. 넌 네가 원하는 것을 뭐든 가질 수 있겠지만, 살아 있는 인간만은 아니지. 네가 날 가질 수 있는 단 한 가지 방법을 가르쳐줄까."

다프넨은 무표정한 눈으로 손가락을 들어 탁 꺾으며 말했다.

"날 죽인 다음, 내 시체를 가지라고."

그 순간 리리오페는 다프넨의 뺨을 때렸다.

큰 위력 없이 툭, 소리가 날 정도에 불과했기에 다프넨은 고개도 꺾이지 않았다. 오히려 얼굴이 붉어진 것은 리리오페였다. 자신을 주체하지 못해 말도 잘 나오지 않았다.

"그런 말을…… 잘도 하는구나. 나와는 행복해질 수 없다고? 난 다 알고 있어……. 깨끗한 척하지 마. 그런 식으로 말해도, 애정 따위 모르는 것처럼 말해도…… 넌 결국, 결국…… 그 여자를 원하고 있으면서, 난 다 알아! 네가 행복해질 수 없는 건 그 여자를 가질 수 없기 때문이지?"

사람들 사이에서 한꺼번에 비명이 솟았다. 리리오페의 말이 떨어지는 순간 다프넨이 그녀의 뺨을 후려갈겼던 것이다. 조금 전과는 위력부터 다른 손찌검이었다.

"아악!"

고개가 꺾이다 못해 몸을 가누지 못한 리리오페는 바닥에 쓰러지고 말았다. 입술을 깨물고 있었던 것 때문에 살갗이 찢겨 핏방울까지 흘러내렸다. 사람들이 당황하여 비명을 올린 것은 물론이고, 섭정조차 놀란 나머지 자신을 잊고 벌떡 일어나려다 의자에서 떨어질 뻔했다. 섭정 앞에서 섭정의 딸을 때리다니, 지금껏 이렇게 대담한 일을 한 자는 아무도 없었다.

물론 가장 놀란 것은 리리오페 자신이었다. 살아오며 손찌검은커녕 남의 손으로 멍자국 하나 생겨본 일이 없는 그녀였기에 뺨을 맞았다는 충격은 더욱 컸다. 그러나 고개를 들어 다프넨을 쏘아보려던 그녀는 놀라 하려던 말을 삼키고 말았다. 햇빛을 등지고 그녀를 내려다보는 소년은 마치 한 번도 본 일이 없던 사람 같았다.

"……멋대로 생각하고 떠들어대는 건 네 아버지 앞에서나 하면 족하지. 넌 내가 어떤 사람인지도 몰라. 물론 알았다면 이따위 시시한 일을 꾸미지도 않았겠지."

차가운 말투는 물론이고, 눈빛조차 평소 보던 것과는 달랐다. 얼마간 연습하여 꾸며낸 태도가 아니라 생래적으로 갖고 있던 잔인함이 일순 드러난 모습이었다. 다프넨은 한 발 물러섰다. 그러더니 의식을 위해 긴 머리를 잡아맸던 끈을 풀어 바닥에 내던졌다. 검푸른 머리채가 흩어졌다.

"모든 것은 간단해."

다프넨은 리리오페에게서 눈을 떼어 주위의 모든 사람들, 그리고 마지막으로 섭정을 바라보았다. 그를 향해 말했다.

"정화 의식을 아직 받지 않았으니, 저는 순례자가 아닙니다. 순례자도 아닌 자에게 무슨 순종 따위가 있겠습니까. 지나친 기대죠."

다프넨은 왼손을 높이 들어올리더니 아직껏 쥐고 있던 수선화를 흡사 조롱하듯 바닥에 떨어뜨렸다. 그리고 홱 돌아서 사람들을 헤치고 떠났다.

잠도 꿈도 아닌 상태가 몇 시간이나 계속되었다.

목이 졸리는 느낌을 받으며 벌떡 일어났을 때 주위는 이미 어두워져 있었다. 어떻게 시간이 갔는지 기억이 나지 않았다. 입안이 쓰고 목이 탔다. 일어나 물을 찾아 마시고 나니 무슨 일이 일어났는지 서서히 기억이 났다.

다프넨은 침대로 돌아가는 대신 창가로 의자를 끌어당기고 창 덧문을 열었다. 밤은 평소처럼 익숙한 작은 소음들과 함께 돌아오는 중이었다. 바람이 와닿자 얼굴에 열이 무척 올랐었다는 것이 느껴졌다.

오늘 낮, 공회당에서 홀로 돌아온 다프넨은 가누기 힘든 심정 때문에 혼란스러워하다가 도피하듯 잠을 청했다. 그후로 몇 시간 동안 땀과 눈물로 범벅된 꿈, 또는 백일몽에 시달렸다. 여러 개의 선택지가 보였지만 한 가지도 선택할 수 없었고, 그렇다고 선택하지 않은 채 머물 수도 없는 가운데 속수무책으로 상황은 악화되어갔다. 모든 것이 나빠졌다. 그는 달려나갈 수도, 돌아설 수도, 그 자리에 가만히 있을 수도 없었다.

이솔렛.

그 이름을 천천히 발음했다. 그의 무의식이 맨 처음 불러낸 이름이었다. 그의 고통 가운데 가장 큰 것을 그녀가 쥐고 있었다. 이솔렛을 떠날 수도 없었고, 함께할 수도 없어서 지금 상태 그대로 유지하기만 하겠다고 마음먹었는데, 그것조차 너무 힘들었는데, 이젠 그나마도 불가능해지고 말았다.

리리오페가 이솔렛을 '그 여자'라고 지칭했을 때 왜 그렇게 화가 치밀었던 것일까. '그 여자를 가질 수 없기 때문'이라는 말을 듣는 순간에는 거의 이성을 잃다시피 했다. 대륙에서 돌아온 뒤 다프넨이 이솔렛을 보지 않기로 결심한 것은 자기 몸을 찔러 상처를 내는 것과 다름없는 행동이었다. 미칠 것 같은 심정을 가까스로 눌러가며 그녀의 이름을 말하지 않고, 그녀에 대한 이야기를 듣지 않고, 그녀를 보는 것을 삼갔다. 그렇게 함으로서 언젠가는 자신의 마음에도 평화가 오리라 애써 믿었다.

그런 자신의 노력을 단 한마디로, 심지어 '가진다'라는 단어를 써서 단순한 욕망으로 만들고, 리리오페 자신의 소유욕과 똑같은 것인 양 일축하는 순간 그는 거의 죽이고 싶다는 기분으로 상대를 쳤다……. 그 말이 자신의 가장 아픈 곳을 찌르고 흙탕물에 내던졌기에 지금까지도 감정의 찌꺼기가 완전히 가시지 않았다.

다프넨이 이솔렛을 떠나고자 한 것은 그녀 대신 다른 누군가를 택하겠다는 뜻이 아니었다. 그런 상상은 해본 적도 없었다. 그는 어떤 사람이든 쉽게 사랑하지 않았지만, 반대로 한 번 마음을 준 상대에 대한 집착은 놀랄 만큼 강했다. 어린시절을 함께 한 예프넨의 존재가 아직까지도 그의 삶을 지배하듯, 이솔렛의 그림자는 이성을 느낄 줄 아는 소년이 된 그를 휘어잡고 있었다. 비록 가까이하지 못한다 해도 마음 깊이 하나뿐인 연인으로 느껴온 이솔렛의 모습에 손톱 끝만 한 흠집도 내기를 원치 않았다.

다만 함께하지 못하더라도, 소식이 들려오는 곳에 머물고 싶다고 생각해왔다. 그러나 다프넨은 섬의 최고 권위자인 섭정을 향해 순례자가 되는 것을 거절하겠다는 뜻의 말을 남기고 돌아오고 말았다. 정식 순례자가 되지 않으면 섬을 떠나야 한다.

그 방법은 확실히 맞았다. 리리오페가 고집을 꺾지 않는 한 다프넨이 이 뜻밖의 굴레로부터 벗어나는 방법은 그것뿐이었다. 섭정의 권위가 미치지 않는 곳, 다시 대륙에 속한 사람으로 돌아가는 것이다. 그것도 정화 의식을 아직 치르지 않았기에 가능했던 방법이었다.

그러나 그의 마음에는 또 한 가지 커다란 부담이 존재하고 있었다. 나우플리온을 두고 떠나도 좋단 말인가?

처음 섬에 들어오던 때를 떠올렸다. 불안정하게 파도를 헤치고 나아가던 작은 돛배에서 파도를 잠재우던 항해자, 상처투성이 소년인 자신이 신뢰한 단 한 사람이었던 나우플리온의 모습이 떠올랐다. 그 한 사람을 믿고 고향과 대륙을 모두 등진 채 낯선 땅에 들어와 살기를 자청하던 자신의 목소리도 귓가에 들리는 듯했다.

못 견디도록 가슴이 답답했다. 이제 다프넨이 섬을 나간다면 다시 나우플리온을 만날 방법은 없었다. 오랫동안 비워두었던 사제직에 복귀한 나우플리온이 전처럼 대륙으로 나올 가능성은 없었고, 한번 섬을 나간 자신은 다시는 순례자의 영역에 발을 들이지 못하게 될 것이다.

더구나 마음의 숲에서 본 영상이 진실이라면 나우플리온의 유예된 생명은 최대 시한인 십 년을 목전에 두고 있었다. 다프넨은 고개를 젓고, 끝내 떨어뜨렸다. 지금 나우플리온과 헤어진다는 건 영영 얼굴을 보지 못하는 것은 물론이고 임종의 순간조차 지킬 수 없다는 의미였다. 한때 이 세상에 살아 있는 사람들 중 가장 사랑한다고 생각했던 스승이다. 남은 생애를 모두 맡기겠다고 결심하고 언제까지나 곁에 있겠다며 이곳까지 따라왔던, 그 사람을 영원히 떠난다고?

사람들의 질시며 반대에도 아랑곳 않고 하나뿐인 제자로 삼았던 일, 그후로 문제가 생길 때마다 가장 먼저 나서서 감싸고, 막아주고, 보호하려 애쓰던 모습이 하나둘씩 떠올라 다프넨은 점점 더 힘들어졌다. 나우플리온의 얼굴에서 나이의 흔적을 발견하고 흠칫 놀랐던 일도 기억났다. 그의 주름살은 다프넨이 만든 것이나 다름없었다.

또한, 다프넨이 검의 사제가 되어 잘못된 방향으로 가고 있는 섬사람들을 가나폴리의 영광으로 이끌어주길 바랐던 제로도 있었다. 기적적으로 몸은 회복되었으나 이제 다프넨이 없으면 살지 못할 것처럼 행동하는 오이지스도 있었다. 그동안 갖가지 일에 연루된 다프넨을 변호하느라 몹시 힘들었을 데스포이나도 있었다. 그 모든 사람들의 존재가 저마다의 이유로 다프넨의 발을 붙들었다.

덜컥, 문이 열렸다가 닫히는 소리가 들렸다. 들어올 사람은 한 명밖에 없었다.

나우플리온은 얼른 안으로 들어오지 않고 문을 등지고 선 채 다프넨을 내려다보았다. 주위가 어두워서 표정이 잘 보이지않았다. 다프넨도 창가에 앉아 그를 올려다보았다. 자신의 표정도 보이지 않았으리란 생각을 했다.

잠시 후, 그의 숨소리가 약간 거칠다는 것을 깨달았다.

"저, 정말 쓸모없지요."

혼잣말처럼 말이 나왔다. 서로의 얼굴이 보이지 않았기에 가능한 일이었다.

"여기 온 후로 늘 문제만 일으켰지요. 열 명의 자식이 있었다 해도 이보다 당신을 괴롭히지는 않았을 텐데. 왜 당신을 따라 이곳에 온다고 했을까요. 이렇게 짐이 될 줄 알았더라면 처음부터 오지 않았어야 했는데."

"……아니."

어둠에 잠긴 얼굴만큼이나 어두운 목소리였다. 다프넨은 갑자기 목에서 울컥 솟아오르는 것을 누르느라 힘이 들었다.

"차라리…… 그냥 화를 내면…… 내 마음도 편할 텐데…… 아무것도…… 할 수 있는 것도 없고…… 처음부터 당신을 몰라서…… 대륙에 있었더라면 지금까지 살아남았을까…….”

숨을 삼켜야 했기에 말이 끊어졌다. 온갖 생각이, 모든 기억이, 한꺼번에 쏟아져 내렸다. 행복했던 추억조차 이제는 힘겨운 짐이었다. 그는 내려놓을 수 없었다.

"네가 있어서 좋았어."

후, 하는 한숨이 나직이 흘렀다.

"정말이야. 네가 없었다면 내게 행복이 있었을까. 대륙에서 목적도 없이 헤매고 있을 때 네가 내 앞에 나타나주었지. 도움을 받은 쪽은 나였어. 너 때문에 삶의 목적도 생겨났으니까. 이상한 일이야. 그때 넌 누구보다도 절망적인 상태에 있었는데, 난 너를 보며 희망이 무엇인지 느끼게 되었으니까."

나우플리온이 이렇듯 솔직하게 자신의 감정을 털어놓는 것은 처음 있는 일이었다. 그는 다프넨이나 다른 사람의 일은 직설적으로 말할 줄 알았지만 자신의 마음에 대한 문제만은 언제나 서툴렀다. 아니, 표현하지 않으려 했다. 간접적으로 한두 마디 하기만 해도 다프넨은 금방 느끼곤 했지만, 그렇다 해도 지금처럼 직접 털어놓는 말을 듣는 것과 같을 순 없었다.

"난, 나 자신과 내 삶에 대해서만은 언제나 위선자였지. 그래서 나 아닌 다른 사람들만이라도 정당하게 대하려고 애쓴 것 같아. 나는 한 번도 내가 원하는 인간이 되지 못했어. 흉내는 냈지만 결국은 이렇게 되돌아왔어. 너를 처음 만났을 때…… 기억나겠지? 내가 태평하고 쾌활해 보였겠지만, 그때 내가 지닌 기억 가운데 '후회'라는 낙인이 찍히지 않은 건 한 가지도 없었다."

어둠 속에서 나우플리온의 손이 움직여 흘러내린 머리를 쓸어 올렸다. 담담한 목소리에도 불구하고 손끝이 조금 떨리는 것이 보였다.

"너를 만난 것에 감사한다. 네가 무슨 짓을 한다 해도 네게 실망하거나 널 미워하지 않을 거다. 넌 바로 내 두 번째 삶이었으니까. 그러니까…… 이제 대륙으로 돌아가도 좋아."

가슴속에 비수가 들어와 박히는 기분이었다. 이미 그렇게 되리라고 생각했는데, 그걸 나우플리온의 입으로 들으니 왜 이렇게 마음이 아픈지 몰랐다. 아파서 숨조차 쉬기 힘들었다.

"제가 어디로 갈 수 있을까요? 당신을 만나기 전에 그랬듯 혼자가 되는 거겠죠? 다시 모든 사람을 경계하고, 누구와도 솔직하게 얘기하지 못하고, 좋아하는 사람 따위는 없는 그 땅으로 가서 지난 일들을 어떻게 잊지요?"

나우플리온은 고개를 세게 저으며 말했다.

"달라. 넌 이제 달라졌어. 넌 한층 더 강해졌고 모든 것이 좋아졌지. 내가 걱정하지 않아도 될 만큼……. 아아, 하지만

나도 할 수만 있다면 너와 함께 가고 싶구나. 둘이서 여행하던 그때로 돌아갈 수 있다면…… 정말 좋겠지."

두 사람 모두 한동안 말을 잇지 못했다. 머릿속에서 한 시절의 기억에 불이 밝혀지고 감정이 되살아났다. 그때는 나우플리온 한 사람만 곁에 있다면 다른 일은 어찌되든 상관없었다. 증오로 음모를 꾸미는 적과 그들에게 지지 않기 위해 강한 마음으로 맞서야 하는 자신도 없었고, 그리고…… 호수 속 영상에서 본 소녀가 누구인지도 몰랐다.

왜 그 시절에 계속 머무르지 못하고서…….

그러나 나우플리온은 곧 자신을 추슬러 현실로 돌아왔다. 그의 눈에 쓸쓸한 빛이 어렸다.

"삶에서 가장 좋은 순간은 언제나 덧없어. 너무도 빨리 가버려. 여름 오후의 좋은 빛을 잡아둘 수 없는 것과 같지. 이제 또다시 그런 때가 온 것뿐이야. 넌 자신을 원망할 필요가 없어. 난 오늘 같은 때가 올 것을 오래전부터 알고 있었거든. 언젠가는 갈 거라고, 그때는 붙들지 않겠다고 죽 결심해왔지. 나를 위해서 너를 내 곁에 주저앉히지 않겠다고 말이다. 내가 처음에 섬에 오겠다는 네 결정을 반대했던 것, 기억하고 있겠지?"

다프넨은 고개를 끄덕였다. 다른 어떤 말도 할 수가 없었다.

"그때부터 생각해온 일이었어. 때로는 기회가 오지 않으려는가 생각하기도 했었지. 하지만 리리오페가 무뎌져 있던 나를 다시 일깨워주었어. 널 돌려보내야 되는데, 내 행복 때문에 나도 모르게 잊고 있었지."

"절…… 처음부터 대륙에 돌려보낼 작정이셨다고요? 어째서죠?"

다프넨의 목소리가 떨렸다. 나우플리온이 고개를 조금 흔들더니 말했다.

"아마 어떤 순간에는 그렇게 생각하지 않았을 거야. 네가 내 옆에 있다는 것이 너무도 좋았으니까. 그러나 결국 최초의 생각이 옳다는 걸 느끼게 되는구나. 처음 만났을 때부터 네가 뼛속까지 대륙의 인간이란 걸 알고 있었어. 바람을 동굴에 가둘 수 없듯, 이 닫힌 사회가 네게 줄 것은 이제 없어. 자……."

나우플리온은 한 걸음 다가와 섰다. 다프넨도 자리에서 일어섰다. 달빛 때문에 푸르스름하게 빛나는 얼굴은 흡사 묘지에 세워진 조상彫像 같았다.

"나가거든, 렘므에서 날 기억하는 사람들에게로 가거라. 실버스컬 때문에 네가 대륙에 나갈 때 말해준 적이 있는 그들 말이야. 그 사람들이라면 네게 일자리를 쉽게 주겠지. 그만하면 기본은 충분히 가르쳤으니까 조금 더 노력한다면 검 한 자루로도 충분히 먹고살 만할 거야. 좀더 많이 기대한다면 더이상 방랑할 필요가 없는 땅도 갖게 되겠지. 아마 고향에는 돌아갈 수 없을 테니까……. 알겠어? 다시 한번 소개 편지를 써줄 테니까."

나우플리온의 검만 보고도 다프넨을 환대하던 사람들은 물론 다프넨을 받아들여줄 것이다. 혹시라도 있을지 모르는 트라바체스의 추적자들만 피한다면 오랫동안 평화롭게 사는 것도 가능할 것이다. 그러나 무슨 보람이 있을까? 누구를 사랑하며, 누구에게 진심을 털어놓으며 살아간단 말인가?

"이솔렛을 좋아하지?"

나우플리온이 불쑥 꺼낸 말에 다프넨은 말문이 막혀 어쩔 줄 몰랐다. 이렇게 직접적으로 물을 거라고는 생각지 못했기에 전부터 생각해둔 대답조차 하지 못했다. 아니라고, 이솔렛은 단순한 스승에 불과했다고 말해야 했는데, 도무지 입이 떨어지지 않았다.

"왜 그래. 나쁜 일이 아니야. 넌 열다섯 살인데 소녀를 좋아하는 것이 뭐가 이상하다는 거야. 전부터 쭉 알고 있었어. 그렇기 때문에 네 결정을 지지하는 거야. 아니었다면 리리오페에 대해서 좀더 시간을 두고 생각해보라고 했을지도 모르지. 하지만, 만약 오늘 네가 리리오페의 무리한 요구를 쉽게 받아들였더라면 나부터 화를 냈을지도 모른다."

나우플리온의 목소리는 솔직했다. 다프넨이 가장 좋아하는 그 목소리였다.

“마음을 쉽게 뒤집는 인간이야말로 아주 쓸모없어. 어쨌든 네가 정화 의식을 거부하고 공회당을 떠난 다음 긴급회의가 있었어. 섭정 각하와 사제들 전부가 모여 이야기했지만 끝내 너를 위해 좋은 결론은 나지 않았지.”

무어라 말을 할 수가 없었다. 나우플리온이 왜 그렇게 지친 모습이었는지 그제야 알았다. 그는 이 밤까지 다프넨의 권리를 위해 여러 사람들과 논쟁하고 싸웠을 것이다. 그리고 끝내 성공하지 못했기에 돌아와 그에게 떠나라고 말하고 있는 것이다.

“하루의 유예가 주어졌을 뿐이야. 섭정 각하는 네가 마음을 바꾸기만 한다면 리리오페와 약혼하는 날 정화 의식을 다시 거행하도록 하겠다고 말씀하셨어. 네가 섬에 남기를 택한다면 수일 내에 리리오페와 약혼하게 되고 그것은 무슨 일이 있어도 깨지 못해. 다른 약혼도 쉽사리 깰 수 없는 것이지만, 이것은 차기 섭정의 배우자라는 중요한 지위를 결정하는 문제니까. 그렇기에 심지어 리리오페의 마음이 바뀐다 해도 무효로 하진 못한다.”

거기까지 빠르게 말한 나우플리온은 숨을 한 번 크게 들이쉬면서 입을 꽉 다물었다. 이 부분을 놓고 그가 얼마나 싸웠을지 짐작이 갔다. 어쩌면 섭정은 그것조차 자비를 베풀었다고 생각하고 있을지 모른다. 그건 아마 리리오페가 여전히 뜻을 꺾지 않았기 때문일 것이고…….

"섭정 각하께선 리리오페가 열일곱 살이 되면 결혼시키겠다고 말씀하시더군. 섭정 각하는 오래전 부인이 대륙으로 떠나버린 후로 여자들을 신뢰하지 않기 때문에 비록 자신의 딸이라 해도 섬을 다스리기에 적합하지 않다고 생각하는 것 같아. 그러니 네가 그분의 사위가 된다면 나중엔 실질적인 섬의 지배자 역할을 하게 될지도 모르겠다."

그렇게 된다면 제로의 희망을 원 없이 이뤄줄 수 있을 것이다……. 그러나 동시에 다프넨과 이솔렛, 그리고 리리오페까지도 다시는 행복해지지 못할 것이다.

"하지만 네가 끝내 정화 의식 받기를 거절한다면, 리리오페와 약혼할 필요는 없게 되지만 섬을 떠나야 하는 것은 물론이고 다시는 이곳으로 돌아올 수 없어. 만일 우연히 대륙에서 섬사람과 마주친다 해도 그는 너를 아는 체하지 않을 거고, 너도 마찬가지다. 그리고 너도 알다시피 섬을 떠나는 자는 청석 그릇에 머리카락을 남기게 되는데 그것은 섬의 비밀을 대륙 사람들에게 발설하지 못하게 하는 마법적인 장치야. 그러므로 평생토록 섬의 일은 완전히 잊고 살지 않으면 안 돼. 나에 대해 말하자면…… 아마 다시 대륙에 나가는 일은 없을 테니까 재회는 무리겠지."

그 순간 다프넨은 감정이 북받쳐 소리쳤다.

"저, 떠나고 싶지 않아요! 당신이 없는 곳으로 가고 싶지 않아요! 정말로, 당신 때문에 그동안 행복했는데……. 차라리 여기 남으라고 말해주지 않고서……."

"만일 남으면, 너는 다시는 이솔렛의 얼굴을 보지 못하게 될 텐데?"

다프넨은 입술을 떨면서도 대답하지 못했다. 나우플리온은 타이르듯 차근차근 말했다.

"만일 그렇게 되면 그때부터는 이솔렛의 그림자조차 네 손에 닿지 않게 돼. 너와 이솔렛, 모두가 불행해져. 그걸 원해? 그건 아니잖아."

다프넨은 갑자기 나우플리온을 껴안았다. 아직은 그보다 키가 작았기에 그의 머리는 꼭 나우플리온의 턱에 닿았다.

"오래 살 수 없다는 것…… 알고 있어요."

순간적으로 나우플리온의 어깨가 움찔 흔들린 느낌을 받았다. 그러나 이어 들려온 대답은 너무도 담담했다.

"무슨 소리야? 네가? 아니면 내가?"

"모르는 체하지 말아요! 나우플리온…… 당신, 오래전에 일리오스 사제님이 돌아가실 때 괴물한테 상처를 입었잖아요. 낫지 않는 상처인데 일리오스 사제님이 치료해줘서 겨우 십 년쯤 더 살 수 있게 된 거잖아요. 다 알고 있어요. 이솔렛에게 당시 이야기를 하지 않은 건, 그게 일리오스 사제님의 실수였기 때문이죠? 아니, 실수가 아니라 고의였던 거죠? 그때 열두 살이었던 이솔렛이 이제 열아홉 살이니 남은 것은……."

갑자기 나우플리온이 다프넨의 몸을 밀어냈다. 다프넨의 뺨을 감싸면서 눈을 똑바로 내려다봤다.

"그런 이야기를 어디서 들었지? 아니, 들을 수 있는 이야기도 아니지. 그때 그 자리에는 나와 일리오스 사제님밖에 없었으니까. 난 누구에게도 이야기한 적이 없어. 자, 어떻게 된 거야? 누군가가 그렇게 추측하던가?"

"제가 저번에 오이지스의 일로 유령들에게 갔다 온 것, 기억하시죠?"

그때 다프넨이 나뭇조각에 써놓고 간 글귀를 본 나우플리온은 그가 어디에 갔는지 알았고, 이번에는 그가 돌아올 때까지 안전하게 비밀을 지켜주었다. 그제야 나우플리온의 얼굴에 당황한 빛이 번졌다.

"유령들이 그런 것을 말해줬단 말이야? 왜지? 넌 오이지스 때문에 그들에게 갔잖아?"

"유령들이 말해준 것이 아니라…… 그들을 만나러 가는 길에 이상한 숲이 있어요. 과거의 사람들이 멋대로 나타났다가 사라지는 곳이죠. 심지어 저와 아무 관련이 없어 보이는 사람들까지도 보여줘요. 유령들은 그걸 마음의 숲이라고 불렀어요. 그곳에서 전 일리오스 사제님과 당신의 모습을 봤어요. 비록 그림자였겠지만……."

나우플리온은 한동안 말이 없었다. 조금, 아주 조금 더 시간이 흐른 뒤에 갑자기 나우플리온은 피식 웃음을 터뜨렸다. 그것은 자조적인, 또는 자포자기한 미소 따위가 아니라 어이없어하는 웃음이었다.

"그래, 그런 것이 있을 줄은 생각도 못 했구나. 이거 정말 당황하지 않을 수가 없는데. 그래, 네 말대로야. 내가 그때의 일을 사람들에게 말하지 않은 건 일리오스 사제님이 한 행동을 이솔렛에게 알리지 않으려 했기 때문이었어. 그러나 그분에게도 이유는 있었어. 그분은 나를 오랫동안 미워하셨지만 그날 결전중에 내가 위기에 처했을 때, 저도 모르게 그분의 첫 제자인 안테모에사 대신 나를 구하고 말았어. 너도 싸운 일이 있으니 알겠지만 그 괴물은 발톱 같은 것을 멀리까지 뻗어서 여러 사람을 공격하잖아. 일리오스 사제님이 막아준 덕택에 나는 상처만 입은 대신 안테모에사는 그 자리에서 죽었지. 워낙 자존심이 강한 분이라 자기 속마음을 쉽게 받아들이는 법이 없었기 때문에, 자신이 하신 행동에 오히려 충격을 받으셨어. 그분은 스스로에게 화가 난 나머지 괴물을 죽이면서 그 안에 있는 붉은 심장……. 아, 너도 보았으니 알겠지?"

다프넨은 말없이 고개를 끄덕거렸다.

"그 보석을 일부러 부숴버렸어. 그걸 남겨뒀더라면 나를 치료할 수 있다는 걸 이미 알고 계셨는데 말이야. 그런 다음…… 뒷이야기도 알고 있어? 나의 검과 그분의 검에 대한 이야기 말이야."

다시 고개만 끄덕였다.

"정말로 다 아는가 보구나. 일리오스 사제님은 가난하고 고리타분한 부모 밑에서 태어났기 때문에 검술을 배우기 위해 필요한 검 한 자루도 구할 수가 없었다고 해. 그분의 부모님은 자신의 아들이 너무 재능이 많은 걸 보고 섬의 높으신 분들이 시기할까 두려워 아무것도 가르치지 않으려 했거든."

오래된 이야기가 이어졌다. 옛날, 나우플리온이 태어나기도 전에 티엘라의 계승자였던 검의 사제 덴트로는 탐욕스러운 자였다. 당시 티엘라를 배우고 싶어 하는 아이들이 줄을 서는 상황이라 그자는 대놓고 금품을 가져와야만 아이들을 제자로 받아주었다. 어린 일리오스는 티엘라를 배우고 싶어 찾아갔지만, 매정하게 거절당하고 말았다. 덴트로는 바칠 금품이 없는 것은 물론, 비굴하게 굽히지도 않는 아이를 가르칠 마음은 애초부터 없었다. 일리오스가 섬의 법도를 조목조목 따지고 들며 가르쳐달라고 버티자 덴트로는 비웃으며 '연습용 검이 모자라서 가르칠 수 없으니 티엘라에 쓸 쌍검을 직접 구해오라'는 조건을 내걸었다. 그건 대단히 어처구니없는 요구였다. 가르쳐주지 않겠다는 말과 다름없었다.

당시에는 섬의 대장간 기술도 지금 같지 않아서 좋은 검이 드물었기에 자기 검을 가진 아이들은 좋은 집안 출신의 몇 명에 불과했다. 지금은 열다섯 살이 되지 않은 아이들은 검을 지니지 못하지만, 당시에는 달랐다고 했다. 그후 사고가 몇 번 일어나 그런 법도가 생겨났다.

대략 알던 것 이상의 이야기였기에 다프넨도 귀를 기울였다. 당시 마음의 숲에서 본 것만으로는 두 사람의 검을 모두 오이노피온이 만들었다는 사실이 왜 그렇게 중요한지 이해하지 못했다.

"그때 내 스승이셨던 오이노피온 님께서는 도검 제조에 상당한 실력이 있으셨지만 솔직히 게으르셔서 재료만 모아두고 썩히곤 했던 모양이야. 당연히 사람들은 그분이 검을 만든다는 것도 몰랐지. 결국 나도 전해들은 셈이지만…… 일리오스 사제님은 난데없이 누군가 놓고 간 티엘라 쌍검을 얻게 되었고, 그걸로 당당히 덴트로 사제님의 제자가 되었어. 끝내는 쫓겨나게 되지만 그건 다른 이야기고……. 어쨌든 일리오스 사제님은 그 검을 준 사람에게 보답하고 싶어서 열심히 알아보셨던 모양이지만 스승님의 친구였던 대장장이 아저씨가 입을 다물었기 때문에 결국 알아내지 못했지."

"그래서 마지막 순간 당신의 검을 보고, 자신이 받은 검의 정체를 알게 된 거군요? 저도 대륙에서 그 검에 피를 묻혔을 때…… 이솔렛이 자신의 검에도 똑같은 글자가 새겨져 있다고 해서 무슨 영문인지 궁금했어요.”

나우플리온은 계속해서 웃고 있었다. 무엇이 그렇게 우스운지 몰랐다.

“그렇게 마지막 순간 모든 상황을 알게 된 일리오스 사제님은 굉장히 화를 냈어. 나도 그분의 심정을 이해해. 그분은 옛날에 티그리스를 배우겠느냐는 우리 스승님의 제안을 거절한 적도 있고, 그후로도 중요한 전통의 전승자인 주제에 검술은 형편없고 게다가 섬에서 금지된 술이나 만들어 마시는 스승님을 아주 보기 싫어했거든.”

나우플리온은 어깨를 올렸다 내리며 눈을 가늘게 떴다.

“일리오스 사제님은 말이야, 본인이 천재인데다 심지어 노력가였다고. 얼마나 무섭냐? 그런 사람은 능력 없고 게으른 사람을 눈뜨고 못 보거든? 그런데 그렇게 무시했던 우리 스승님은 이미 돌아가셨는데, 뒤늦게 그분이 결정적인 은혜를 베풀었다는 사실을 알게 된 거야. 그것도 그분의 유일한 제자인 나를 되살릴 마지막 방법을 일부러 없애버린 직후에 말이야. 완벽주의자인데다가 빚지고 못사는 성미인 그분이 어찌 그 상황을 버텼겠어. 아마 돌아가실 때도 마음이 불편하셨을 거야.”

일리오스가 자신에게 저지른 일은 생각지도 않는 것처럼, 아무렇지도 않게 말하는 모습을 보자니 마음이 아팠다. 작게 한숨을 내쉬는데 나우플리온이 다시 푸훗, 하고 웃더니 말했다.

"너 지금 내가 불쌍해서 한숨 쉬고 있지?"

농담을 받아칠 기분이 아니었다. 그런데 나우플리온이 고개를 저으며 이번엔 소리 내어 웃기 시작했다.

"네가 모르는 것이 한 가지 있는데 말이야……. 영 추론 능력이 부족하구나. 난 죽지 않아. 뭐 하긴 언젠가 죽긴 하겠지만 어쨌든 올해나 내년이나 후년에 죽을 예정은 없다 이 말이야. 내 상처는 이미 치료되었거든. 자, 왜인지 맞혀봐라."

"뭐라고요?"

기쁘기도 하고 놀랍기도 한 나머지 추리나 하고 있을 계제가 아니었다. 다프넨은 몇 번이나 다그쳐 물었다.

"그게 정말이에요? 정말로 치료되었단 말인가요? 어떻게요? 도대체 어디서…… 그걸 고칠 수 있는 건 괴물의 몸에서 나온 보석 말고는……."

"그래, 네 말대로야. 그것 말고 고칠 방법은 없어."

"그러면 그걸 어떻게 구한단 말이에요? 괴물이 다시 나타나지 않은 다음에야……."

그 순간 다프넨은 말을 멈췄다. 괴물은 나타났었다. 자신과 이솔렛이 저 윗마을에서 싸우지 않았던가?

"그럼, 저번에 그……."

"이제 안 거냐? 그래. 그 괴물도 똑같은 놈인데 같은 심장을 갖지 않았을 리 있겠어. 이솔렛도 그때 나았잖아? 그걸로 똑같이 치료한 거야. 나와 그 애 모두 다 나았지."

"그때는 모르페우스 사제님 덕택이라고 하지 않았어요?"

"그럼 사람들 앞에서 괴물이 다시 나타났었다고 말해야겠냐?"

말문이 막혔다. 동시에 나우플리온이 거짓말을 하고 있지 않다는 확신이 섰다. 그렇게 생각한 순간 다프넨은 기쁜 나머지 다시 한번 나우플리온을 덥석 끌어안고 말았다.

"정말이란 말이죠? 아……. 너무 잘됐어요. 왜 진작 이야기하지 않았어요? 제가 얼마나 마음고생했는지 알아요?"

"너야말로 유령들 틈에서 그런 걸 봤으면 빨리 나한테 물어봤어야 되는 것 아니냐?"

"하지만 그런 말은…… 그리 쉽게 꺼낼 수 있는 게 아니라고요……."

한 가지 시름이 덜어졌다고 생각했을 때, 나우플리온이 다시 어조를 바꾸어 말했다.

"그러니까 내 걱정은 하지 말고 여길 떠나란 거야. 너와 이솔렛은 아직 젊으니까 언제고, 정말 언제고 다시 만날 기회가 있을지도 모른다. 그렇게 생각하는 편이 서로 배신감을 느끼며 외면하는 것보다는 훨씬 낫지. 난…… 네가 대륙에서도 충분히 잘살 거라고 생각한다. 난 널 잘 키웠으니까. 그렇지 않냐?"

나우플리온은 대답을 기다리지 않고 다시 웃었다. 그리고 침대를 가리키며 말했다.

"난 내가 할 수 있는 조언을 다 했어. 어미 새 둥지에서 영영 살 수 있는 새는 없으니까. 네가 대륙에서 이름을 날려서 그 얘기가 내 귀에까지 들려오길 기다리는 것도 나름대로 괜찮겠지. 그러니 오늘밤은 푹 자둬. 내일은 힘든 결정을 해야 하니까 말이야."

나우플리온은 버릇대로 신발을 대강 벗어놓고 침대에 벌렁 드러누웠다. 다프넨은 망연자실하게 그 모습을 바라보다가 이윽고 자신의 침대로 가 누웠다.

나우플리온이 일부러 가볍게 말해도 결국 영원한 이별이라는 것을 알고 있었다. 잠을 이룰 수가 없었다. 이 순간 소원이 있다면, 그가 바랄 것이 있다면 무엇일까.

나우플리온은 금세 잠든 듯 조금 후엔 나직이 규칙적인 숨소리를 냈다. 돌아누운 그의 높은 등을 바라보며 다프넨은 작게 속삭였다.

"나…… 당신을 정말로 좋아해요……. 차라리 아무것도 모르도록 이대로 돌아버리기라도 했으면, 잠들어 영영 깨어나지 않았으면 좋겠어요. 내일 아무 일도 일어나지 않도록, 어떤 결정도 할 필요가 없도록, 여기서 시간이 멈춰버렸으면 좋겠어요."

Forevermore

그러나 날은 어김없이 밝아왔다.

끝내 다프넨은 다른 결정을 내리지 못했다. 추방이 결정되었고, 많은 사람이 동요하는 가운데 머리카락을 잘라 청석 그릇에 남기는 의식도 끝이 났다. 다음번 검의 사제가 되리라고 생각했던 소년, 일리오스에 이어 두 번째로 섬에 실버스컬을 가져왔던 소년, 그가 리리오페와 약혼한다면 약속될 수많은 특권들을 내던지고, 왔던 것처럼 빈손으로 섬을 나가는 것이다.

사제들의 호의로 추방되기 전에 단 하루의 유예가 주어졌다. 그날 아침 일찍 다프넨은 혼자서 이솔렛과 찬트를 연습하던 산등성이로 올라갔다. 비밀의 계단들을 차례로 딛고 샘이 있는 곳까지 갔다.

너무 오랜만이라 전처럼 보이지 않는 돌들을 쉽사리 딛지 못하고, 작은 돌을 몇 개 가져가 하나씩 던져놓고 표지로 이용했다. 이솔렛을 잊기로 마음먹은 후로 일부러 오지 않은 터라, 에키온이 돌 하나를 없애버렸던 일을 깜빡 잊고 발을 헛디딜 뻔하기도 했다.

샘은 전과 다를 것이 없었다. 흰 새 두 마리가 물을 쪼고 있다가 다프넨이 오자 물러났다. 흰 새들은 이솔렛의 곁에서 찬트를 노래하던 다프넨을 기억하고 있었기에 달아나지 않았다. 다프넨은 그곳에 천으로 싼 책 한 권을 내려놓았다. 제로가 그에게 주었던 책, 『가나폴리 이주의 역사』였다.

전날 밤 잠 못 이루며 이솔렛에게 어떤 식으로든 자신의 마음을 전달하고 싶다고 생각했으나 딱히 좋은 방법을 떠올리지 못했다. 비록 나우플리온이 아무렇지도 않게 그녀를 좋아하는 걸 안다고 말했지만, 자신은 두 사람이 예전에 약혼하지 않았느냐는 말을 차마 꺼내지 못했다. 둥지를 비집고 들어온 어린 뻐꾸기처럼, 그를 아끼고 지켜준 사람에게 아무것도 해주지 못하고 떠나는 자신이 싫었기에, 어제 그런 이야기를 들었다 해서 나우플리온 앞에서 이솔렛에 대한 감정을 내보일 생각은 없었다.

고민 끝에 생각해낸 것이 이 책이었다. 그는 지난번에 이솔렛이 마음을 바꾼 듯 리리오페와 정면으로 대립하는 모습을 보았다. 그런 그녀를 지켜주지 못하고 떠나는 자신이 무엇을 할 수 있을까 생각했다. 그러다가 아직까지 가나폴리와 옛 왕국이 동일한 곳임을 모를 그녀에게 섭정에게 대적할 무기로서 이 책을 주면 어떨까 생각했던 것이다.

아니, 어쩌면 책 자체는 부질없었다. 다프넨이 하고 싶었던 건 단지 이솔렛에게 무언가, 그게 무엇인지도 모르지만 그렇더라도 무언가 표지를, 존재를 전하고 싶었던 것밖에 없었다. 그게 책이었든 편지였든, 심지어 그냥 돌멩이 한 개에 불과하더라도 상관없었다.

이솔렛이 그 무언가를 보며 자신을 기억하길 바랐다. 적어도 떠나는 순간 당신을 생각했다는 것을, 그게 아니라 해도 그녀가 그 책을 보며 다프넨의 마음을 한 번이라도 생각해준다면……. 아니, 실은 자신이 무엇을 원하는지도 몰랐고 그저 이대로 떠나기엔 너무도 안타까워, 뭔가 하지 않고는 견디지 못했다는 것이 가장 진실에 가까운 답이었다.

다프넨은 책을 내려놓았고, 잠시 머뭇거리다가 그 자리를 떠났다.

오후에 다프넨은 제로를 찾아갔다.

제로는 여전히 낡은 집에 살고 있었다. 그런데 문을 여는 순간 흠칫 놀랄 수밖에 없었다. 일전에 난장판이었던 집을 분명히 기억하고 있는데, 물건들이 말끔히 정리되어 제 자리를 갖고 있는 것이 아닌가? 거기서 다프넨은 자신을 향해 멋쩍게 웃는 낯익은 얼굴을 발견했다.

"응……."

오이지스였다. 그는 전처럼 책을 한아름 안고 있었다. 곁에 앉아 있던 제로가 물었다.

"누가 왔지?"

"다프넨이에요."

오이지스는 제로의 눈인 양 그렇게 대답하더니 책을 내려놓고 다프넨에게 왔다. 집안을 둘러보니 전에 다프넨이 가져왔던 책 몇 권은 물론이고, 이미 수십 권에 달하는 책들이 어느새 한쪽에 생겨난 서가에 차곡차곡 쌓이는 중이었다.

"정말로 떠나는 거야?"

자신을 올려다보는 오이지스의 눈동자는 예전보다 침착했다. 그를 알게 된 후 처음으로 한 살을 더 먹은 눈이었다.

"가지 않았으면 좋겠지만……."

오이지스도 정화 의식을 구경하는 사람들 사이에 있었기 때문에 일의 전말은 알고 있었다. 무슨 말을 할까 말까 하며 오이지스는 여러 번 머뭇거렸다. 다프넨이 말했다.

"너도 알고 있지?"

"응……."

오이지스도 바보는 아니었다. 그동안 또래 아이들 중에 다프넨과 가장 가까이 지냈는데, 이솔렛과 다프넨의 사이를 눈치채지 못했을 리 없었다. 다시 오이지스가 입속으로 웅얼거렸다.

"정말 이상한 일이야. 나 말이지, 전에 아팠을 때 꿈에서 우리 조상님들을 봤어. 얼굴은 모르겠고, 굉장히 목소리가 듣기 좋았던 것만 생각이 나. 그분이 나한테…… 어서 돌아가라고, 너를 볼 날이 얼마 남지 않았다고 말씀하셨어."

목소리가 좋다는 말을 듣는 순간 엔디미온의 아버지인 섭정왕이 생각났다. 섭정왕이 약속을 지켰기에 오이지스가 이렇듯 다시 건강해진 것이다. 섭정왕은 다프넨에게 이런 일이 닥칠 것을 이미 알고 있었단 말인가?

"나는 혹시 네가 전처럼 위험해지는 것은 아닐까 걱정했는데, 이제 생각하니 그게 이런 이야기였구나 싶어. 나 이상하지……. 전 같으면 네가 없이 어떻게 지낼까 하고 많이 울었을지도 모르는데, 오늘은 너를 봐도 눈물이 나지 않네."

다프넨은 그제야 입가를 약간 움직이며 미소를 보였다.

"네가 컸다는 증거야, 꼬마야."

잠시 후 오이지스가 불쑥 물었다.

"대륙에는 찾아갈 사람이 있니?"

다프넨은 웃으며 그냥 고개를 끄덕여 보였다. 조금 후 오이지스가 자리를 비웠을 때, 제로는 놀랍게도 이런 말을 했다.

"이솔렛을 데려가거라."

다프넨은 무슨 표정을 지어야 좋을지 몰라 멈칫했으나, 조금 후 그가 눈이 보이지 않는다는 사실을 다시금 떠올렸다. 제로가 그와 이솔렛의 일에 이토록 확신을 갖고 있을 줄은 몰랐다. 이제 와서 부인하는 것도 소용없겠다 싶어 짧게 말했다.

"허락할 사람이 아니잖습니까."

"시도조차 해보지 않을 거니?"

다프넨이 얼른 대답하지 못하자 제로는 보이지 않는 눈을 다프넨의 눈, 아니 실은 이마와 미간 사이 정도에 맞추었다.

"어떤 결정을 했을 때 모든 사람이 그걸 축복하리라 생각해선 안 돼. 미래에 올 가장 좋은 결론을 생각하는 거야. 너희 둘이라면 분명 대륙에서도 행복할 거다. 아니, 오히려 이곳보다 거기가 낫지."

제로의 소원을 들어주지 못한 일이 다시 마음에 걸렸다. 리리오페의 약혼자가 되었더라면 모든 것이 가능했을 것이다. 그러나 제로는 그런 것을 언급하지 않았다.

이윽고 다프넨은 말했다.

"그건 아마 최선 이상의 것이겠지요. 그렇기에 더더욱 제 것이 아닌 듯하군요. 제게 그런 행운이 주어지지 않는다는 것을 잘 압니다. 이솔렛에게 그녀의 아버지가 살았던 땅을 영영 뜨라는 말 같은 건 도저히 못 하겠어요. 제가 멋대로 품었던 마음을 배신하지 않으려다가 이렇게 된 것뿐, 이솔렛이 제 마음을 알아주느냐 마느냐 하는 것은 이미 논외였고요. 제가 어찌 그 이상의 것을 바라겠습니까. 그녀도 제 행동으로 상처 입은 여러 사람들 가운데 하나인걸요."

다프넨이 마지막으로 찾아간 사람은 데스포이나였다.

그녀는 시중드는 아이가 다프넨의 방문을 알리고, 다프넨이 들어와 인사를 할 때까지도 묵묵히 시선을 다른 곳에 두고 있었다. 데스포이나의 마음이 많이 상했다고 생각한 다프넨은 쉽사리 입을 열지 못하다가, 한참 뒤 이렇게 말했다.

"제게 주셨던 이름을 돌려드릴 때가 왔나 봅니다."

데스포이나가 천천히 눈을 돌려 다프넨을 보았다.

"가기로 했으면 어서 가거라. 왜 섬 곳곳을 다니며 남을 사람들에게 너의 흔적을 더하는 것이냐."

데스포이나가 다프넨에게 이렇게 무미건조한 어조로 말하는 것은 처음이었다. 다프넨은 고개를 숙였다. 할말이 생각나지 않았다.

"넌 대륙으로 돌아가더라도 혼자 잘살아가리라 생각한다. 그러니 이곳 일은 지워버리고 다시는 떠올리지도 말거라. 돌아오지 못할 몸이 된 바에야 그리워하고 안타까워한들 아무 소용이 없으니 말이다."

목소리만큼 내용도 가차없게 느껴졌다. 다프넨은 어쩔 줄 몰라 하며 데스포이나의 얼굴을 바라보았다. 그러나 그 순간, 다프넨은 그녀의 주름진 눈가에 어린 물기를 보았다.

"내 너를 조카처럼 생각했거늘……."

한때 다프넨에게 이솔렛을 포기하지 말라고 말하기도 했던 데스포이나였다. 다프넨이 리리오페를 받아들이지 않았다고 탓할 그녀도 아니었다. 근본적으로 그런 일에 찬성하지도 않았다. 이솔렛에 대해서는 오래전 어려운 약혼을 만들어냈다가 하루 만에 깨어지는 것을 보았고, 그랬기에 고립을 택한 그녀가 이제라도 다프넨과 행복해지기를 간절히 바라왔다.

그러나 오늘 데스포이나는 떠나는 다프넨을 보며 허망해하고 있었다. 처음 다프넨이 섬에 들어왔을 때는 단지 나우플리온이 함께 돌아와주었다는 것 때문에 기뻐했다. 그러나 이 년 동안 그들을 지켜보면서 두 사람의 행복이 별개가 아님을 알았고, 연달아 시련이 닥치는 가운데서도 쉽사리 꺾이지 않는 다프넨을 보며 어린시절의 나우플리온을 겹쳐 보게 되었다. 마침내 그녀는 다프넨도 혈육처럼 살갑게 여기게 되었던 것이다.

다프넨에게 이름을 주고, 윈터러의 일을 덮어주고, 미래를 느끼기까지 했던 일들 모두가 헛된 것이 되어버렸다. 다프넨이 두 번째 실버스컬을 섬으로 가져왔을 때 얼마나 기뻐했던가. 그의 장래가 밝다고 느끼고, 사제가 되도록 힘써주겠다고 생각한 것이 겨우 올해 초의 일인 것이다.

비록 다프넨이 대륙 사람의 성품이 강하다는 것을 알았지만 이렇게 빨리 모든 인연이 끝나게 될 줄은 그녀조차도 짐작하지 못했다. 장래 다프넨이 나우플리온의 뒤를 잇고 이솔렛과 행복해진다면 그보다 좋은 일이 없을 거라고 쭉 생각했다. 사제가 되기 전에 대륙으로 잠시 보내주는 일쯤이라면, 결코 어렵지 않았을 터인데…….

다프넨은 그런 데스포이나의 심정을 조용히 헤아렸다. 위로할 방법 역시 없음을 알았다. 그저 고개를 푹 숙인 채 자신이 실망시킨 나이든 사제의 발끝을 내려다볼 뿐이었다.

"네가 추방되면, 섬에서 배운 것은 모두 잊지 않으면 안 된다. 섬의 문물이며 사람들에 대해 발설해선 안 되는 것은 물론이고, 섬의 이름조차 언급해서는 아니 된다. 너는 신성 찬트를 배웠지만 다시는 그것을 써서는 아니 되느니. 네가 찬트를 완전히 버리게 하려면 목소리를 폐함이 가장 나은 방법이나 그리함은 너무 잔인하므로, 네게 권하노니 다시는 노래하지 않도록 해라. 찬트는 체화되는 힘이므로 저도 모르게 너의 노래에 실려 결심을 저버리게 할 수가 있느니라."

어려운 주문이었는데도 다프넨은 짧게 대답했다.

"그렇게 하겠습니다."

"나우플리온이 네게 티그리스를 가르쳤느냐?"

다프넨은 말없이 고개를 저었다.

"그렇다면 너의 검술은 여전히 네 것이겠구나. 만일 티그리스를 배웠더라면 검술조차 폐하지 않으면 안 되었을 것이다."

섬의 법도는 잔인하여 '폐한다'는 것은 혀를 잘라 내거나 또는 손목을 자르는 것까지를 의미했다. 다프넨은 데스포이나가 아직도 은연중에 자신에게 관용을 베풀고 있음을 알았기에 그녀의 말에 서슴없이 따르겠다고 대답했다.

그러고서 둘 다 한참 동안 말이 없었다. 다프넨은 오랫동안 말을 고른 끝에 입을 열었다.

"사제님께서 하루빨리 저 같은 자를 잊으시길 간절히 바랍니다. 그러나 저는 사제님을 잊지 못할 것입니다. 어머니 없이 자란 저는 사제님과 같은 분을 대하는 것이 서툴러서 지금까지 줄곧 실수만 했습니다. 하지만…… 늘 고마워하고 있었습니다."

데스포이나는 시선을 내리깔고 있다가 이윽고 긴 한숨을 내쉬며 말했다.

"가거라. 내 떠나는 곳에는 나가보지 않을 것이다."

다프넨은 일어섰다. 나가기 전에 깊이 허리를 굽혔다. 마음속에 안타까움과 연민이 가득찼다. 그것이 누구를 향한 것인지, 자신인지, 남게 될 사람들인지는 불분명했다.

다프넨이 문을 나서려 했을 때 데스포이나가 탄식했다.

"어떤 때는 영리한 자 하나의 판단보다 수많은 사람들의 근거 없는 두려움이 더 현명할 때도 있구나. 이제 내가 살아 있는 한 다시는 섬에 외인의 아이를 받아들이지 않으리."

일을 결정하고 시행함에 있어 여유를 두는 법이 없는 섬에서 다프넨의 추방이 하루 연기된 것도 이례적인 일이었다. 하루는 순식간에 지나갔다. 다음날 해가 서편으로 한 뼘 기울자 이미 마을을 떠나 선착장으로 가야 할 시각이었다.

다프넨이 섬에서 보낸 마지막 한나절은 슬플 정도로 날씨가 좋았다. 그러나 떠나야 할 시각이 다가올수록 다프넨은 점차 안절부절못하며 무언가 빠뜨린 것이 있는 것처럼 허둥댔다. 만나야 할 사람들도 만났고 정리할 것도 다 정리했는데, 자꾸만 무언가가 부족했다. 결국 다프넨은 다시 한번 비밀의 계단이 있는 곳으로 올라가고 말았다.

무엇을 기대했을까.

샘이 있는 곳까지 올랐을 때 다프넨의 뺨은 극도로 상기되어 바람조차 칼날처럼 아프게 느껴질 지경이었다. 책을 놓았던 곳을 보며 그는 몇 번이나 눈을 깜박거렸다. 책은…… 사라지고 없었다.

대신 말린 약초를 넣을 때처럼 지갑 모양으로 한 바퀴 돌려 감은 하얀 무명 천조각이 돌에 눌린 채 놓여 있었다. 그 천의 재질조차 이솔렛을 연상시켰기에 다프넨은 저도 모르게 그것을 집어 들었다. 감겨진 천을 푸는 순간, 주위의 모든 것이 정지했다.

한 줌의 머리카락이 들어 있었다.

망연히 건너편 봉우리를 보고, 다시 무명 천 위의 금빛 머리카락을 보았다. 눈앞이 흐려졌다. 견디기 힘든 감정이 북받쳐 올라 무어라 크게 외치고 싶은 기분이었다. 그러면서도 아무도 모르는 곳에 숨어 자신만의 감정을 되새기고 싶었다. 바람이 불어와 머리카락 몇 가닥을 날려보냈다. 그는 천을 감아 주머니에 넣고, 그 자리를 떠났다.

선착장으로 떠나는 다프넨의 짐이라고 해보았자 나우플리온이 준 검과 윈터러까지 검 두 자루, 그리고 작은 등짐이 전부였다. 처음 섬에 올 때와 크게 달라진 것도 없는 단출한 여장이었다. 그 자리에 리리오페는 나오지 않았다.

다프넨은 차마 나우플리온의 얼굴을 볼 수가 없었다. 마치 다프넨이 실버스컬이라도 갔다가 돌아올 줄 아는 사람처럼 가벼운 표정을 하고 있었기에 더더욱 바라볼 수가 없었다.

데스포이나는 자신의 말대로 이곳에 나오지 않았다. 대신 난데없이 나와 서 있던 테스모폴로스 사제가 불쑥 말했다.

"내, 대륙과의 교류를 책임진 사제로서 말하는 것인데, 대륙으로 나간 뒤에는 섬의 일을 발설할 수 없음은 물론이거니와 이곳에서 배우고 익힌 것도 사용해서는 안 된다. 내가 알기로 너는 신성 찬트를 배웠는데 그것은 옛 왕국으로부터 내려오는 섬의 중요한 전통이지. 따라서 너는 그것을 결코 사용해서는 안 된다."

데스포이나에게 다 약속한 일이었지만 다프넨은 알았다는 의미로 고개를 숙였다. 사실 이솔렛을 포기했을 때 찬트도 포기했는데, 그후로 몇 번인가 쓰고 말았다는 생각이 들었다.

테스모폴로스도 다프넨이 섬에 도착하자마자 만났던 사람들 중 하나였다. 늘 조금쯤 불편했던 상대였지만 떠나려 하니 그런 마음도 들지 않았다. 그의 경고조차도 좋은 충고로 느껴질 지경이었다.

뜻밖으로 헥토르도 다프넨을 기다리고 있었다. 그는 단지 짧게 말했다.

"나도 언젠가는 대륙에 나가 있는 임무를 받을까 한다."

다프넨은 인사 대신 고개만 끄덕였다. 헥토르와는 다시 만나게 될지도 모르겠다는 기분이 든 것이 이상했을 뿐이었다.

마을 입구에서 다프넨은 처음 마을에 들어왔을 때 머플러를 한 남자들이 주었던 메달을 반환했다. 그러자 그 순간부터 섬의 모든 것이 달라 보였다. 마을은 언뜻 보호색을 띤 듯했고, 늘 보던 마을 벽에는 이끼를 비롯한 작은 식물들이 무수히 자라 폐허를 연상케 했다. 이 모든 것들이 혹시라도 있을지 모를 침입자를 막기 위한 환각 마법의 힘이라는 걸 다프넨도 알고 있었다.

왔을 때는 몰랐지만, 이제는 마을을 둘러싼 숲을 건너뛰어 선착장 앞으로 이어지는 전이문轉移門의 존재도 알고 있었다. 거기가 마지막이었다. 문으로 들어가면 순식간에 맞은편 숲 경계로 나가 그를 기다리고 있는 호송자들을 만날 것이다. 그들과 배를 타고 바다로 나갈 즈음엔 누구의 얼굴도 보이지 않을 것이다. 다프넨은 이제 추방자였기에 예전 실버스컬 원정단에게 했던 선착장에서의 전송은 허락되지 않았다.

마지막 순간, 다프넨은 나우플리온의 얼굴을 보려 했다. 나우플리온은 다프넨과 눈이 마주치자 잘 다녀오라는 것처럼 흔쾌히 손을 흔들어주었다. 그 모습을 보니 이 모든 것이 꿈인 양, 또는 재미없는 연극인 양 낯설어졌다.

수많은 말을 이미 했기에, 마지막 순간에는 평범한 말뿐이었다.

"그동안…… 고마웠습니다."

나우플리온은 다프넨이 시야에서 사라질 때까지 끝끝내 금방 다녀올 사람을 배웅하듯 손을 흔들어주었다. 이윽고 아무것도 보이지 않게 되자 그의 손이 멈추고, 내려왔다. 주위 사람 누구도 나우플리온에게 말을 걸지 못했다. 사람들이 그를 남겨두고 모두 돌아갈 때까지 그는 숲 입구의 보이지 않는 전이문을, 그의 소년인 양 망연히 바라보고 있었다.

이제 다시는 '그의 소년'이 되지 못할 것이다. 분신처럼 여겼던 소년은 그의 생애 마지막이었을 마음 한 조각을 가지고 먼 곳으로 떠나갔다. 수많은 거짓말로 안심시켜 가게 한 것은 자신인데…… 어째서 가슴이 먹먹해지도록 힘겨운 것인지 몰랐다.

남은 생명은 일 년여, 다시 보는 일은 없겠지.

봄빛이 완연히 번져 작년, 재작년처럼 무성해져가는 숲이 있었다. 고작 이 년을 머물렀다가 간 소년쯤은 섬의 기억 속에서 먼지인 양 스러질 터였다. 보이지 않는데도 보이는 듯 느껴지는 푸른 바다의 긴 선이 넘실거리며 손짓했다. 아무도 들을 이 없는 독백에 마음 없는 숲이 귀를 기울이고 있었다.

"본래 하늘이 내려준 선물을 인간이 갖기란 쉽지 않아, 끝내 다른 사람의 손에 들어갈 수밖에 없는 것이 인간에게 내려진 모든 비극의 시작인 모양이야."

(7권에 계속)

룬의 아이들 – 윈터러 6 : 봉인의 땅이 부르는 소리

1판 1쇄 2019년 6월 21일
1판 9쇄 2023년 1월 27일

지은이 전민희

책임편집 임지호 | **편집** 지혜림 이송 | **일러스트** UK Nakagawa
표지디자인 이혜경디자인 | **본문디자인** 이원경 | **저작권** 박지영 형소진 이영은 김하림
마케팅 정민호 이숙재 박치우 이민경 안남영 왕지경 김수현 정경주 김혜원
브랜딩 함유지 함근아 김희숙 고보미 박민재 박진희 정승민
제작 강신은 김동욱 임현식 | **제작처** 한영문화사(인쇄) 경일제책(제본)

펴낸곳 (주)문학동네 | **펴낸이** 김소영
출판등록 1993년 10월 22일 제2003-000045호

주소 10881 경기도 파주시 회동길 210
문의 031-955-8892(편집) 031-955-3578(마케팅) 031-955-8855(팩스)
전자우편 editor@elmys.co.kr | **홈페이지** www.elmys.co.kr

ISBN 978-89-546-5658-0 04810
978-89-546-5622-1 (세트)

이 도서의 국립중앙도서관 출판예정도서목록(CIP)은
서지정보유통지원시스템 홈페이지(http://seoji.nl.go.kr)와
국가자료종합목록 구축시스템(http://kolis-net.nl.go.kr)에서 이용하실 수 있습니다.
(CIP제어번호: CIP2019020124)

잘못된 책은 구입하신 서점에서 교환해드립니다.
기타 교환 문의 031) 955-2661, 3580